落日心犹壮

何西来 著

作家出版社

目 录

辑三

辑四

辑五

代序 落日心犹壮

　　唐大历四五年间，即公元769—770年，杜甫流浪荆湘时，虽贫病交加，居无定所，以舟为家，却仍然系念天下苍生，以国家安危为心结，不肯消沉。五言律诗《江汉》就是表达这种心境的名篇。我特别喜欢后四句："落日心犹壮，秋风病欲苏。古来存老马，不必取长途。"去年老友冯立三兄七十大寿，诗人邵燕祥兄以绝句二首贺之，其第一首是这样四句："谔谔昔闻剩一夫，共随老马辨长途。诚知落日心犹壮，又道春风病已苏。"

　　燕祥诗的首句，用的是《史记·商君列传》的典故："千人之诺诺，不如一士之谔谔"。谔谔是直言争辩的样子。燕祥的"一夫"，就是"一士"的意思。立三兄为人耿直敢言，即使剩下他一个人，只要他认为对，就会坚持到底，不怕孤立。后面的三句，则化用了老杜《江汉》诗的基本命意。立三前些年因为忙《小说选刊》的事，没日没夜地拼命，以致积劳成疾，患上了严重的糖尿病。很有一段时间被病魔折磨得情绪低沉。去年恰逢七秩寿庆，病情缓解，他又情绪大振，心态极好。生日聚会，以亲友故旧众多，而先后举行几次。大家都为他高兴，燕祥的贺诗，反映的既是朋友们的希望与祝福，也是对立三"落日心犹壮"的精神境界的抒写。

　　人到晚境，去日苦多，越来越靠近生命行程的终点，再加上病痛越来越多地光顾，亲友故人的不断离世，自觉红颜老去，白发盈颠，心绪容易落寞，乃至消沉。然而，人活的就是一股劲，一口气，一种精神。即使到了如杜甫那样百病缠身，艰难苦恨的凄凉晚景，也还是要有一颗跳动的"壮心"。杜甫的《江汉》诗，显然能看出曹操《步出夏门行》（即《碣石篇》）里"老骥伏枥，志在千里；烈士暮年，壮心不已。"的精神承传。曹操是一代雄才，曾以丞相之尊封魏王，加九锡，"挟天子以令诸侯"。他的这几句诗，应该是晚年的自明心志之作。正因为有这种壮心，他的晚年诗作，才显境界开张，透出苍凉的豪壮之气。杜甫则因为壮心不泯，晚年诗作也才能于悲壮呜咽中更见沉郁顿挫。

　　"初唐四杰"之一的王勃，在《滕王阁序》里曾有"老当益壮，宁移白首之心"的话，常与曹操的"老骥伏枥，志在千里"一起，被上了年纪的人拿来作为励志、自策的格言。王勃写"老当益壮"的话时，只有二十多岁，不像后来老杜的年近花甲。但我至今仍常常吟诵他的这个名句，虽然已经年逾古稀，我是宁取令我奋起，催我自强，让我共鸣的"落日心犹壮，秋风病欲苏"，而不取王维的"晚年唯好静，万事不关心"。

　　　　　　　　　　　2010年11月刊载于《老同志之友》

◎

辑一

黄河西来决昆仑

——我的自传

我的本名是何文轩。文轩既是小名，也是后来的学名、大名。父亲起的。西来，是近十多年来常用的笔名，遂以此行世。最初，并没有什么讲究，不过是从李白"黄河西来决昆仑，咆哮万里触龙门"中随便截下几个字。后来细细一想，还有所谓的"圣教西来"，达摩西来，但我不信佛。

我于1938年阴历二月二十七日（阳历三月二十八日）亥时，出生于陕西省临潼县秦始皇陵东上何村，即今之秦俑博物馆所在地。家乡风俗，清明前后要打秋千。据说母亲就是打秋千后的那天晚上，骤然临盆的。我出生的那年，母亲刚过十九周岁，正是贪玩的年龄。由于在这种情况下呱呱坠地，小时候淘气时，族中的年长者总要半开玩笑地喊我秋娃子，说是打秋千生的娃，就是匪气。

何姓人家在上何村聚族而居。高祖何湘汉是读书人，一名贡生，似乎连举人的功名都不曾取得。他精通《左传》，学生有四人中举，因而在临潼县也就颇有一点名气。听说连县太爷也曾乘轿请他到县城去讲过经。曾祖父何元升读书不用心，常背着高祖赌钱，秀才也考不取，倒是花钱捐过一个廪生的资格。何家人丁不旺，至曾祖数世单传。但到了祖父，却有四弟二妹，高祖希望长孙成材，逼祖父读书十多年，读到家里的塾师先生死了两位，也没把他教出来。他的学问止于能读《三国》《列国》《聊斋》一类的"闲书"，对《纲鉴》也很熟，但一辈子提不起笔。他庄稼活极精，是附近有名的"把式"，摇耧、撒籽、铡草入麦秸，样样拿得下，而且喜欢种树，有很高超的嫁接技术，常被人请去帮忙，他为人耿直，对曾祖母极为孝顺，与性情懦弱的祖母相处得也很融洽，但对七个儿子却颇为严格，很有家长的威势。

父亲排行第二，小名虎儿，大名碧山，又曾单名一个渊字，取号岩泉道人。他虽然也曾跟临潼骊山三元洞一位姓卜的道人有过交往，甚至搞到一个颇为精致的"福缘善庆"的化缘簿子，声称要去做云游道士，却终因尘心太重，丢不下妻子儿女，留下了。何家家道到父亲一辈，已完全堕入贫困。他一天学也未上过，十多岁即带着几位叔父去学生意，但靠了刻苦的自学，他的文化反比祖父还要高，毛笔字写得很工整。他一生总想从我们那个焦苦的穷地方挣扎出去，但最终还是做了农民。他做过小学教师、县政府公务员、中学事务员、邮差、农场工人，经过商，被国民党抓过丁，也当过解放军的逃兵，一辈子和命运抗争，一辈子碰钉子，是一个苦命的失败者。他脾气不好，说话不顾情面，常常是哪壶不开提哪壶，得罪了村干部，上世纪中后期差一点被打死、斗死。

母亲姓安，离上何村三四里地的安家沟人。小名省娃，莲如的名字是嫁到何家后祖父给起的。母亲的家族曾经是一户暴富的财东，到外祖父安定朝，已家道陵夷，但有钱人的做派还在。外祖父有点文化，上过西安的洋学堂，但学问底子并不比我的祖父强。外祖母是原下戏河侯家村的名门闺秀，常和在外拈花惹草的外祖父怄气，母亲九岁时，她便身染沉疴，撒手去了。此后外祖父曾先后续弦、纳妾凡四人。从我记事起、直到1965年他去世时，我还有一个外婆和一个"新外婆"。外祖母去世后，母亲不堪继母虐待，她的外祖母又念没娘的外孙女可怜，便拢在自己身边。所以，母亲和她的侯姓舅家的关系，要远比和自己娘家的关系亲得多。她出嫁前的大部分时间，都生活在侯家，连和父亲结婚的大媒，也是她的姨母做的。

我的第一个启蒙先生是我的祖父。在堂兄弟中，我最早来到这个世界上，既是祖父的长孙，也是当时仍然健在的曾祖母的重长孙。虽说因为淘气，常惹祖父生气，但他和祖母都很宠爱我。我是唯一跟他们睡觉的孙子。大约是四岁的那年夏天，祖父坐在院子里看"闲书"，小声念着。我也好奇地跑到旁边跟他鹦鹉学舌地念。他很高兴，说："这鬼子孙，还是个念书的坯子。来，爷爷给你找本书念。"于是，他翻箱倒柜地拿出一本用朴拙的楷书选抄的古诗，以唐诗为主。这是当年他的祖父亲手抄给他念的。我学的第一首诗是"七岁孩童子，当今入学初。要知今古事，须读五车书"。半年过去，我居然也能背出四五十首。出门走亲访友时，祖父喜欢带着我，常常把我抱到桌子上、椅子上、碌碡上站着，让我背诗给人家听，并且笑眯眯地听人家对我的夸奖和对他的恭维。其实，我对自己背的诗，绝大部分不理解，只是念口歌，觉得好玩。

转过年，快到五周岁了。迎春花开的时候，祖父让在外面做生意回来的三叔父带我到村塾去拜先生，从此便被圈了起来，开始正式启蒙。我是一个淘气的学生，常受老师责打，喜欢逃学。有一次，因为把一块烧红的柴火梗儿放在同学的脖子里烧得滋滋响，同学痛得哇哇叫，吓得我逃出校门，几天不敢去上学。

那年，父亲在临潼县政府谋到一个专管在泾惠渠收水费的公务员职位，便把母亲、我和大妹接到县城去住。我也就转到县城小学读书。这是全县最好的小学，校址建在当年的横渠书院旧址附近，县上人称为书院门小学。在学校里，我调皮、贪玩，不用功，作业潦草，考试成绩平平，多是七八十分。很脏，冬天拖鼻涕，夏天的灰布学生服上，总是墨迹斑斑。初小四年级的上学期，被班主任牛老师选中，去参加学校讲演比赛。训练很苦，背熟讲演稿不算，每天还要提早到校，站在院子里一遍一遍地讲，并配合以手势、表情、语调。落雪了，就站在雪地里练习，手都冻肿了，形成溃烂的冻疮。后来正式比赛，居然获了奖，我很受鼓舞。

1947年春，父亲失业。县城不能住了，我们全家便搬回上何村。夏天，我考入离家稍近的新丰镇鸿门小学高小，放榜时竟是第一名。但后来仍不用功，淘气。有一次，把一位叫张大眼的同学从双杠上拉下来，张大眼的胳膊摔成骨折，气得教导主任白澍乎老师骑在我身上用戒尺狠狠地打了一顿屁股，几个礼拜坐不了板凳，走路也一瘸一瘸。

在鸿门小学的那两年，由于国民党当局进攻延安，加剧对进步青年的迫害，许多有才华的人便到我们这个小镇上任教。语文老师除课本外，还给我们选印些"五四"以后的著名散文读，像朱自清的《背影》《匆匆》等，我就是那时熟读成诵的。这两年，我住学生宿舍。上不起灶，每周回家背一次馍，多是玉米或杂粮做成。没有菜，吃饭时用开水一泡，吞下去了事。夏天馍会发霉，冬天又冻得砖头一样，但也一样吃，一样高兴，不以为苦。由于父亲失业，家里很困难，但母亲说，无论多苦，也要供我把书念成。母亲不识字，无文化，对于什么叫"把书念成"，并无明确标准。父亲倒是多次说过，念好书，将来能在邮政上或铁路上谋一个固定的饭碗，就很不错了，至少也要像我七叔那样去开汽车。至于做官为宦、光宗耀祖的事，他们都没有提过。这可能与父亲对腐败的国民党政权的仇恨有关。

1949年5月20日西安解放，父亲也经他的一些地下党的朋友介绍，在西北军政大学招生处做事务长。7月，我高小毕业。按照父亲的意思，我由六叔陪同，步行七十里去西安考中学。初试落榜。父亲异常震怒，买了一条扁担，一根麻绳，一双草鞋，在西安我的姑祖母家里罚我跪下，骂我生就是"打牛后半截"的坏子，要我回临潼去跟大伯父上山割柴，一辈子当"穿烂棉袄"的庄稼头。后经姑祖母一家人劝说，才答应我第二次报考西安市二中，好歹算是考上了。

这年秋雨绵绵的九月，我成了何家的第一个中学生。学校在西安市东郊韩森寨的藏经塔边，离城远，离家更远。秋风秋雨里，我想祖父，想祖母，想母亲。十一岁的男子汉有一次竟因此哭得谁也劝不住，以致校长说，实在不行，就把报名费退给你，回家吧。我才意识到自己肩负的责任。不哭了，想家也不哭了。军政大学向四川开进时，父亲家庭观念重，一个小差开回农村，到老也没出去过。后来他一提起这事就后悔不已。家里弟妹多，经济十分困难。四妹刚满月，就送给一户稍为富裕的王姓人家收养，母亲哭得泪人一般。我在学校虽然有一点助学金，却连吃饭也不够，钱接济不上时，饿得头晕眼花的情形也有过。母亲是家里最苦累的人：田里的活，她要给父亲做帮手；要纺线、织布，供应全家八口人的穿衣；此外，还要给别人做针线活，为我和后来也在西安读书的大妹筹学费。我能坚持把学上下来，确实是和母亲的苦累分不开的。

家境苦寒，上学不容易，我也慢慢地懂得了用功，学习成绩有所提高，喜欢作文、演讲、讲故事，比赛常得第一名。初中时，两位语文老师对我后来走上文学道路影响很大。一位叫冉于飞，经常在报纸上发表点小文章。他个头不高，皮肤白嫩，戴近视镜，和学生说话喜欢先来一个"你娃娃……”，然后才进入正题。我们几个淘气的学生便私下送他一个绰号："冉娃娃"。"冉娃娃"老师对我很好，作文常给我得高分，有时还在班上宣读。另一位初中语文老师叫沈楚，听说是作家茅盾的堂妹或侄女，也戴近视镜，对我要求比冉老师严格，虽欣赏我的作文，却轻易不给高分。1957年，沈楚老师和她的丈夫双双被划为"右派"，遭遇很惨。

初中毕业时，我以年级第六名保送本校高中部。学生中间，竞争激烈，这大大激发了我的进取心。和同班的城里学生比，我穷，吃得差、穿得破，寒暑假回家还要干沉重的农活。我唯一可以和他们一比高低的是学习成绩，说什么也不能让任何人把名次排到我的前头去。

我做到了这一点。虽然前三名的分数咬得很紧，但直到毕业，我的年级第一名的地位始终未能易手。这对形成我的乐观而自信的性格影响很大。我仍喜欢语文，但成绩却低于其他功课，尽管比同年级的同学都高。语文老师叫齐世勋，解放前在兰州大学做过讲师，能写古诗，喜欢饮酒，教我们语文时年逾六十，牙齿大部分脱落。在作文上，他给我严格的训练。班主任叫蔡克勤，教政治课。我们的周记由他批阅，每次发下来，都有认真的批语。记得有一次批语是："勿以善小而不为，勿以恶小而为之。"道理似乎不深，但对我做人影响很大，至今仍感到真正做到并不容易。

1954年我抱着一种神圣的、献身的热情加入了中国共青团。临近毕业的那一学期，选拔留苏预备生，谁都不怀疑我会被选中，班主任蔡老师也已经和我谈了话。但后来政审时却因为我外祖父是地主，落选了。这件事对我打击很大，我铁下一条心去学文。这是一个关键。告别母校时，蔡老师谆谆告诫我："以你的才分，在社会上混一碗饭吃不难，但要真正有成就却非下死功夫不可。"我的这位尊敬的老师，1957年也被打成了"右派"。

1955年8月，我接到西北大学中文系的录取通知，9月报名入学。《红楼梦》就是这个时候读的，读完后有好几个月怅然若失，情绪总也转不过来。我的一段让人感伤的初恋，就发生在这以后。它还没有展开，就由于我的幼稚而中止了。

在西北大学学习的几年，我一直是学生干部，当着班长。1956年，经高年级的两位同学介绍，我加入了中国共产党。1958年，我提前毕业，留校做助教，并与另一位助教共同辅导并参加中文系杜诗研究小组，执笔写成《论杜甫的世界观》和《论杜甫诗的艺术风格》。前者刊发于次年的《西北大学学报》上，后者两年之后连载于《文学遗产》上。这是我学术研究的起步。

1959年秋，我考入中国人民大学文艺理论研究班。这是人大和中国科学院文学研究所合办的，学校负责学生管理，文学所负责教学及辅导。何其芳与何洛两位先生分任正副班主任，除文学所的有关专家学者外，北京和全国的许多著名理论家、学者，都给我们讲过课。这几年，正赶上三年困难时期，虽说不时被饥饿、浮肿干扰过，但因为折腾少了，反而坐下来认真地读了几年书，为我以后的研究工作打下了较为扎实的基础。我的第一篇当代文学论文《论〈创业史〉的艺术方法》，也是在这个时期发表的。在这篇文章中，我对素芳形象的分析，对作者某些意图的推断，都颇得柳青首肯，他生前曾向许多研究者推荐过。

1962年夏天，我认识了一位到北京姐姐家养病的小姑娘。她叫韦凤葆，住在我们同一栋楼的西头。天真、娇小、伶俐，五年后，我娶她为妻。

我的毕业论文导师是唐弢先生。根据他和何其芳先生的意见，我于研究生毕业后的1963年10月调到文学所工作。从这年到1976年的十三年间，除了"急用先学"、"立竿见影"地读过一点马恩列斯毛的著作之外，业务基本上抛开了。

"文革"后这十五年来，我主要从事当代文学批评和文学理论研究，偶尔也写点古典文学的研究文章。1985年12月出版第一本专著《新时期文学思潮论》（江苏文艺出版社）。此后陆续出版的著作有《探寻者的心踪》（论文集，陕西人民出版社1997年2月版）、《文艺大趋势》（论文集，湖南文艺出版社1987年版）、《新时期小说论》（与人合作，陕西人民出版社1987年10月版）等。此外，还有大量未入集的论文。从这些论著中可以看出我的文化学术思想逐步摆脱教条、僵化、封闭模式的艰难过程。它们分别反映了我在写作当时的真实认识，反映了我崇真尚实的文学观。

近十五年来，我曾先后担任过中国社会科学院文学研究所副所长，《文学评论》副主编、主编，中国社会科学院研究生院文学系主任，学位委员会副主任，并曾被聘为延安大学兼职教授。现为文学所研究员，学术委员，中国人民大学图书资料中心学术顾问，中国作家协会会员。

家道兴衰与财富聚散

——我的父族和母族的故事

记得小时候父亲给我念过一首据他自己说是苏东坡的诗：

"读得书多胜大丘，不须耕种自然收。

东家有酒东家醉，到处逢人到处留。

日间不怕人来借，夜晚何忧贼去偷。

虫蝗水旱无伤损，快活风流到白头。"

我没有查过苏东坡的全集，不敢说这一定是苏学士杰作。不过，看这首诗的旷达不羁，倒也离东坡先生的实际不远。如果这里也有财富观的话，那就是经由苦读而积累在肚子里的学问，而不是金银珠宝，不是万贯家产，也不是可以拿来交换钱钞的权位。只要有了大如丘山的学问，就会受人尊敬，就不愁吃穿，就能够快乐风流一世了。

父亲没有接受过科班教育，苦读过，但却没有胜大丘的学问，总想从足蒸暑土气，背灼炎天光，锄禾日当午，汗滴禾下土的农耕生活中奋斗出来，改变农民的身份，但终于未能如愿，到死也没能过上不须耕种自然收的生活，更不要说快活风流到白头了。

但这首诗的确对我产生过影响。我接着父亲的步伐，走出了我们那个苦焦的农村，完成了世代农民身份的转变。然而，小农经济的生存方式和思维方式，对我的熏陶和习染，却是根深蒂固，深入骨髓的。我想，即使我有什么财富观和理财观的话，也未必是现代的，不敢示人，更不敢教人。可我毕竟年逾花甲，作为一个知识者，一个普通的中国人，挣钱、养家糊口、孝敬父母，一句话，过日子，我也有几条基本的杠杠，如：勤劳、节俭、有多少钱办多少事；不寅吃卯粮，不债台高筑，戒赌棍心理等。而这些观念中有很大部分来自亲族关系的耳濡目染。主要是三个家族：父族——何家；母族——安家；母亲的母族——侯家。它们各有许多故事，深印在我的记忆里。

农耕文明理想破灭的何家

我们老何家自我的高祖以下，要算是有文化的庄稼人，勉强可以称为耕读传家，除了个别天分低下者，多数读书识字。虽读书，却并无功名，没有谁谋得过一官半职，因而靠权势致富，是门儿也没有的，三年清知府，十万雪花银的美事只能在梦里。高祖饱读儒家经典，重农轻商，一心要让儿孙走读书科举的正道；不行，就在家种地，决不鼓励他们外出学生意。为儿孙取名，也是重义轻利，充满了农耕文明下的道德理想主义。我的祖父是老大，取名天德；三祖父取名天才，现成的一个贝字不加上去，以致这位叔祖父后来为救穷去做生意，也因拙于算计，而赔光了裤子，去世时几乎到了带着傻儿子乞讨的地步；五祖父取名天堂，是曾祖的老儿子了，理想色彩更浓。自天德而天堂的名号，反映的是农耕文明之下读书人的人生理念、价值尺度和幸福观。我家二道门的门楣上，有砖雕的天锡纯嘏四个字，嘏作福解，意思是重德、重义、积善，老天爷就会赐给全家至纯、至高的幸福。这门楣可以看作对祖父们取名的一种诠释。

我的家乡在关中腹部，属周秦故地，是绵延两三千年的礼乐文化的摇篮。这种文化，可以造就圣君名相，能臣猛将，就是培育不出臣贾富商。历史上有徽商、晋商、潮商，就是没有秦商。巴寡妇清是四川人，在秦为相的吕不韦，是阳翟大贾。汉代咸阳原上的五陵邑，倒是富人聚居之地，但都是从全国各地搬迁而来的；太史公司马迁虽然写了重商的《货殖列传》，成为《史记》中的一个亮点，但陕西人却并未因此形成重商的传统，亦未出现富甲天下的巨商。这一点至今没有根本改变。前些时碰到一位叫郑介甫的实业家乡党，他是环渤海集团的董事长，拥资七十亿，旗下有两家上市公司，而且正雄心勃勃地向文化产业伸出触角。我说，咱们秦地，出过大政治家、大军事家、大文学家、大史学家、大思想家，就是没有出过大商家，希望你能开个头。他笑笑。我当然知道商场的风高浪险，做大并不容易。

我们老何家，到祖父这一代时，还开着一片药铺，就在老屋的门房。与其说是为了赚钱，还不如说是意在济世。终于济得入不敷出，倒闭了。到我记事，连门房的旧址，早已成了断壁残垣，只有一位精通医理的邻村的杨先生，作为祖父的朋友，常被邀来小酌。有时是为了给家人看病，有时其实就是为了说闲话。

祖父不吸烟，不赌博，喝酒极斯文，极有节制，无论居家或逢年过节，红白喜事走亲戚，我从没见过他因饮酒而失态、而多话，微醺都没有过，更不要说烂醉如泥了。他衣着俭朴，从不乱花钱，是附近有名的好人。但他也不像我的祖母那样些些儿、点点儿地细发。

据说，老何家原是骊山中段南麓丘陵地带的何家坪附近的人，不折不扣的山里人。靠了节俭，积存了两窑洞的黑豆。那积存的办法，叫做狗撵兔，一年一年地吃陈存新。遇到一次大的年馑，粮价飞涨，何家两兄弟卖了两窑黑豆，来到山下的大夫王村（现名王（王金）村），置地盖房，薄有田产，遂繁衍生息，成为上何村。这大约是高祖以前若干代的事了，熟悉掌故的父亲，也居然说不清了。但山上的田产并没有变卖，因为卖地是羞先人的事，不到日子过得揭不开锅，谁也不会这么干。自己耕种太远，又不能卖，只好请佃户种。年景好了，收几颗租子；年景差了，也就拉倒。只要地不撂荒就行。

到了父亲一辈，何家的家道，便自原先的小康，益发地堕入了困顿。兄弟七人再也无法坚守自其曾祖以来的重农轻商的传统儒家观念了。父亲为全家生计所迫，不得不带了他的几个弟弟出去学生意了，但谁也没有把生意做大。以父亲而论，开过小杂货店，做过没门面的倒手小买卖，赔多赚少，像鲁迅小说里的吕纬甫一样，转了一圈，又回到乡下，当了他最不愿当的农民。

父亲不吸烟，但喜欢喝酒，只是困在乡村，哪里有钱买酒。儿女七个，还想供我和大妹读书。家里的头等大事，便是打点我们的学费。所谓理财，就是东挪西借，挖肉补疮，节约一切可能的开销，凑点钱让我们开学时不至于空着手走。50年代初，父亲实在凑不出钱，咬牙卖掉了本来不多的薄田中的一块，心疼得蹲在碌碡上放声痛哭。那哭声撕心裂肺，让我终生难忘。哭完，他说，只要你们好好念书，就是一年卖一亩地，咱家的地还能卖几年！但不久，土地归了合作社，他和母亲都变成了社员，想卖地也不可能了。于是，全家人的生计、我们上学的学费更艰难了。我母亲平常揽些针线活，把少得可怜的辛苦钱一点一点积攒下来，过年时再糊些灯笼，由父亲走村穿堡地去卖，赚点工夫钱，舍不得吃，舍不得用。我的学业，就是这样由我苦命的父亲和母亲，用他们的心血，用他们的苦累支撑下来的。

正是从他们身上，我学会了勤劳，学会了节俭。我想，无论到了什么年代，这都是必须具备的做人的品格。这也是个人和家庭理财的基础。

不重积德暴富而遽败的安家

与我的父族相比，母族安家该是财东了。安家财东是暴发户，连短暂的原始积累过程都没有，似乎是在一转眼间暴富起来的。有人说，发了一笔横财。虽说马无夜草不肥，人无横财不富，但到底是什么横财，安家人讳莫如深，守口如瓶，别人也不好追问，待到当事人墓木已拱，几经沧桑，连儿孙后代也说不清了。

暴发的财东，多数贪婪而不重积德。安家财东走账的残火，是出了名的。所谓走账，就是放高利贷，也叫放账。于是，在很短的时间内，田产商号像滚雪球一样，愈滚愈大，西安市里，新丰街上，都有房产。用烈火烹油形容安家财东的鼎盛期，当不为过。

我的外祖父年轻时正赶上了安家的红火日子，是一个典型的公子哥儿财东娃，人又长得极体面，用现在的话形容，就是特帅，特酷。他曾做过李虎的军需官，可见得是善于理财的。我曾见过他着军服佩武装带的镶在镜框里的照片，神气得很。

我外祖父一生娶过至少五房妻妾。初婚是庞家沟财东的千金，不幸早亡，没有子嗣。我的亲外祖母是续弦，戏河侯家村大财东的闺秀，为安家生二女一男，母亲为大，出生在西安市的开通巷，是外祖父在城里的居住地。我的舅舅庚中早夭，外祖母心里吃了力，再加上外祖父在外吃喝嫖抽不算，居然娶一个妓女为妾，带到家里来，遂使外祖母一气之下，卧床不起，不到三十岁便去世了。那年母亲刚九岁，小姨年龄更小。

那年头，有钱人家是不怎么以死了女人为意的，哪怕是如我外祖母这样的名门闺秀。外祖父很快又续了弦，这便是母亲的继母。在继母的虐待下，小姨患女儿痨，不治而亡。再后来，外祖父又给自己买了一房小妾，她和我的母亲同岁。从我能记事起，便有这两个外婆，前者叫外婆，后者叫新外婆，都不是亲的。

外祖父行三，和我平辈的安姓自家人叫他三爷。安家财东分房另住以后，他是最重要的一支。安家财东发得快，败落也快，主事人曾被土匪绑票一次，花了不少银子。到了外祖父从外面解甲归田，管了自己这一门的家事，虽然仍顶着安家财东的名号，那日子已大不如前了。直到解放后买不到鸦片和被定为地主田产被分，外祖父一直抽大烟，有很精致的白铜烟灯和象牙烟枪。国民党时候，陕西曾大规模禁烟，枪毙烟犯，但他仍有办法弄到鸦片，而且几乎是公开地在家里抽，叫过瘾。我记得是每天抽一次。抽大烟，是他的主要支出。

外祖父有土地五六十亩，三间宽庄基宅院，雇长工一人，夏收时雇麦客收割，锄秋庄稼时也偶尔雇短工。槽上养两头牛，一匹骡子，有一辆木轮铁箍的大车。那年麦子长得好，算丰收，也就打二十多石（每石二百五十斤）。另外，在新丰镇上有一院街房，租赁给开大车店的商人。土地收入加上街房租金，是外祖父的全部财源。

外祖父抽大烟，也抽卷烟，但不怎么喝酒，连像祖父那种极有节制的饮酒我也没见过。他过日子精打细算，有一件皮袄，白滩羊皮的两环以上的卷毛，显得脏兮兮的。冬天总束一条开司米细毛线长围巾做腰带，那围巾至少用了十年以上，边缘都脱线了，让人想到果戈理笔下泼留希金系在脖子上的那根带子。父亲常说外祖父细发，外人则讥之为啬皮。

他好像也走账。据父亲说，替外祖父收账的是老黄。这老黄是个逃兵，外省人，在外祖父家身份很特殊，既是担水、磨面，经营牲口垫圈，包揽全部农活的长工，又在一定程度上起着类似《白毛女》里穆仁智的作用。这位老黄对外祖父忠心不贰，记得母亲回娘家，每次都是老黄赶着那头白毛骡子接送我们母子的。老黄以外祖父的家为家，力尽而亡，还是外祖父看着厚葬在自家的一块向阳的坡田里。

母亲嫁给父亲以后，外祖父曾想试试新姑爷的本事，让父亲在年关前到山上去收账。收账要心硬，要能睁得了眼，下得了手。老黄当过兵，心狠，手硬，敢睁眼，所以一般都由他去收账，从来没有发生过账收不回来的事。这次新姑爷出马，老黄牵着骡子跟着。到了一家欠钱的账户家，那家很穷，孩子衣不蔽体，婆婆病卧在炕上呻吟，丈夫外出，不知是去躲债，还是被抓了壮丁，只有儿媳当家。她向父亲哭诉家里一贫如洗，这年还不知怎样过，希望缓到麦收后给。老黄说，欠债还钱是天经地义的事，都像你这样赖着不还，我们吃什么？你没有钱还，装粮食也行。那女人表示粮食也没了，他们祖孙三代眼看就要断顿了。老黄有经验，立马去搜，居然从什么地方搜出一瓦罐粮食，就要往带来搭在骡子背上的口袋里装。那女人立时声泪俱下，跪在地上求父亲留下这点保命的粮。父亲心软，知道夺粮就是夺命，示意老黄放下算了。老黄初时不肯，说回去无法给老掌柜交账。父亲摆出少东家的架势，说这是我们翁婿的事，不用你担待。老黄虽不情愿，也只好罢了。那一回几乎是空手而归，碰到的都是相近的情况，既没收到几个钱，也没拿回几颗粮。外祖父对他的女婿说，自古以来就是行善不走账，走账不行善。你心软、眼软、手软，不是收账的料，还是让老黄去干吧！后来，父亲多次对我说：收账，那真不是人干的事。还说，那个老黄，真恶，太残火了！就我所知，父亲从此再也没给外祖父收过账。

诗礼望族富甲一方的侯家

侯家是方圆几十里有名的财东，那才真正是耕读传家，诗礼望族。究其最初的兴旺发达，是怎样的风起青萍之末，已无从稽考。但富甲一方，绵延四百余年，却是事实。这在我们临潼，是极少见的个案。据说康熙皇帝西巡陕西时，曾过骊山之下，看了这里的风水，口占一诗，有"民少百年富，官高二品休"的诗句，用以印证安家和这一带的其他财东，无不应验，唯戏河侯家是例外。

临潼的财东的发迹，主要有两种类型：一种是暴富，发得快，败落也快。多数不积德义，为富不仁，目光短浅，不重子弟教育，后世多不肖。以做官而发迹者，权钱交易，横行乡里，子弟也多不肖，也属于发得快，败落快的一类。所谓一辈做官，十辈打砖，即指此。

还有一类土财东，是靠省吃俭用，一分钱一分钱积累，积少成多，集腋成裘，硬是苦出一个家当来。有的土财东积聚铜钱至几大缸，而后换成银子，埋在地下。这类土财东一般都不肯露富，穿破旧的衣衫，吃粗糙的食物，见人就哭穷。这种土财东多是吝啬鬼，是要钱不要命的守财奴。不仅德义不沾边，就是子弟，也不以读书为念。他们一般都不可能大发，也有置田产的，但都不多，以不露富为原则。所以，人若被称为土财东，决不是一种恭维。

侯家财东不属于这两种类型。他们重视子弟儿孙的教育，在邻里的范围内尽可能地厚积德义，广结善缘，营造有利于自身发展的文化氛围。这是一个重功名的家族，出过举人，甚至有人做过知府这样的官。我母亲的表哥侯国梁，上一世纪30年代就参加了革命，最后从省民政厅长的位上退休，职级略同于他祖上的知府。

母亲在我的外祖母英年早逝之后，不堪继母虐待，便到侯家投靠她的外祖母，我叫老外婆，即曾外祖母。

侯家老外婆姓李，渭河边冯李村人，是一位聪明过人，刚强仁义，乐善好施的大家闺秀。出嫁前，就掌管着李姓娘家的家事，出嫁后不仅接手掌管侯家家事，而且还兼管着娘家的家事。一身而二任，平辈姻娌服，兄嫂弟妹服，长辈服，子侄晚辈服，左邻右舍服。管家事，就是一个家族的事实上的领导、总经理、CEO，不仅要管好家族的财源收入、日常用度，不能把日子过烂，而且还要处理好极其复杂的内外关系。要知道，无论李姓娘家，还是侯姓婆家，都是名门望族，即使从今天的眼光来看，管好这两家家事，难度也是相当大的。正是这位侯家老外婆，掌管和支撑了侯家财东最后几十年的辉煌。这当然充其量只不过是这个家族在农耕文明下最后一抹亮丽的晚霞。

母亲是在侯家老外婆的精心呵护下长大成人的，连嫁妆也是在这里做的。嫁给父亲，是母亲的姨母保的大媒。外祖父嫌穷，起初不肯，但侯家老外婆说，老何家是书香门第，德义之家，穷是暂时的。她拍了板，外祖父也拗不过，乖乖把女儿嫁到何家。

老侯家财东气象大多了，土地以顷计，长工十多个，骡子成群，还有生意。过年杀猪几十头，不仅留了自己食用和赠送亲戚，就是长工也给带了肉回家过年。每年棉花下来，弹好，老外婆都要请了邻里妇女来纺线、织布，临走，让她们可着力气给自己带了捻子（搓好用以纺纱的棉条）回去。大家欢天喜地，像过节一样，都说侯家老外婆人好。

在子孙教育的投资上，她具有远见卓识，可以说不惜工本。她把儿子送到北京去读北京大学。怎奈儿子不争气，到了北京，目迷五色，竟雇了人去替他念书。文凭当然是他的，但学问却装在别人的肚子里了。我的这位侯家舅爷，自然没有什么出息，这很让我的老外婆伤心。她常常指着放在居室墙角的黄色瓷缸骂儿子：你羞先人呢，念了个啥？可惜了我这一黄缸银子！

财东人发家创业难，守成更难。儿孙不争气，后继乏人，再大的家业，也经不住踢蹬。吃喝嫖赌抽，五毒俱全的子弟，要不了几天，就会使万贯家产荡然无存。据说侯家有一个财东，怕儿孙受穷，盖上房时给每一根橼马眼里都悄悄塞过一锭银子封好。临断气时告诉儿子：日子过得实在不行了，如果要卖房，也不要整栋卖，你一根一根橼地拆开卖，够你吃一辈子了。谁知儿子豪赌，一个晚上便输得只能用整栋房子抵了赌债。橼马眼里的银子，只是受用了别人。而直到房子易手多年，贫穷潦倒的儿子也懵懂不知老爹为自己藏银备穷的良苦用心。

此事常为后来者戒。所以，老外婆重视侯家子弟的教育投资，是一种深谋远虑：后人有本事，没钱可以有钱；后人不肖，有钱也可以变成没钱。所以，儿子手里虽然没有把书念成，到了孙子她依然锲而不舍地供。母亲的表哥，我叫国梁伯的，书是念得不错的，人也聪明，有大志。然而却很早就得风气之先，参加了刘志丹、习仲勋他们领导的渭华暴动，投奔革命去了，成了老外婆所属那个阶级的义无反顾的叛逆者和掘墓人。

在侯家老外婆跟前长大的我的母亲，连性格的刚强，也颇像她的外祖母，更不要说勤俭持家、孝敬老辈、抚育儿女的大家风范了。本月七日，我的母亲在久病之后，离我而去，我至今没有从丧母的悲痛中走出来。谨以此文作为对她的纪念，致祭于她的灵前——只是不知道那个世界是不是还需要理财，需要节俭。

追忆我的高考心踪

——半个多世纪前的一段陈年旧事

我参加高考是在五十二年前的1955年。那年，我刚满十七岁，正是不知天何其高、地何其厚，充满幻想，盲目自信，有时也偶尔情绪低落，很不稳定的年龄。

报考文科是突然决定的

从初中到高中，我都是全年级年龄最小的学生。但上高中以后，却始终是西安市二中高52级的年级第一名。前三名都在我们乙班。第二名李鲁元和第三名齐金森，总是铆足了劲儿和我争第一。李鲁元文史课程和我相当，作文比我老练，但数理化成绩一般；齐金森数理化特棒，与我难分伯仲，但死用功，不活，文史各科不很强。因此每一学期考试，十多门课的总成绩平均下来，他们总要比我差好几分。他们都比我大，李鲁元隔好远就能看见他花白的头发；齐金森远看虽然是黑头，但近看也很见些白发了。我当时想，他们的白发都是死记硬背，用脑过度的结果。

高中毕业的这年，我的各科总平均分（百分制）是九十五点六分，拿的是第一号毕业证书。因为成绩突出，从班主任蔡克勤老师，到文理各科老师，都很喜欢我，对我非常好。3月中旬，学校分配到一个留苏预备生的名额，校领导研究的结果是要我去，班主任蔡老师已经找我谈了话。那些日子我很是兴奋了一阵，根据自己课外读过的关于俄罗斯和苏联的文学作品，想象着那里的风光，做梦也常在西伯利亚的大森林和伏尔加河，还有顿涅茨草原。但我的兴奋劲还没有过去，有一天班主任又通知我："你的留苏预备生资格被取消了，原因是你的社会关系有问题，不能报考机密性专业。"这对我无异于晴天霹雳，是兜头一盆冷水，使我的情绪一落千丈。尽管班主任老师还对我讲了许多宽慰的话，说学普通专业一样，只要肯努力，一定会有成就。然而，我还是觉得脑子一片空白，前途一片黑暗，我的天塌下来了，连校园东院那株春雨中开放的白玉兰，也好像为我落着伤心的泪。留苏，是学理工的。既然不能留苏，我就干脆学文罢了。所以填写升学志愿表时，我改选文科，主要填了中文和历史两个专业。

我在高中时，数理化是非常优秀的，全是百分满分。语文成绩最好也就八十多分，必须靠数理化把总分拉上去。因此，我的数理化老师对我去学文科都非常惋惜，说不能留苏，报考普通的物理专业，一样会有出息。但我主意已定，根本听不进他们善意的劝告了。

然而，高考已经临近，突然改变报考的专业方向，对我是非常不利的，而且是从理工方向转向文史方向。

高考复习阶段我的情绪在自信和心虚间摇摆

说实在的，对于考试我从来都没有惧怕过。我家境贫寒，在农村的父母，供我和大妹读书，很不容易。直到念高中，从来没有穿过裤头和衬衣、衬裤，而且家里的钱凑不上时，常常饿饭。在生活上无法跟班上的任何同学比，更不要说那些富裕的城里的同学了。唯一可以和别的同学一比高下的，是我的学习成绩。所以每到考试的时候，我都有一种发自内心的、难以抑制的兴奋，而公布考试成绩的时候，就是我真正的节日。因为，只有经过考试，我才能证明自己作为学生、作为人的实实在在的价值。

除了考试时我能够显得出人头地，显得高于同侪之外，我是深味过什么叫"人穷志短，马瘦毛长"的俗语所包含的残酷世情的。为了筹足起码的学费和少得可怜的生活费，父母和我自己向亲友告贷所忍受的屈辱、无助、无奈，特别是刚强的母亲难得洒下眼泪，还有父亲的长叹，在我的漫长求学过程中，都是难忘的，刻骨铭心的。这就是我一定要争得第一，保持第一，每遇考试便有迎接节日来临样的兴奋的深层动力。我必须为我的苦累的父母，为穷人争气。

然而，突然改变专业方向，在我与其说是出于理性的权衡，不如说是受一种我自己也说不清楚的情绪的推动。我既有一种多年稳拿年级第一和毕业证书第一号的自信，又有不时袭来的不是特别有把握的心虚。但我必须静下心来，全力一搏，而时间只有二十五天了。

　　平时的考试之前，我只要把课本和笔记从头到尾看一遍，就可以了，还可以留几天时间玩玩，让心境放松一下，临考多一点静气。看着生活比我优越，营养比我好的同窗的那种复习功课时总也记不住的痛苦样子，我常常觉得好笑。有些同学让我把要复习的功课讲给他们听，说是这样容易记。我也乐意这样做，群居乐学嘛！这就等于拿我当小老师看，很是满足了我作为穷孩子的那点可怜的虚荣心。然而，每到期末或学年鉴定时，同学们总说我骄傲，我也很苦恼。

　　这次高考复习，一因不能留苏的沉重打击，二因突然改变报考的专业方向，我觉得记忆力一下子下降了很多，加上天气闷热，不时感到昏昏沉沉。好在那二十五天落了几次雨，两中两后，气温稍降，情况稍好。历史和地理能拿分，所以我从头到尾把高中学过的全部历史课本看了一遍，包括世界历史、世界近代史、苏联现代史、中国历史、中国近代史、中国新民主主义革命史。接着复习地理，包括中国地理和世界经济地理。政治课是考社会主义经济建设读本，看一遍课本和听蔡老师课的笔记就行了。政治课还有时事题，这没有现成的提纲和教材，全靠平时的积累和敏锐。我一向关心国内外大事，记性又好，全校时事比赛中总是拿第一，而且得奖，所以不必专门花时间再准备什么。至于语文，虽是我报考的主要专业，但似乎没多少要准备的，我也只是把高中三年的课本从头到尾看了一遍。

　　那时不兴押题，各科老师虽然平时讲课也强调了重点，但临近高考，还是强调大家要全面复习。那时外语是学俄语，我平时成绩不错，怎么复习的，记不清了。

　　尽管复习时间很紧，临近考试的前两天，我也像平常对待期末考试那样，留出两天时间玩玩，让自己放松放松，以便上考场能保持清醒的头脑，保持冷静。那两天不是绝对不翻书，但主要是调整心态，既不是很自信，也并不太心虚。我再三告诫自己的是沉着应对。

考场杂忆

1955年的全国高考，是7月15日和16日，已经是伏天了，到了西安一年里最热的季节。西安的高考考场，设在西北大学。我们市二中在东关的龙渠堡，西北大学在西安小南门外，正好对着老城墙的西南角。吃完早点，我便与几位住校同学拿了准考证往考场赶。

第一天考政治和语文。政治课的考场在西大对着北门的大礼堂，里面摆满了桌凳，记得我是从西侧的门进入的。按准考证找到了我的位置。坐定不久，便由监考老师发下卷子来。两人一桌，我到现在怎么也想不起来邻座的考生是男是女了。只记得拿了卷子，看题目不难，便快速地答起来。很快便进入自如状态，进入了以往考试时的那种特有的亢奋。只是不时有人被从考场抬出去，有男生也有女生，原因可能是天热，也可能是过于紧张，也可能两种兼而有之。总之是一休克，便出溜下去，躺到了桌子底下，只能遗憾地被抬出去，注定要名落孙山了。

每有人被抬出，我便告诫自己一定要冷静、沉着，要"泰山崩于前而心不动"，于是很快又重新进入亢奋。答完所有题，我从头到尾检查一遍，做了订正。在我之前，已有几人交卷。我交卷出考场，比法定时间提前了半小时的样子。

语文考试的考场在西大小树林后面的一座平房的大教室里，试卷有知识题和作文两部分，但我始终没能调动起临场的亢奋。记得作文题是《我的家庭》。因为不久前刚因"重要社会关系有问题"而被取消留苏资格，而受到沉重的精神打击，而轰毁了许多美好的梦想，所以面对这个作文题，怎么也调动不起灵感。总之，是味同嚼蜡地做完了全部知识题，又始终不曾找好切入点和中心点地写完了作文。我对自己的语文考试感觉非常不好，从来没有这样糟过。

班主任蔡老师不断鼓励我，以增强我的自信，我知道自己在他心里的地位。他一再说："你是咱们学校应届高中毕业生八十七人中的第一名，报考北大是最有希望的！"但我心里清楚，档案里"不宜报考机密专业"

的结论，任何一个学校录取都要打折扣，都会犹豫一下。填报北大，白扔志愿罢了。何况语文又考得如此不理想。不过我想，也不能辜负了蔡老师的一片期望，说什么我也得善始善终考好试。

第二天天气依然晴热，在历史和地理的考试中，我终于找到了感觉，恢复了以往临试的常态，特别是那种可以做到超常发挥的亢奋和自如的心态。历史题目不必说，就是地理题中公认为拿到最难的题目，即从天津到列宁格勒走最近的水路，要经过哪一些最重要的海、海峡、河流和运河，我都答得分毫不差。我相信，我肯定是考场中答完卷子最早的人，但我不急于交卷，等仔细检查、订正完错漏后，已经有人交卷了，我才交了卷，沉静地走出热得像蒸笼一样的考场。

我参加完考试，感到轻松。那个年代大学仍是精英教育，每年录取入学的高校新生，全国也才几十万人。我们那年的录取比例是2∶1，但我相信自己的实力，相信自己一定会被录取。因为填志愿表时，西大中文系不招生，我报了兰大中文系，第二志愿是西大历史系。没有想到，一个月后我收到的竟是西大中文系的录取通知书，真是喜出望外。这样，可以离我苦累的父母亲更近一些，不必去更边远的兰州，不必花太多的钱在路上，而且可以常回家看看。

我高考考场所在的学校，就是我行将就读的学校。这里成了我又一个人生的驿站，我结交了许多新的师友，在他们的教导和帮助下，我走上了成年，经历了最初的人生转折。

进西大

收到西北大学中文系的录取通知书，在我，完全是一个意外。因为在填写志愿表时，西大的中文系不招生，所以我在表上的第一志愿栏填了兰州大学中文系，只在第二志愿栏填了西大历史系。西大和兰大，都是当时的重点大学。我对自己的高考成绩，心里还是多少有些底的，再说，我读高中时，一直是年级第一，自己估计，按第一志愿被兰大录取的可能性最大。

我家在临潼乡下。上一世纪的50年代中期，每年高考在7月中，8月中放榜发通知。到了8月15日，还不见通知来，我在家里等得很着急。直到8月19日，才接到通知，打开一看，是西北大学中文系汉语言文学专业，简直让我喜出望外，兴奋不已。父亲和母亲都为我高兴，弟妹们也为我而自豪。我不仅是老何家的第一个大学生，是出生地上河村、王家硷的第一个大学生，也是母亲娘家老安家的第一个大学生。我就要肩负起父系母系，安、何两家将圆的大学梦了。

为我上学，父亲想借十五元钱让我带上，竟然一连跑了几天都空手而归，一分钱都没有借到，神情黯然，母亲缝缝补补也只给我准备了简单得不能再简单的衣被。不过，这些都没有影响我的情绪，我相信，没有克服不了的困难。九天之后，我便带着亲人们的期望，背起简陋的行装，拿着西北大学中文系汉语言文学专业的录取通知书来报到了。

我念中学是在西安二中，前后六年中先是在东郊外的韩森寨，后来迁到东关龙渠堡原私立民主中学旧址，离小南门外面对西南城角的西北大学很远，一直没有来过。但一个多月前高考的考场却设在西大。我考试的具体地址是大礼堂，记得考试时天气特热，不少考生因为过于紧张而晕倒在考桌底下，被监考人员抬出场外，他们肯定名落孙山了。至少不会像我一样，在当年来报到了。语文考场不在大礼堂，而是在小树林南边的一排砖砌平房的教室里，大约是后来盖物理楼的旧址。

考试时挺紧张，无心细看学校的环境。来报到了，要在这里生活和读书了，这才留意周围的一切。

那时西大的校门朝北，西大新村还没有建，所以没有开西门。我是从北门走向我人生的一个重要阶段。校门是铁栅栏门，东侧的砖砌抹灰方柱，挂着白底黑字的"西北大学"校牌，是集鲁迅的字放大的。校门上拉着欢迎新同学的红色横幅。校门内传达室外摆了桌椅，是欢迎新生的高年级同学在这里负责接待。中文系上一年没有招生，接我们这届新生的实际上是比我们高两个年级的同学。

北校门内有长宽约三四十米的小空场，正对空场是一个圆形的小花圃，周遭是修剪整齐的柏树矮墙，里面有各种花木。蜀葵已经开到茎秆的最上边，还有零散的月季在开放。圆形花圃两侧，是通往校园里面的大路。校园里的一切，让我感到又陌生又亲切，美丽中还多少透出那么一点神秘。

迎接我们的高年级同学是很热情的，帮我们来报到的新生扛行李，找宿舍，介绍学校的和本校的情况。我的东西被搬到西三排平房的一间宿舍里，同屋住的有后来做了延安大学教授的陈民旭，还有黑瘦细高的何振宇等。

民旭和我同龄，那年十七岁，比我小几个月，我们此后是非常要好的同学，保持了长达半个世纪的交往和友谊。他家住在西安近郊，家境小康，有一个苹果园，常在礼拜天拿些早熟落地的苹果给我们吃。入校没有多久，他的父亲便去世了，看他戴着黑袖箍一脸悲痛的样子，我的心里也很酸楚。

我们到校注册的日子是1955年的8月28日，报了到，便算正式开学了。记得并没有立即上课，上课是十天后的9月8日。上课前的这段时间，差不多每天都安排了报告，听完报告便组织我们座谈讨论。通过报告和座谈，学校对新生进行入学教育，使我们对学校、对专业有一个大致的了解，懂得怎样做一个新时代的大学生，明确自己的学习目标，端正学习态度，秉持正确的方法和学风。通过座谈和发言，同学之间也开始有了初步的了解。

我们听的第一个报告是岳劼恒教授的，他是当时学校的教务长，著名的物理学家。个头高大，身材魁梧，长着一颗硕大的头颅，国字形大脸盘，脑门宽高。从高年级同学的介绍中知道，他曾留学法国，受业于居里夫妇。他给我们讲的是高等学校，特别是综合性大学的培养目标，虽然声音浊重，讲得并不十分流畅，但我听得还是十分认真，生怕漏掉了什么。给我们做报告的还有罗副总务长、政治辅导处的曹副主任。罗副总务长介绍学校的行政组织系统及各部门的职能；曹副主任则主要讲学校校则，以及学生自觉遵守学习纪律的重要性等问题。

那时西大的校长由侯外庐兼任。侯校长是中国思想通史的开山，他常住北京，很少到校理事。我只在大礼堂听过他一次学术报告，给我的印象是整个报告中他的"我"字都是大写的，口气很大，带有浓重的山西口音。比如说："关于中国古代社会的历史分期问题，我的看法与郭氏沫若不同"；"我把中国古代思想的发展概括为'滚雪球'的形式，这个雪球的核心，在先秦的春秋战国时代就已经具备了"，等等。听高年级同学讲，1949年共和国成立的庆祝游行时，他让画了自己的巨幅像，由学生仪仗队抬了与马恩列斯毛朱的画像一起上街，人家都不认识这是哪个伟人，终于被抬了回来，传为笑谈。听了他的学术报告，我深信他完全可能让人抬着他的像上街。不过，平心而论，如果不是国庆游行，而是中国思想史的庆典，那么第一幅应该抬出的巨像，则非他莫属了。

侯校长不到校理事，学校的日常事情便由副校长刘端棻全面负责。刘校长是延安来的老干部，后来做到省常委、宣传部长。刘校长是9月3日给我们做的报告，这是一个关于忠诚老实的政治道德的报告，报告完后给每人发下一份表格，我们都本着对党、对人民忠诚老实的态度逐项逐条，加以填写。

我是在西安市二中加入新民主主义青年团的，开学不久，我便将团的关系从中学转了过来。班上成立了团支部，支部有较为严格的组织生活。在组织生活会上，虽然大家新来乍到，互相不熟悉，但是都能够真心诚意地开展批评和自我批评。大家给我提意见最多的是有骄傲情绪，不谦虚，不讲卫生。就在开学的那个月，有好几个团内报告，记得其中一个是关于把中国新民主主义青年团改名为中国共产主义青年团的报告。青年团改名后我们还专门组织了学习和讨论，大家都很兴奋，都表示要忠于共产主义事业，做好党的后备军，并严格要求自己，争取早日成为一名光荣的共产党员。那是一个火热的、激情燃烧的年代，政治热情高涨的年代，每一个青年学子都在鞭策自己，以期达到更高的人生境界。

那年，我们中文系55级只招了一个班，全班三十人，有几个调干生来自工农速成中学，年龄偏大，最大的三十出头了，叫高增明，当时是班上唯一的党员。班上的团支书先是来自甘肃酒泉的桑玉祥，后是来自甘肃庆阳的赵俊杰。我被指定为班主席。此后我一直担任此职，直到毕业留校做助教。我虽然对大学生活怀有敬畏之心，但因为已经在西安这样的大城市念过六年书了，中学时讲演、讲故事，总得第一，又是校学生会的学习部长，所以面对除陈民旭外都比我年长的师兄师姐们，并不怯场。唯一的缺点是热情有余，细致不足，有时情绪波动，忽冷忽热。

那时，大学食堂的伙食很好，早点有豆浆、油条，午餐和晚餐分桌吃，有肉。与我在中学时的常常饿饭，与我家的连过三个年不见一星肉相比，真是进了天堂。有些爱吃肉的同学，还吃过界限去，伸出援助之嘴，帮别桌把消灭不了的肉类填充到自己的胃里去。

9月5日的晚上，中文系开了一次盛大的送旧迎新会。送旧，是欢送毕业生离校走上新的工作岗位。那时的大学毕业生，都由国家统一分配。从毕业，到走上工作单位，要有一段时间，所以当我们新生入学时，应届毕业生还没有走。我们的系主任是郝御风教授，他主持会，与会的老师还有傅庚生教授、刘技生教授、张西堂教授，那时宋汉濯、单演义老师都是副教授，杨春霖老师只是讲师。那次会上教师们和毕业的同学们都讲了话，给我留下深刻印象的是傅庚生教授的讲话。他因为已有批评史、鉴赏论和杜甫研究的著作行世，而名垂海内。他着西装，结领带，背头梳得很光，讲话温文尔雅，显得极有风度。他讲了一些勉励我们的话，要我们刻苦学习。傅老师后来是对我的人生影响最大的师长，也是后来在1958年"拔白旗"的极左政治运动中被我伤害最深而又始终对我毫无记恨并且对我抱有很大期望的前辈。每念及他，我都会热泪盈眶。

　　我就是这样，踏进了西北大学这所堪称西安众校之母的高等学府的大门，开始了我人生的一个重要的阶段。虽然时隔半个多世纪了，那情那景，仍历历在目，历久弥新。

"文研班"的读书生活

报考文研班

我于1958年提前一年毕业于西北大学中文系汉语言文学专业，毕业后留校做了一年级的助教。次年夏天，学校接到中国科学院文学研究所与中国人民大学合办文艺理论研究班的招生通知，报考者须经原单位推荐，资格要求是：在大学中文系或文化艺术单位工作两年以上；是中共党员，专业骨干；政治可靠，有培养前途。原单位推荐经招生单位初步审核同意后，还要参加正式考试，考试合格，才有可能被录取为研究生，报名入学。我的工龄只有一年，与"工作两年以上"的最低要求尚有差距，但学校领导怕早我毕业的两位教师刘建军和张学仁考试把握不大，便也报了我的名字，以增加保险系数。

7月，我们三人同赴北京考试，我和刘建军住在文学研究所八号楼的一间小屋里。记得考题中有一个关于"双百方针"的理解问题。作文题是评论鲁迅的《阿Q正传》或杨沫的《青春之歌》，任选一部。我选的是评论《阿Q正传》，记得开头的几句是："阿Q被糊里糊涂地送上刑场，'团圆'了。但是屠夫们，赵太爷们并没有逍遥多久，得意多久……"说实在的，我当时对自己的试卷和评论，还是很有几分得意的。我相信自己能够被录取。但一想到差一年工龄的欠缺，心里不免又有点打鼓。

不过，回到西安不久，便接到通知，西大参加会考的三人，全部被录取了。我真是喜出望外。

文研班驻地在人民大学的城内部分，即张自忠路一号，原为铁狮子胡同一号，人们习惯称"铁一号"。那可是个非常有名的地方，原是段祺瑞执政府所在地，北平沦陷后，这里又做过日寇华北派遣军的司令部。我们的宿舍，就在进门的灰色雕花主楼的二层。

我们报到以后不久，便举行了开学典礼。在开学典礼上，我才知道这个研究生班是根据时任中宣部副部长周扬的指示由文学研究所筹办的，曾与北京大学联系过合办事宜，没有谈成，最后得到人民大学的全力支持，这便有了我们这些学生的推荐、考试、录取和入学。那时老革命家吴玉章正做着人民大学的校长。他出席了我们的开学典礼，并且讲了话。他有浓重的四川口音，勉励我们好好学习，不要辜负党的重托和人民的厚望。因为他兼任着文字改革委员会的主任，所以也讲了许多关于文字改革方面的话。我们文研班的班主任由何其芳老师亲任，副班主任是人民大学的何洛教授。文学研究所负责专业教学的规划、授课教师的聘请和专业教学的实施；人民大学负责学生的日常管理，包括党团组织的领导、政治思想工作、后勤工作，以及哲学、逻辑、外语课等共同课的开设。文研班设有秘书，人民大学方面是纪怀民，文学所则由所学术秘书室的康金镛、马靖云等同志具体联系。

文学所参加开学典礼的老师，除何其芳所长外，还有唐弢和蔡仪两位先生。唐弢作为文研班的专职教师，是其芳老师专门从上海调来的。他初到北京，就住在铁一号人民大学教师宿舍的红楼里。因为藏书多，学校拨了相邻的两套房子给他。稍后，他才正式搬到建外永安南里的学部宿舍。

文研班的研究生来自全国各地，我们班是第一届，后来又招收了第二届和第三届；之后，还办过一届进修班。我们这一届共有学生三十人左右，中间有人回了原单位，毕业时只有二十多人了。多数同学经过了考试，还有少数几位未经考试，开始算是旁听，久了也就成了正式学生，一律看待了。来自青艺的王春元和来自中央美术学院的冯湘一，就是这样。

必读书目三百部

开学不久，便给我们每人发了一份打印《必读书目三百部》，要求我们在毕业之前读完。这个书目是何其芳老师亲自开列的，他征询了所内外不少专家的意见，几经修改，最后才确定下来，印发给我们的。

《书目》以文学专业的名著为主，既包括了中外的文学作品名著，也包括了著名的文学研究、文学理论、文学批评和文学史著作。但是《书目》不限于文学专业，也开列了哲学、史学、经济学方面的名著。如《狄德罗哲学选集》《费尔巴哈哲学选集》《费尔巴哈与德国古典哲学的终结》《路易·波拿巴的雾月十八》《唯物主义与经验批判主义》《资本论》（第一卷）等。

拿到这个书目，对我和许多同窗震动很大：一是文学名著类书目，我们只读过其中的一部分，虽个人情况有别，多少不同，但谁都有相当多的篇目未曾寓目；二是非文学类名著我们差不多全没有读过，只有少数人读过一两本。正是这个书目，让我们认识到自己学养的不足，看到了文化知识准备上的差距。

何其芳老师根据我们的要求，专门讲过一次学习方法的问题。他根据毛泽东《改造我们的学习》的思想，讲了学习历史、学习现状和学习马列主义三个方面的问题。他又把这三方面概括为理论、历史、现状。在他看来，这三个方面既是学习的内容，也是知识准备的格局，既是学习的方法，读书的方法，更是思想的方法。他还给我们讲到延安整风时的整顿文风和学风。事实上何其芳老师个人的学术研究，也正是按照理论、历史、现状的方向布局的。他有专门的文学理论研究领域，并以其理论研究带动和指导自己文学历史及其规律的研究；他对中国古代文学的历史进行了重点和深入的研究，如研究屈原，研究《琵琶记》，研究文学史的一般规律和文学史的编写原则，特别是关于《红楼梦》的研究，最为学术界所称道。他给我们说，为了研究"市民说"的能否站得住，他花很多工夫细读了黄宗羲的《宋元学案》和《明儒学案》。他说这两部书虽然很重要，但读起来却非常枯燥，他是硬着头皮读完的。

谈到读书，他说，当年读大学时，他读了"五四"以来的全部找得到的新诗集和翻译的外国诗集，数量足有两个书架之多。他的深度近视眼镜，就是在那以后戴起来的。

由于《必读书目三百部》的震撼，由于包括何其芳在内的师长们读书榜样的启迪和读书方法的教诲，加上同窗们都是经过一段工作之后来深造的，谁都有过"书到用时方恨少"的体验，所以大家都很珍惜这一段难得的学习机会，班上拼命读书成风。我也在这股风气中被推拥着，认真、自觉地读了几年书。特别是1960年饿饭以后，比前些年折腾得少多了，我们反倒有了稍许宽松的外部读书环境。按照学制，我们首届文研班应该修业三年，于1962年暑假毕业。但是大家一致要求延长一年，理由是这几年写"反修"文章，热蒸现卖，没有好好读书，许多必读的著作都没有读，得好好补课。一听是要好好读书，其芳同志很痛快地答应了大家的请求，经有关上级同意，我们推迟一年，与下一届文研班的研究生同于1963年毕业。我们的毕业证上至今还印着"学制三年，统一延长一年"字样。

转益多师是汝师

文研班有严格的课程安排，按部就班，循序渐进，大体按照中国文学史和外国文学史的顺序，安排重要作家和作品的专题讲授。请来授课的老师，多是当时第一流的学者，所讲内容都是他们长期研究的成果，且为学界公认。授课老师不限于文学所，外请的也相当不少。

中国文学的首讲是《诗经》专题，由文学研究所的余冠英先生讲授。余先生是《诗经》研究的名家，他曾在此前出版过《〈诗经〉选注》和《〈诗经〉今译》，受到读者的广泛欢迎。他为人温厚谦和，讲课风格平实而循循善诱，不故作惊人之语。《楚辞》是请北京大学的游国恩先生讲的。他的《楚辞》研究功力很深，听课前我就读过他几篇关于《楚辞》的专门文章，也把他的文章和郭沫若的文章进行过对比。游先生的讲课风格一如他的文章风格，严谨得几近琐细。比如讲《离骚》，就先从题目的释义和考证开始，举证详备，不厌其烦。我在念大学时，听刘持生教授关于"摄提贞于孟陬兮"一句的解析，特别是关于"摄提格"的考证，竟长达一礼拜的六个课时，所以对于游先生的《离骚》考，倒也能细细地听他道来。记得在讲屈原的人格和屈原谪迁命运对后世的影响时，他特意把唐代诗人刘长卿的诗用粉笔抄在黑板上："三年谪宦此栖迟，万古惟留楚客悲。秋草独寻人去后，寒林空见日斜时。汉文有道恩犹薄，湘水无情吊岂知……"一边吟诵，一边讲解，非常投入，也非常让人感动。我至今仍能记得他吟诵时的神态。当时的《楚辞》今译有多种本子，如文怀沙的和郭沫若的，我都看过，但游先生提也没有提一句，更不要说评价了。

杜甫专题是请冯至先生来讲的。他当时是北京大学西语系教授并任系主任。我们知道他兼有名诗人的身份，在《人民文学》上不时能读到他优美的诗篇。做助教时，我研究杜甫，读过他写的《杜甫传》。他的《杜甫传》50年代曾先在《新观察》连载，后来稍经修订由人民文学出版社出了单行本。全书仅十多万字，虽然是面向文学爱好者和一般读者的，却很见功力，非熟知杜甫者不能为。《杜甫传》文笔清丽，深入浅出，很受读者欢迎，曾一版再版，屡印不衰。杜甫的传记材料，传世不多，冯至作传，主要从杜诗中离析出来，足见其用功之勤。冯至先生的课是诗人式的，感兴式的，不以理性的剖析和周密的论证见长。他后来还给我们讲过德国文学的专题，也给人留下了深刻的印象。

我们班上的同学，有不少是读过文学所范宁先生的文章的，建议请他来讲宋元话本的专题，但班主任何其芳老师没有同意，说范宁虽然写过一些文章，但讷于言辞，不善表述，讲课效果不一定理想，终于没有派他来。我读过《西厢记》的两种当代注释本，一是文学所吴晓铃先生的注本，一是中山大学王季思先生的注本，王注更详细一些。原以为会让吴先生来讲《西厢记》的专题，但请来的却是王季思。王先生从广州专程赴京为我们上课，往返乘的都是飞机，这在当时要花重金的。只要学问好，讲课效果好，班主任何其芳是不惜工本的。王先生的课的确不负众望，讲得极精彩。

外国文学的授课老师，也同样都是名重一时的专家。罗念生先生为我们讲希腊悲剧，他精通古希腊语，三大悲剧家的主要作品都是经他翻译的，他的译本至今仍是公认的权威译本。罗先生身体不健壮，面容黄瘦，讲课细声细气，冬天总是戴着一顶卷边毛线编织短檐帽，形状很像电影《林家铺子》里谢添饰演的林老板戴的那种。他穿着青布棉袍，好像没有罩袍，因为我能清楚记得上面一个个针脚纳过后留下的小坑窝。为我们讲法国文学和戏剧的是著名批评家和戏剧家李健吾。他与着中式袍服讲洋戏的罗念生不同，每次讲课都穿着深色的西装，以黑色为主。他显得胖墩墩的，西装好像要被胀破似的。讲莫里哀喜剧，很投入，讲到精彩处常自己在讲台上表演起来。特别有趣的是，掏出雪白的丝织手绢来，一抖，用几个手指捏着，从嗓子里挤出细而且娇的女声，扭着粗壮的腰肢，表演贵妇人的动作和神态。课堂情绪极为活跃。还有其他一批著名的外国文学专家被班主任延聘来为我们授课。如季羡林先生讲印度文学；卞之琳先生讲莎士比亚；戈宝权讲普希金；叶君健讲安徒生等。

我们的文艺理论课是一门主课，由蔡仪老师讲授，每周都要来讲。那时他正在主持编写作为高校教材的《文学概论》。我们的这门课程就是按照后来成书的这部教材的轮廓讲授的。蔡老师身材瘦高，留着寸头，用浓重湖南口音的普通话讲课。我们的课从文艺作为上层建筑开讲，逐渐展开。蔡老师讲课，以严密的推理和论证见长，很少有生动的举例。他总是很严肃地讲，我不记得他在课堂上有过笑容。有的同学觉得他讲课枯燥，但我始终是认真地听，认真地做笔记，并不觉得枯燥。听他的课，有如嚼橄榄，久而真味始出，盖属于苏东坡所说的"外枯中膏"一类。我们都知道，在50年代的美学论争中，蔡老师属于"美是客观的"一派，是这个美学流派在现代中国的主要代表，但他没有给我们讲过美学课，也没有在文艺理论课中系统地介绍过自己的美学主张，尽管我觉得他的文艺理论观点其实就是他的美学思想的文艺或文学表现。

美学课也是文研班的主课之一。我们系统地听了朱光潜先生讲授的西方美学史，这门课的讲稿就是后来出版的《西方美学史》的雏形。朱先生在北京大学讲，我们每次去听课，都是从铁一号坐学校的专车。朱先生满头银发，长着一个苏格拉底式的脑门。他的《文艺心理学》等代表性著作，我做大学生时就读过，知道他是唯心主义营垒里的美学家。解放以后，他把自己"'美是主观的'的主张修改为'美是主客观的统一'"，以与马克思主义的哲学接轨。但他的论争对手仍认为他的"主客观相统一"，不是统一于客观，而是统一于主观，还是主观唯心论那一套。别看朱先生文笔活泛，平易近人，但他讲课却极严肃认真。每次讲新的课以前，他都要复习上一次讲课的内容，或者检查他所布置的参考书的阅读情况。他拿着听课人的名册，随机点名，让你站起来回答问题。所以我们的同学们都很紧张，生怕点到自己的名字，回答不好，下不了台。我在文研班还算娴于辞令，长于表述的，一般不怯场。但在有一次关于亚里士多德《诗学》的提问中，还是被朱先生问蒙了。最初的两问还能对付，接连几个更深入的问题，便知其然不知其所以然了。朱先生个头不高，且已微微驼背，但往讲台上一站，便显得威严、高大起来，有一种人格和精神的震慑力。

李泽厚是实践派美学的代表人物，他也被请来讲授过他的美学观念和理论。他那时也就刚刚三十出头年纪，比我们班上年龄大的同学还要小十来岁。他对自己的观点很自信，但似乎不太会讲，没有如朱先生那样的震慑力。他没有讲稿，只在两张白纸上散乱地写了提示性的短语，短语之间画了连接线，这显然是一份前提纲阶段的思维轨迹图。

美学家王朝闻先生也来给我们讲了课，他与蔡仪先生的授课风格正相反，基本上不讲多少理论，而是多具体作品的欣赏和举证，讲自己的鉴赏体验和创作体验，机敏而且睿智，给人以多方面的，亲切的启发。比如讲他的雕塑名作《刘胡兰》的挺胸稍前倾的身姿造型，就是从中国古代青铜酒器斝的型制中得到启示，获得灵感的。

就记忆所及，先后给我们讲过课的老师，还有张光年、宗白华、马约翰、黄肃秋等人。我们还到中央美术学院听过中国美术史和西方美术史等课程，以拓展我们的学术视野。

像一支军队的风格就是指挥员的风格一样，我们文研班的课程设置风格，就是主持者、班主任何其芳的文学教育思想的风格：第一流的授课教师；古今中外的教学内容；历史、现状、理论并重的方法。杜甫《戏为六绝句》的最后一首是："未及前贤更勿疑，递相祖述复先谁？别裁伪体亲风雅，转益多师是汝师。"何其芳老师很喜欢杜甫的这组名诗，他在1964年也效杜甫写了《戏为六绝句》，抒发自己的诗歌见解。杜甫的"转益多师"他是实践过的；他也按照这个思路，安排我们的必读书目，安排我们的教学。

作为一代文学教育的宗师，他三四十年代在延安主持鲁艺文学系的时候，他五六十年代在北京主持文研班的时候，都按照自己开放的具有包容性的学术精神和思路，培养了自己的几代学生。

我是马文兵里的小角色

马文兵在20世纪60年代初的中国文坛上是很有点名气，很有点影响的。马文兵是我们人大文研班首届研究生写文章时所用的集体笔名，意为马克思主义文艺理论战线上的一群小兵，一队小卒子。我们读研的那几年，"反修"是文艺界的主要任务，周扬下令创办文研班的目的，就是要培养文艺理论批评战线上的反修队伍，所以，我们写反修的批判文章，也就是理所当然的了。

以马文兵的名义发出的重要文章，一般都要经过大家反复讨论和修改。那时要文章的地方很多，也有些未经全班讨论，又不是特别重要的小文章，则用文效东的笔名发出去。当然，这样的文章也要经班支部同意。

在马文兵几篇重要文章的写作中起关键作用的是郭拓。郭拓，在文研班是老革命了。他1937年参加革命，1938年入党，抗战期间，在八路军中作参谋，负责过对日本人的宣传和对日本俘虏的改造教育工作。天津解放后作那里最大的一家造纸厂的党委书记兼厂长，行政级别14级。但他不想做红色企业家，对当官也毫无兴趣，一门心思想读书。于是，在他反复的强烈要求下，组织上同意调他到南开大学中文系做调干大学生，他是唯一的学生校党委委员。1951年和我一样报考并被录取为文研班的正式研究生，当然是调干研究生。

进入文研班的那年，郭拓四十一岁，差一岁就是我入学年龄的一倍。那年，他的女儿刚好考入南开大学。他级别高，资格老，理所当然被指派为我们班的支部书记，同时也是新闻系的总支委员（因为当时人大没有中文系，只有语文教研室）。

郭拓很老练，讲起话来滔滔不绝，长篇大论。马文兵的反修文章，从定题，到写作，到出初稿，到讨论，到定稿，他都是主要组织者。有了题目，他先讲，大家讨论，他把大家意见初步归纳，拍板指派人去分头写，稿子出来了，他再组织讨论，修改，定稿。他很会说，但从来不亲自执笔写。不仅字写得难看，而且写不好文章。说他是马文兵一系列文章的主要谋士和智囊，我看当之无愧，但他不是马文兵的写家，不是执笔者。他的讲话，记录下来，稍加修饰，就是不错的文章，但自己单独写不出好文章。这大约是他长期从事领导工作的结果，"领导出思想"，出了思想，下了指示，让秘书去干就行了。他是马文兵写作集体事实上的主要领导人。马文兵最有影响的两篇大文章，一篇批判资产阶级人性论，一篇批判资产阶级人道主义，他都是主脑，文章写成后他代表马文兵在《文艺报》组织的座谈会上去发言，语惊四座，深得主持会议的邵荃麟的好评，这两篇文章《文艺报》都给了大的篇幅作为重点文章全文刊发。

郭拓不修边幅，生活很不讲究，吃饭、喝水都用的是同一个硕大无比的茶缸，有的同学拿他"开涮"，说是郭拓那个大缸子，晚上兼作尿桶用。这个我倒是没见过。他住在我们那层楼的西北角房间里，东向、北向均有一窗开向游廊，北窗正对着一个上楼的转梯。照顾他，给他一人一间屋子。夏天苦热，他常常会像南北朝时的刘伶一样，"以天地为栋宇，屋室为裤衣"，脱得一丝不挂，在屋里吊儿郎当地走来走去，做思考状，还不时端起大茶缸喝口水。但旁若无人，从不向窗外望一眼。他这样，吓得班上的几位女同窗都不敢从那里的梯子上楼。我是在一位同学的提示下，去那里窥伺过一次，郭拓真的没发现我。

郭拓的支部书记是被文研班的同窗们罢免掉的，原因是大家越来越无法忍受他目空一切，出言不逊的狂态。他觉得在这个世界上他最有学问，他讲的话最正确，对的是对的，不对的也是对的。最让同学们无法容忍的是他对大家尊敬的班主任也不瞧在眼里，竟说，"何其芳懂得什么？还是文学所所长呢，就这水平！"罢免郭拓时，我也是意见最激烈的人中的一个。郭拓毕业后分配到哲学所工作，死于脑梗死，一粒药捏在手上，没来得及填进口里，就孤独地去了。去世时还是助研，他的副研名分，是死后才得到的，已是死魂灵副研究员了。

马文兵的真正写家在当时是王春元。王春元来自青年艺术剧院，有点肺结核。他长我十三岁，是我同窗中的中等年龄。那时吴雪做青艺院长，派他来文研班进修，想把他培养成剧院的"自己的评论家"。他不善于讲，却长于写，与郭拓正好相反，两个人互补，便有了马文兵的好文章。那篇关于资产阶级人道主义的文章，就是他执笔写成的。他写文章很慢，属于以"腐毫"著称的司马相如一类的才子。但慢工出细活，文章耐看，有文采。正因为如此，他毕业后没有回青艺去再度演红如《家》里大少爷觉新那样的角色，改了行，被调到文学所来（后来不幸于1994年过世了）。

当年用马文兵、文效东的笔名所发的那许多文章，从今天我们所达到的认识来看，有相当突出的"左"倾教条主义的倾向，而那些对所谓"修正主义文艺思潮"及其在国内外的代表性作家作品的批判，也基本上是站不住脚的，但那是一个时代的错误，是步入歧途的历史必然会有的文化反映，马文兵的每一个年轻的和不十分年轻的成员，都无法为它负责。时过境迁，我们当然应该以一个负责任的知识分子的态度，进行反思，有所忏悔，不能固守原来的立场和观念。事实上，包括我在内的仍然活着的马文兵的成员，我们正是这样做的。

在马文兵的成员中，许多人在经过文研班严格的、开放的同时又是系统、科学的训练之后，都成为文艺界的骨干，在党所领导的文艺战线上发挥了中坚作用，尽心尽职地干了一辈子；在学术上有建树的人也不少。

谭霈生长我五六岁，是中央戏剧学院来的，嗓子是经过训练的，音色、共鸣都不错。讲起话来浑厚而富于感染力。他写文章时，拿着《马克思恩格斯全集》翻阅，引经据典。他抽烟，篮球打得很棒，在我们班的那个无往不胜的篮球队里，属于技术型球员，不像我的猛冲蛮撞。他常打中锋，篮板球拿得很好。每到周末之夜，他又是玩"拱猪"的牌迷，输了钻桌子，或者在脸上贴纸条。他如今是中国戏剧界最重要的理论家之一，由他创立的"情境说"的戏剧理论，独树一帜，影响很大。

陆一帆来自中山大学，他身体特棒，肌肉发达，是我们班唯一的校体操运动员，也比我长五六岁。在文研班时他曾跟唐弢老师学过一阵现代文学，但毕业后却从事文艺理论和美学研究。新时期以来是岭南美学界的执牛耳者，著作甚丰，他对文艺心理学的研究，与早起步的金开诚，稍晚起步的鲁枢元，都是在这个学科较有建树的学者。可惜，他那么好的体质，又一直坚持锻炼，却不幸猝亡。据同在一校工作的也是马文兵成员的潘翠菁教授说，很可能是长期超负荷工作，积劳成疾而不自知。

马文兵成员中，后来有影响的还有做了《人民日报》文艺部副主任的理论批评家缪俊杰；做过山东省作家协会副主席的文学批评家陈宝云；西北大学中文系主任、理论批评家刘建军；教授、学者张学仁；杭州大学教授、学者张颂南、何寅泰；扬州师范学院中文系总支书记，学报主编陈兆荣；鲁迅研究专家、研究员李元经；天津社会科学院研究员、理论批评家黄泽新；北京师范大学中文系总支书记、教授梁仲华；浙江丽水师专校长、教授文艺理论家叶凤沅；美术理论批评家冯湘一等。

在文研班，在马文兵的写作群体里，我是真正的丑小鸭，小不点，小兄弟，不起眼的小角色，派不上，也没有派什么大用场。入学的时候，刚满二十一岁，虽细高挑个子长到一米八，还是被同窗的师兄师姐们亲切地叫做"小何"。饿饭的那几年，班上的大哥哥大姐姐们都减了定量，减到只有二十来斤，许多人都浮肿了。但是他们一致说："小何正在长身体，不要减他的定量！"我是班上唯一保持原来学生三十六斤定量的人。我虽然也感到饿，腿上没力气，爬上二层楼到宿舍都没力气，但是我没有浮肿。我是在同窗大哥哥大姐姐们的呵护和关爱下，修满研究生的四年课程毕业的。

分配到文学研究所工作，"小何"改称"大何"了。但大何仍然怀念那一段长知识、长身体的研究生生活，怀念师长们，师兄师姐们。如今，我应该是真正的老何了，我深感有愧于师友们的培育、关爱和期望。

往事如烟

我于1958年西北大学中文系毕业，当了一年助教。1959年考进中国人民大学"文艺理论研究班"，学了四年。1963年分配到中国科学院文学研究所。从1963年到1976年，整整十三年，我没写过文章。倒是写了不少大字报，还写检讨。知识分子不断挨整，是逃不掉检讨的。我的检讨写得洋洋洒洒，诚恳而又熟练。当时就有人建议我到上海摆摊儿，挂一块招牌：代写各种检讨。这一辈子写的各种检讨加起来绝对比我的著作字数要多。

我们所下干校的事说来话长。1968年工军宣队进驻上层建筑。学部当时两千多人，文学所一百零三人。不算工人，光是部队就进驻了一个建制营，××军的，然后各所成立了"大联委"。

1959年11月15日，学部"五七干校"首批人马出发去河南罗山。文学所是"连锅端"，全部下去了，准备在那里安家落户。我们文学所是第五连，我是副连长，管生产，管干活，因为我是农村出身的。工军宣队随同下去，后来工宣队撤了。我们学的是柳河"五七干校"的经验，我当时丝毫没有怀疑干校的正确性。

文学所知名的俞平伯、钱钟书、何其芳等都下去了。俞平伯还带着他的夫人"大表姐"。俞平伯有一段日记是这样写的："上午发言。到所里来，表示赴'五七干校'之决心。下午宣布全所移河南信阳罗山，办'五七干校'。学习班结束。下午回家。15日2时30分，携妻离老君堂寓。到所集合，乘大轿车同赴车站。"我想，俞平伯老先生写"离老君堂寓"这几个字时，肯定是很有感触的。老君堂是俞家祖寓。俞家最有学问的人物是俞樾，他是清代学术史上重要人物之一，俞平伯之母曾说："到平儿，俞家五代书香"，就是从俞樾算起的。老君堂俞宅分正院、偏院，有几十间房子。俞平伯住正院，偏院是他家的书房。那时逢休息日，他常请朋友到西院唱昆曲。后来，他从正院被赶出，住进矮小的书房。那年五六月，老君堂院中的马缨花绽开粉红的花朵。这种花又叫合欢花。这时，俞老从偏院的墙头，看到马缨花开，便写了《七绝》一首：

> 先人书室我移家，
> 憔悴新来改鬓华。
> 屋角斜晖应似旧，
> 隔墙犹见马缨花。

下干校前，很多人觉得没指望了，把书都卖了。离开自己的书，是很痛苦的。那时我的妻子在陕西，我单身一人在北京。原想带她一块儿下去安家落户，但她们工厂不同意，说工人阶级不下"五七干校"。我有两架书，来之不易，舍不得卖，把书存在亲戚家了。那时卖书，小本八分一斤，大本一毛五分一斤，报纸三毛一斤，外文精装书还不要，得撕了皮才行。也不乏远见的聪明人买书，几块钱就能买一套《资治通鉴》。

下干校时，我们先到河南信阳地区罗山县落脚。那地方原来是劳改农场。我们就住在劳改犯住过的房子里，打地铺。11月中旬，天已经很冷，又补种了一些麦子。何其芳随身携带的最重要的用品是一个大白茶缸。从刷牙喝水到吃饭，他都用这个大白缸子。信阳出水稻，有水塘养鱼，食堂有时也买鱼做着吃。一次，给大家改善伙食，每人一份连鱼带汤的烧鲢鱼。何其芳仍然用他的大白缸子装了一份。吃着吃着，越吃味道越不对，吃到最后，发现下面有一块香皂！这成了何其芳有名的故事。

我也有个故事。因为罗山水塘多，大家经常到水塘边洗脸洗脚洗衣服。有一次我去一个原是粪坑的池子里洗过东西，于是文学所调皮的"校友"、用何其芳的故事和我的故事编了一副对联，来取笑我：

> 何其芳牙缸吃肥皂越吃越香
> 何老别粪坑洗屁股愈洗愈臭

没有横批。我自己可以加一个：香臭不分。"老别"是所里的人给我起的外号。

刚下去时，钱钟书、吴晓铃烧开水。这两位是有名的大学问家。钱老著有《围城》《谈艺录》《管锥编》等书，吴老是解放后出版《西厢记》最早注本的注者，戏剧专家。钱老和吴老成天围着锅炉烧水，烧得"两鬓苍苍十指黑"！而且，冬天的北风老往炉堂里灌，水老烧不开。里头加热，外头加冷。还有人不自觉，去打热水洗脸洗脚，这种时候两位老人就会用充满"愤恨"的眼光盯着这些人！

我们驻地在离罗山县城十多里地的地方，只待了几个月时间，又从罗山搬到息县东岳公社，在那里划了一万多亩地。学部各所都去了，集中在一起。我们先到东岳，五连把俞平伯夫妇暂时放在包信集。包信集连着息县通往新蔡的公路，公路穿街而过，可能是为了让他们方便一点吧。

到了东岳，一方面建校、盖房、种地、烧砖、打坯，劳动强度大；一方面清查"五一六"，学习、审查不断。那时钱钟书管收发，我们写了大字报，还拿去让钱先生抄。一次，他看了我的大字报稿，说："你这个不通啊！你这里逻辑上有错误。"他指出我的逻辑之错，我当下就接受了，改了。

盖房要脱土坯，每块土坯三四十斤重，用锹把泥甩进坯模，女同志拿板条抹光，然后晒干。你说我们这样的人哪会盖房？盖的房哪会不漏？一到下雨，房子里都拉起塑料布，五颜六色的。那里地特别多，我们看到的，就是一片一片地里，一个个空荡荡的水围子。所谓水围子，就是每户人家在小院外，挖一条围沟，像护城河似的。水围子里面住人，围沟的水中，一般养些鸭子，种水浮莲，给猪做饲料。因为三年困难时期的"信阳事件"，住的人家没有了，所以水围子外是田，水围子里也是田，房子早已塌倒或翻掉了。有的地方连废墟都没有，是平地，辽阔无边的平地。我们就住在残存的水围子里搞猪圈，以为水围子可以挡住猪。何其芳和另一个同志在水围子里养猪，但殊不知猪会游泳，常常半夜猪就跑了。何其芳就打着手电找猪，追猪。有时下雨，他和那个同志穿着雨衣雨鞋满地找。他写了《养猪三字经》，还常说"猪忧亦忧，猪喜亦喜"。这句话成了何其芳干校养猪的座右铭,很有名。

不多久,俞平伯跟他的夫人一起又搬来东岳,住在老乡家。老乡的房子很破,屋子里也很简陋。俞平伯在这里干点轻活,搓麻绳,用来捆秫秸。因为我们盖的那种房子,没有椽子,只有檩条,就用麻绳捆住秫秸杆,捆成又粗又长一条一条的秫秸把子,搭在檩条上,再上瓦或不上瓦,涂上泥搭别的东西,作为支撑。俞平伯搓麻绳,可说是一丝不苟。他对自己的"搓麻"工作,有抒情诗为证:

> 脱离劳动逾三世,
> 回到农村学绩麻。
> 鹅鸭池边新绿绕,
> 依稀风景顶还家。

另外,他还有一首《邻娃问字》:

> 当年漫说屠龙计,
> 讹谬流传逝水同。
> 惭愧邻娃来问字,
> 可留些子忆贫农。

"屠龙"为典故,指学的本事没用。说是那些自以为了不起的本事,都如讹谬一样过去了。

有一次我到老君堂去看俞平伯,他把写在花笺上的一首诗给我看了。是在"十竹斋"花笺上写的。我只记得其中三句:

> 炙背夕阳面壁居,
> 毛公指点分明甚,
> 悔不当初细读书。

这首诗他的遗诗集《俞平伯旧体诗集》未收。俞平伯在东岳住在水塘边，那个水塘很脏，不是清水，水泛黄绿色，很深，洗衣、洗菜，臭烘烘的。池塘边，有几棵苦楝树，春天开一种淡蓝色的小花。淡蓝色在春天，在破草房子和臭水塘边，十分夺目，当是宜人的春色了。俞平伯又来诗兴，写了《楝花二首》：

一

天气清和四月中，
门前吹到楝花风。
南来初识亭亭树，
淡紫英繁小叶浓。

二

此树婆娑近浅塘，
花开花落似丁香。
绿荫庭院休回首，
应许他乡胜故乡。

故乡还是他在北京的家。到后来，干校实在没什么可做的，就让俞平伯夫妇先回了北京。他们已是六十岁近七十岁的老人了，干校一年多，不容易。这就是当年的俞平伯。也许，东岳镇上像这样斯文儒雅的老头儿不少，于是一首童谣流传甚广，在穷乡僻壤，是最高的"黑色幽默"：

高级点心高级塘，
高级老头蹲茅房。

有一位三四十年代就到了延安的老同志，女儿患了精神病。军宣队不批准走，却让她来连里请假。那时军宣队统管一切，说不同意便无法办了。她来找过我请假，我说，上边说了不行，我不能批啊。为此她一定还恨我。其实我也一样惨。我妻子在陕西第二印染厂，工作劳累，身体虚弱，心动过速，常常昏倒在车间。有一次她抱着病了的女儿上医院，昏倒在大马路上，让行人救起，送回家。厂里发来了电报，要我立即回去。但军宣队说我是干部，要带头，不准我的假。我绝食两天，才给了我四天假，路上来回三天，我在家只待了一天，算是见了她一面。她心脏不好，又有关节炎，三班倒。第二天我走的时候，她哭了。从西安到郑州到信阳到东岳，我眼前不断晃动的，都是她那满是泪痕的脸。

有一次，我们去挑化肥。我挑一百八十斤的担子，从东岳到干校，好几里路，就这样挑着走着，突然失去知觉，眼一黑就倒地上了。醒来时，扁担还压在肩上。我有胃病，捂着肚子干活，整整三年。我们干校还有一个砖窑，自己脱坯烧砖。装砖坯上窑，推车上窑顶坡度大，活累不说，灭火之后，窑还未全凉下来，烧的砖还是热的，就往外背。我扛三百六十斤的黄豆袋，四个人抬到我肩上，走跳板上粮仓，倒进去再下来扛。我的月粮食定量是六十六斤，平均每天两斤多。五连有人诙谐地说："到底是毛驴儿劲大，还是何老别劲大？"1971年年初，干校搬到明港军营。到明港已没有生产任务。在军营，连长指导员们住一间小房，就是连部，算是宽敞的。大部分"五七战士"和一些带家属的都住大营房，用苇席隔开。单身汉集体住，地盘大一点。一家一户的，各自隔开。哪里吵架、说话、解手什么的，都听得见，没有任何隐私。文学所的余冠英先生，是著名古典文学学者，《诗经》《三曹诗选》《乐府诗选》的选注者，全家也住这样的房子。一天晚上，他似乎老听见摇扇子的声音，就骂他老伴，"天没这么热，干吗老摇扇子？"他一骂，就没动静了。过一会，摇扇似的声音又响起来。原来是床板在噗嗒噗嗒响，是来探亲的。仅一席之隔，无法销声。余先生便戏称："海豹！海豹！"

往事如烟，又不全都如烟。干校问题，连同过去几十年来整个的知识分子改造问题，从理论到实践，都该做一些认真的反思，否则就是白受了那么多苦。"文革"、之后的一大进步，就是人们，也包括几代知识分子在内，变得不那么盲从了，有了一点独立的人格。这正是希望之所在。

关西大汉的自叙和自审

——我说陕西人

千里不同风，百里不同雨，一方水土养一方人。陕西特殊的山川风物、人文景观，气脉激荡，钟灵毓秀，孕育了陕西人特殊的地域文化性格。这使得陕西人在行为方式、思维方式、文化心理、方言礼俗、人际交往、饮食习惯等方面，都与别处人有所不同。

陕西在地理上可以区分为陕南、陕北和关中三部分。秦岭以南为陕南，多山。汉中近巴蜀，商洛、安康近荆楚，气候亦属长江流域；桥山山脉以北为陕北，以黄土丘陵地貌为主，再北就是毛乌素沙漠，到了塞上；关中处四关之中，为渭河平原，号称八百里秦川，土地肥沃，人烟稠密，是周秦故地。

"天府之国"最早就是称这里的，出典在《战国策》，那还是苏秦说昭襄王的时候。历史上称"三秦"，指的就是关中。因项羽入关封秦降将章邯等为雍王、塞王、翟王而得名，即后来京兆、冯翊、扶风的辖地，以三秦代称陕西，其实就是把关中作为代表来看的，而非实指地理上的陕南、陕北、关中。这正像"三晋"的出典在作为春秋战国分期标志的韩、赵、魏三家分晋，而非实指地理上的晋南、晋中和雁北一样。

以地域文化性格而论，陕南、陕北均与关中有些差异，但如果与别省相比较，则关中仍不失其代表性，毕竟同大于异。我虽是地道的陕西人，但年逾弱冠，即客居京华，于今四十余年。老母在堂，每年都要回乡省视，而梦里乡关，亦常萦绕不去。岁月流逝，千里迢隔，不仅没有将儿时和青少年时记忆中的故乡人、故乡事、故乡风物抹掉、淡化，有时反而会更加鲜亮。再说，拉开一段距离（时间的和空间的）看，便有了更多的比较和参照，也许能够看得更深切，更客观。

陕西人看陕西人，连着血肉，系着感情，存在着相近、相通的文化心理，相近、相通的体验，很容易做到"入乎其内"，甚至不用入，就在其内；离开了陕西而又久居北京的陕西人看陕西人，则又因为有了心理的和物理的距离，而更容易做到"出乎其外"，不至于坐井观天、夜郎自大。因此，由我来说陕西人，不仅饶有兴味，而且不乏自信。再说，也更切合王国维的美学原则。

一、关西大汉

就我所知，全国冠以地域而称大汉，且广为人知者有三：关西大汉、山东大汉、关东大汉。关西大汉特指潼关以西关中男性的魁梧体形和伟岸身高。至今在关中方言里，仍以"大汉子"、"碎（小）汉子"形容一个人个头的大小，"汉子"即个头。

有时形容女人的个头，也可以用"汉子"。如"大嫂汉子大，一嫂汉子碎（小），二嫂是中等汉子"等，均与三位哥哥无关。"汉子"在这里已从男性的指称游离出来，变成了专门说明身高的尺度，中性化了。

"关西大汉"的称谓，到底始于何时，我没有考证过，不敢妄断，但宋代已经颇为通行却是事实。自从俞文豹在《吹剑续录》里，形容苏东坡词的豪放派风格，用了"学士词，须关西大汉，执铁板，唱'大江东去'"的比喻，这"关西大汉"便似乎沾了苏学士才名的光，有了更深一层的诗文化意蕴而广为人知，至今沿用不衰。

《水浒传》里有"鲁提辖拳打镇关西"的故事，那其实是一善一恶两个关西大汉的生死对决。鲁智深打死了镇关西，便成了关西大汉的拳王式代表，正像同一本书里景阳冈打虎、快活林醉打蒋门神的武二郎武松，是山东大汉的威猛代表一样。

我的出生地在今西安市临潼区秦俑博物馆南侧不到百米的上何村。那深埋地下两千余年威武的秦俑军旅方阵，曾被现任法国总统希拉克称为"世界第八大奇迹"。据专家考证，出土的陶俑和陶马，都是按当时真人、真马的尺寸塑造烧制的。陶俑的形貌神态，个头高矮，都不完全相同，显然不是用一个或几个模子翻制的，而是每一尊俑塑都有一个相对应的真人模特儿，这些模特儿大致都选自当地的秦人。秦俑的身高基本上都在1.78米到1.82米之间，这种高度，即使从今天的中国人平均身高来衡量，也足以称为大汉。可见，秦兵马俑的发现，为关西大汉的称谓，提供了最早、也最有力的实物证据。当然是先有了形貌魁梧高大的秦人，而后才产生关西大汉的称谓的，这就叫名以副实。

秦人东向而击，统一山东六国，固然有政治、经济、文化、社会心理等因素在起作用，也包括有一批善于统兵、精于指挥的军事家和统帅如白起、王翦、蒙骜、蒙恬等在起作用，但也与在第一线的秦兵秦卒身形的普遍高大威猛，不无关系。到了唐代的杜甫，在他著名的反战诗《兵车行》里，还有"况复秦兵耐苦战"的话。

我的身高正好是秦俑高度1.78米到1.82米的平均值，生得傻大黑粗，被我大学下一班同学董丁诚在一篇流传颇广的文章里委婉地形容为"文质武相"：因为与那些兵马俑的形貌有某些地缘上的相似性，于是北京文学界的一些去过秦俑馆的朋友们便说："不必千里迢迢跑到西安去看兵马俑，看何西来就行，整个一活脱的兵马俑！"为了让我高兴，他们还不忘补充一句："将军俑。"此说反馈回陕西，那里文学界的乡党们也兴高采烈地认可这一发现。既然京秦两地的文学慧眼都认定我酷似兵马俑，自己还能说什么呢？只好默认，谁让我的先人们自觉不自觉、情愿不情愿地做了当年塑制兵马俑时的模特儿。

我忽然记起我们何姓人家祭祖时挂的那帧对联："水源木本承先泽，春露秋霜启后昆"。其此之谓乎？反正中国作协党组的王巨才书记，一个为人宽厚的乡党，曾封我为秦人的"形象代表"。虽说是一顶不拿俸禄的纸冠，我心下也还是有些飘飘然的。退一步讲，英伟昳丽的"形象代表"即使不合格，作为一介"关西大汉"，循其形而求其实，怕也还是"庶几乎近矣"！

至于秦人何以形体高大，只能说水土使然也。其实关中不仅男性普遍偏高，女性个头也不低。那些秦娥们、罗敷们，甚至陕南褒城的褒姒们、陕北米脂的貂蝉们，也都没听说过是矮个子、袖珍女。人而外，牲灵也偏高，如关中黄牛，是北方所有黄牛中个头最大，性情最驯顺而又最能吃苦耐劳的一种；再如那关中驴，也是中国驴类中个头最大、力气最大的，肯定比当年柳宗元笔下"技穷"的"庞然大物""黔之驴"要大得多，也管用得多。中国传统美学，是以大为美的，故凡称大汉者，皆美称也。

二、陕西"冷娃"

按个头，我的乡党陕西礼泉人阎纲也是一条关西大汉，只是他的面相要文气得多，儒雅得多，不像我的粗豪。他是才名很重的评论家，每逢论及文学作品中的陕西人性格，或历史上、现实中的陕西文化，常常喜欢正面肯定和提倡一种被他称为"陕西冷娃"的精神。陕西人在本地说"冷娃"，并不在前面加"陕西"，而说："他是个冷娃"，"你这个冷娃"，"真是个冷娃"，等等。有人以为"冷娃"就是"愣娃"的意思，以"冷"为"愣"的音变，其实是不对的。在关中方言里，"愣"的释义与普通话相近，含有呆、傻、缺心眼等意思，组词如"二愣"、"发愣"、"愣头愣脑"等。"冷娃"的"冷"，则不含这些意思。"冷"的释义，是从说温度冷热的冷引申出来的。陕西人常用的歇后语，"东北风——冷尿"可证。因为关中冬天多东北风，特别是落雪前。"冷怂"的用法，略同于"冷娃"，只是语气更加重了，凡说冷娃时，如果含有惊异、感慨、贬责、倍加称赞等情感色彩，都可以换成"冷怂"。

"冷娃"，像"关西大汉"一样，是专门形容男人的，不同在于后者指外形身高，前者指内在精神。冷娃，作为一种性格特点或人的精神气质，包含了诸如特别勇敢、特别果决、埋头苦干、拼命硬干，认准了的事情就全力以赴，决不回头，有狠劲、有韧性等多重意思。

但冷娃作为一种地域文化品性和气质，又存在着正副两极，正的一极除了上述这些复杂的层面以外，还有如金代忻州大文豪元好问在《送秦中诸人引》中所说的"关中风土完厚，民质直而尚义"的层面。质直尚义，是一种伦理性的价值判断。这种品格，在个人，是道德素质；在群体，则是整个地域普泛的文化风尚和文化心理。陕西，特别是关中，是中国礼乐文化的摇篮，是周礼的故乡。周公旦制礼作乐，就是在这里。孔子

"克己复礼"，其所复之礼，也正是周礼。秦有周的故地，虽因宗社丘墟而被后世论者目为残暴无道的典型，但看《诗经》中的《秦风》，特别是其中的《无衣》，还是不难发现秦人的公而好义的品质。

秦兵东向而击，所向披靡，天下归一，是很有些冷娃精神的。其协调军旅内部，号令部伍整饬，上下同欲，而后克敌制胜，靠的不只是严刑峻法、不只是重奖，更重要的是"岂曰无衣，与子同袍"的伦理凝聚力，即尚义的道德自觉。

冷娃品格还包含了某种开拓精神和冒险精神。前些年，我写过一篇短文，叫《走西口与出函关》，说是陕西人窝在关中，"关河空锁祖龙居"，自我禁锢，目光狭小，就不可能有大出息。要有大出息，就得像渭河、延河、汉江、嘉陵江一样，流入黄河，汇入长江，而后奔向大海。

周武王姬发吊民伐罪，兵临朝歌，灭殷纣而得天下，是开拓；秦自穆公之后，以东进为国策，终于在嬴政的手里"六王毕，四海一"，也是开拓。至于秦将白起，那更是很有些冷娃精神的名将，曾出武关而击楚，一举拿下郢都，强楚不堪一击，屈原的《哀郢》写的就是这件事；与赵决战于长治，坑赵卒四十万，使雄踞北中国的强赵，从此一蹶不振。可惜他像许多能臣一样，遭谗毁而被贬，被赐死，没有像样的军事著作和理论留下来，空存一个"武安君"的封号。

秦的国君也有冷娃。据史书记载，秦武公好力戏，喜欢举重，因举鼎伤力而暴亡。他是绝对可以用"冷娃"或"冷怂"来形容的。此后，东出函谷关，成为一种地域文化传统，融入秦人的文化心理，遂世代承传。

因此，自周秦以降，凡想成就王霸之业者，大都是先据有关中，而后逐鹿中原，争雄天下。汉如此，唐如此，大顺朝如此。至于共产党人，也是先在陕北站稳了脚跟，然后才有天下的。

走西口，是向西的开拓，我以为也是陕西人冷娃精神的积极面的表现。秦代曾经西并戎狄、巴蜀，南取汉中，北收上郡。汉以降，长安是交通中西的丝绸之路的起点。汉武帝刘彻的雄才大略且不说，以臣工而论，西汉张骞的出使西域，东汉班超的投笔从戎，都是很有些陕人的冷娃劲儿的。而后，诗人们才能咏叹"一县葡萄熟，秋山苜蓿多"。

当然，这种向西的拓展，也往往表现出某些穷兵黩武的倾向，这种倾向多数发生在王朝的鼎盛时期，最有代表性的是唐明皇李隆基。当时，主上好开边，边将多邀功。"百万攻一城，献捷不云输"，"年年战骨埋荒外，空见葡萄入汉家"。对内横征暴敛，对外用兵无度，遂使"开元盛世"很快地步入了乱世，生灵涂炭，烽火烛天，李唐王朝也就从此风光不再了。晚唐李商隐诗云："几时拓土成王道，自古穷兵是祸胎"，就是对冷娃精神本来包含的某些非理性成分所酿成的灾难性后果所做的诗体结论。

冷娃精神负的一极，还包含了某些"匪性"，这种"匪性"与人性中暴烈的非理性因素存在着深层的文化勾连和心理勾连，体现在具体个人的性格中，往往与残忍、离经叛道、反伦理的行为方式和想事方式联系在一起。

李自成、张献忠，自是农民起义的领袖无疑，他们在明末政治腐败、哀鸿遍野的昏暗现实中，面临着造反可能死，也可能生，不造反则只有死路一条的严酷选择时，选择了造反，选择了揭竿而起。但是，他们性格中都有凶残的一面，杀人不眨眼的一面。姚雪垠在其历史小说《李自成》中，按照共产党员的标准把李自成写成一个高大全、红光亮的形象，既有悖于历史真实，物议也并不以为然。至于张献忠，对于他的滥杀和虐杀，杀人如麻，鲁迅先生是持严厉的批判态度的。

李自成、张献忠，都是冷娃，身有冷娃型性格与气质，但他们身上的匪性，也是显而易见的。故鲁迅所批判，所深恶痛绝者，盖匪性也，我们完全用不着去护短。在陈忠实的《白鹿原》里，黑娃的性格是能够给读者留下深刻印象的，这也应该说是一个成功的形象化了的冷娃性格。在中国历史的那个五十年间的变局中，他既没有选择白孝文参加的国民党，也没有最终选择如他们这种出身的人通常会选择的白灵和鹿兆鹏参加的共产党，而是阴差阳错地当了土匪。虽说也曾加入了共产党，做了土匪还曾给共产党帮过忙，有过合作，但还是被拖出去镇压了。其实，要我看，黑娃身上的野性和匪性也是有其家族的承传的。乃父鹿三，就既有仁义的一面，如他作为白嘉轩家的长工对主家的忠心不二；但也有其野蛮残忍的一面，比如他就忍心用梭镖头从背后刺死了可怜的儿媳小娥，手都不颤一下。《白鹿原》里曾写到镇嵩军围城的事。那守城的就是杨虎和李虎，号称"二虎守长安"。这是陕西人在20世纪前半叶引以为自豪，并且尽人皆知的史实。二虎应该说也都是典型的陕西冷娃。城内被困，粮草断绝，人至相食，但还是咬紧牙守住了，遂使围城的刘镇华的镇嵩军一败涂地。这杨虎就是后来和张学良在西安发动兵谏，终被蒋介石残杀于白公馆的杨虎城将军。

《白鹿原》还写到朱先生支持的中条山抗战的事。抗战时期，华北沦陷，山西沦陷，陕西长安豁口人孙蔚如率部在晋南中条山一带与日寇周旋。日寇到了风陵渡，隔岸炮击潼关城楼，始终未能过河，他是很有功劳的，因而颇有名气。在当时国民党军望风披靡的时候，敢于并且能够在那里顶住打，是很要有点胆略的。这也是个陕西冷娃。但他似乎对自己故里的乡党们约束不严，那些不争气的子弟，仗势持枪抢劫。从我们临潼到西安，六十多里的通衢大道，到了豁口一带，便常发生杀人越货的匪患，一个时期竟被视为畏途。

别看关中在历史上的汉唐时期曾是首善之区，但到近代，则颇多匪患。我们临潼也好不到哪里去。听父辈们讲，民国时临潼出过一个有名的土匪叫黄本善，啸聚匪徒至数千人。他被县长王家麟用计骗到县城，翻脸押进大牢，枪毙时没敢走西门，而是骗出东门收拾掉的。就这，黄本善的压寨夫人还是带了千余人马将县城围死了两天，要不是省里调兵驰援解围，王家麟肯定活不成。

陕西谣谚："刁临潼，野渭南，不讲理的大荔县。"刁，指刁野，刁蛮，即冷娃气质的负面。也有不说"刁临潼"，而说"刁蒲城"的，我推想，一定是临潼人说"刁蒲城"，而蒲城人说"刁临潼"的。其实，半斤八两，两县均属关中，都是海内名县，也都多匪患。

我们那里的乡下人，把淘气、顽皮、捣蛋而又不听指教的孩子叫做"碎（小）土匪"，当然是指男孩，或判之曰"匪气"。我小时候是家族中有名的"匪气"孩子，长辈们甚至给我取了"黄本善"的绰号。我至今仍不服气，只是无法与他们于泉下辩之了。但匪气确实也是陕西冷娃性格中的另外一极。

三、拐子、骗子手、贼娃子

元好问说"关中风土完厚",是说陕西民风朴实,老百姓实诚、厚道、好管,因为他的父亲在陕西略阳做官时,他曾随同前来,有过实际的接触和交往,印象很深。

多数陕西人因实诚而心眼不活泛,更不善理财,很少去"抱布贸丝",自古没有发达的经商传统。这一点就远不及邻省的晋人,那是元好问的家乡人。就说西安吧,解放前那里的金融,几乎全部操在晋人的手里,钱庄银号集中的梁家牌楼、盐店街一带,基本上是山西人的天下。就是当学徒学生意,山西娃和陕西娃的表现都很不一样。掌柜的不满意山西学徒,要炒他鱿鱼,把铺盖一次次扔出去,他会一次次抱回来,态度极其谦卑驯顺,承认自己错了,掌柜心一软,留下了,最终学成了生意。

陕西的学徒娃,一遇这种情况,就会来了冷娃劲儿,生、冷、撑、倔,走就走,此地不留爷,自有留爷处。离了狗粪,照样种南瓜。几次钉子碰下来,便自己卷铺盖回家,终于学不成生意。

我父亲兄弟七人,三叔、四叔、五叔、六叔,都先后被父亲带到外面学生意:倒是都学了,没有卷铺盖回家。三、四、五叔还合伙在家乡新丰镇开过一个协和瓷号,但到底生意没做大,究其原因,乃是本事不强所致。父亲行商坐贾都试过,也终于一事无成。他们弟兄最后又都回乡当了农民。

陕西人多不会把一个钱通过贸易和交换增值成两个钱,更不会像滚雪球似的越滚越大,所以发大财的不多。在中国,名闻天下的有徽商、潮商、晋商,却不曾听说有秦商,而历史上的弦高又非常遥远了,而且是郑人。连许多商家在别省建的会馆,也多为"山陕会馆",显然是跟在山西人后面,发点小财,分一杯羹。发不了大财,也就少有大笔的银子寄回来,所以陕西少有如山西乔家大院和王家大院之类的建筑群,只有韩城的党家村庶几可比拟。但这个家族、创业者的甥舅二人都是山西迁过来的,而且从地缘文化上看,党家村所在的韩城,也是靠近晋省,隔黄河与河津相望。

　　然而陕西人会俭省。孔子说："以约失之者，鲜矣！"陕西人的俭省，就是"约"。我们从小便熟记了大人教给的格言式谚语："剩下的就是挣下的"，翻成普通话就是说省下的、节约下来的钱物和辛辛苦苦挣来的钱物一样，都可以积少成多让你富裕起来。这是一种非常消极的致富观念，缺乏进取精神。

　　想想看，一点一点从嘴里省，达到小康都不容易，哪里还发得了财。所以陕西缺乏大的富豪，土改时许多地主都不大。比如我的外祖父是地主，也就三四十亩地，雇一个长工，养一头骡子一头牛，赶上丰收年，打那么二三十石粮食。至于我们那个村，土改时最高的成分不过是中农，连个富裕中农都没有，家家户户日子过得都很紧巴。陕西人把省俭的人叫"细发"。我的祖母就是个细发人，做什么都舍不得，父亲说她一辈子"些些儿、点点儿"。

　　但陕西多骗子，乡下人叫"拐子"或"骗子手"。所谓多，是与别处比较而言的，其在人群中所占的比例并不高。20世纪60年代，陕西出了一个有名的骗子，叫李万铭，后来老舍还专门据此写了一出话剧，叫《西望长安》，当时曾颇为轰动。

　　陕西人实诚、厚道，实诚、厚道的人往往容易轻信，这就为拐子、骗子的出现提供了对象。社会人群的生态结构就是这样，没有可骗、好骗的对象，骗子就不能生存。

　　凡骗子，都比被骗的人心眼多，至少是人群中智商不低的一伙。劳动致富，他们吃不了苦；些些点点地从嘴里省，他们的胃受不了；经商发财，他们讲不了那个诚信，操不了那份心。但他们又好吃懒做，游手好闲惯了，于是有了最简捷的办法，这便是坑、蒙、拐、骗。这些人都很会说，作真诚状，投诱饵而钓大鱼。前年我的老母亲，就碰到了一伙有组织的骗子，说是她的儿女们要碰到大灾祸，只要拿钱给佛爷上一下供，就可以消灾弥祸、逢凶化吉。上完供，把钱原数归还。为了让母亲深信不疑，他们还安排一个显然是同伙的人现身说法。最后把母亲好不容易攒的三千元钱从家里骗走了。等母亲清醒过来，已悔之无及。今年年初，我在西安的华商报上看到一条消息，一对老年夫妇被一伙骗子一次骗走了八万元，是他们一辈子的积蓄。他们比我的老母亲还惨。20世纪的90年代，一个叫鹏鸣的年轻人跑到北京招摇撞骗，不知怎样，混到了鲁迅文学院听课。课后拿了一套盲文出版社出的他的诗集给我，要我替他写一篇评论，说"越长越好，最好写六万字"。既然是乡党的书，我就拿回来翻阅，看了几首诗，觉得不怎么样。但前面印了艾青的序、李若冰的评论，再看责编，竟是牛汉和张志民。我心下疑惑，便拨电话给牛汉问个究竟。牛汉说："你可不能相信，那可是个骗子呀，我正要找他算账呢！"后来我才知道艾青的序也是假的，张志民也和牛汉一样，没给他编过什么诗集。再后来，看到阎纲专门写文章揭露这人的骗术。不想没过几年，又看到鹏鸣类似活动，阎纲气得不行，在几次会上讲这件事。不过对于我，鹏鸣还算知趣，没有再来纠缠过。鹏鸣能不能被称为文化骗子，我们姑且不做结论，但盗用名人之名作伪序，做假责编，却属于诈骗行为无疑。这种行为即使会得逞于一时，最终还是会被揭穿的。奇怪的是，虽然这种行径已经被人反复戳穿了，但还硬是有市场，硬是有人继续被骗。

陕西把小偷、扒手、贼，溜门撬锁之辈，穿窬凿洞之徒，统称"贼娃子"。外地人有称西安为"贼城"的，我不这样看，也不觉得西安的贼娃子就一定比别处多。说实在的，我是宁愿被偷而不愿被骗的。被偷，最多是疏于防范，防不胜防；而被骗，则有一场面对面的智能的较量，被骗了，至少证明你在被骗的这一点上轻信了人家的花言巧语，钻进了人家预设的圈套，你低能！尽管马克思说过，他最能原谅的缺点是轻信。

我的"活命哲学"

　　记得20世纪的90年代，我曾写过一篇叫《讲点"活命哲学"》的短文，认为讲活命哲学并不错，不仅不错，而且是马克思主义的原则。我引证了恩格斯1883年在马克思墓前的讲话："正像达尔文发现有机界的发展规律一样，马克思发现了人类历史的发展规律，即历来为繁茂芜杂的意识形态所掩盖着的一个简单的事实：人们必须首先吃、喝、住、穿，然后才能从事政治、科学、艺术、宗教，等等。"就是说，人们必须首先活着，才能从事其他活动。而人们从事其他活动的终极目的，都是为了活得更健康，更体面，更幸福。这与中国古代先贤所说的"为政之道，在于足衣食"的道理是相通的。你当政，闹得老百姓食不果腹、衣不蔽体，你就有罪，就会翻船。"载舟覆舟"的名论，往深里说，也都可以从活命哲学中推演出来。

　　如今天下承平，终于开始大讲以人为本了，把珍爱生命提到了前所未有的高度。于是，中老年人不仅已无冻馁之忧，而且要讲"养生"了。在我看来，养生恰好是在马克思主义活命哲学的沿线上。中国是一个讲究养生、讲究长寿之道，因而有着极为丰富的养生实践经验和养生文化累积的民族。

　　我已年逾古稀，天灾人祸，内忧外患，所见多矣。用只活了五十五岁的鲁迅的话说，真正可以达到"既无忧于生，亦无怖于死"的境界了。至于孔圣人所说的"从心所欲，不逾距"，我等一介凡夫俗子，当然不敢自吹已达到，或能达到，尽管也知道"亚圣"孟夫子说过"人皆可以为尧舜"的话。

　　我的活命哲学，或曰养生之道，可以概括为"四要"、"四不"。

　　先说四要：

一要坚持身体锻炼。据说毛泽东当年曾有养生十二字真言："动为纲，瘦经常，戒发怒，酒适量。"毛泽东喜欢提"以……为纲"的口号。以什么为纲，就是把它放在各项工作的首位，放之中心，纲举目张。比如他提的"以钢为纲"、"以粮为纲"、"以阶段斗争为纲"等。所谓"动为纲"，就是把经常性的体育锻炼放在首位。毛泽东喜欢游泳，少年曾在橘子洲头的湘江"中流击水，浪遏飞舟"；晚年又曾"万里长江横渡，极目楚天舒"；在中南海，也常住有游泳池的地方，甚至在那里办公。我们这些毛泽东时代的青年人，哪怕在锻炼身体上，也深受毛泽东的影响。

我从中学生时代起，就注意经常坚持各种体育活动，主要是打篮球、长跑；后来念大学，做研究生，都如此。1959年到北京后，学会了游泳。但有一个阶段，曾严重失眠，一个星期一个星期地睡不着觉，眼圈发黑，吃药、做气功都作用不大，后来还是通过锲而不舍地长跑治好的。我的长跑，直到前些年，都不曾中断，包括下放和"五七干校"时。现在不长跑了，但仍坚持每日起床后四十分钟左右的从头到足心的全身自我按摩。另外，每天晚饭后坚持一至一个半小时的较快速的行走散步，每周2—3次游泳。我常想，生命好像银行，每天锻炼一次，就往这银行里存一笔钱，日积月累，到晚年，就宽裕得多了。我相信"生命在于运动"的箴言。

二要保持乐观进取的心态。从上世纪60年代，到90年代的大约三十年的时段里，我曾反复被批斗过，全所的，甚至全院的以我为主要批斗对象的大会，上过无数次，说经过"八十一难"，也绝不为过。其中在1966年年底到1967年的大约半年的时间里，我被单独非法拘禁于当时学部8号楼的一间小屋里，差点上了吊。但从那以后，我便对自己说，今后无论遇到怎样的情况，我都不会自杀了。我是一个历史乐观主义者，更是个人命运的乐观主义者。我相信毛泽东所说的，我们的同志，在困难的时候，要看到光明，要提高我们的勇气，黑暗即将过去，曙光就在前头。历史对我的整肃，都没有证明整人者的正确，历史最终都还我以清白。百炼钢化作绕指柔。即使在整我整得最狠的时候，我仍然饭照吃，觉照睡，身体锻炼不辍，决不让自己垮下去。

顺境保持乐观态度易，而逆境保持这种心态难。像锻炼身体一样，三十年间对我不断地整肃，是对我意志的锤炼，从此中历练过来的乐观主义，才是真正不会被击倒的乐观主义。只有被这种乐观主义支撑着的冲淡平和的心境，才近于人生的止境。

三要知足常乐。学问上，道德修养上，要知不足。但在金钱上，物质财富上，在权位上，都要能知足，知止。唯其如此，心态才能淡定，从容。在我看来，所谓养生，首先就是养这种心态，做到不以物喜，不以己悲。

四要有爱心，大爱之心。爱国家，爱人类，爱自然，爱父母，老吾老以及人之老，幼吾幼以及人之幼。爱苍生，爱万物，民胞物与。爱使人相近，而非相仇，相恨；爱是达到雍熙，通往和谐的唯一桥梁。

再说四不：

一不吸烟。我的外祖父是吸大烟的，我母亲则是为外祖父熬烟的高手。外祖父不仅抽大烟，而且抽四川什邡出的那种卷烟。但是我们何家至我，祖孙三代不抽烟。我的一生，有许多机缘与可能染上烟瘾，但是终于未抽。只是在大学里演出话剧时，饰演的角色要吸纸烟，那也不过做做样子，加起来绝不会超过一支。我知道，北大名教授王瑶，曾有"不戒烟，不戒酒，不锻炼"的"三不"名言，文学界传甚广。他去世时七十多岁，如在过去，是古稀之后，不算短寿；但从现今看，人们平均寿命增高，九十多岁也不罕见，他还是走得早了些。

二是不挑食。粗粮细粮，鸡鸭鱼肉蛋，各色瓜菜，诸多菜蔬，海货山肴，都吃，杂吃。好的不多吃，差的不少吃，填饱肚子就行。一般吃到八成饱。

三是不酗酒。基本不喝，偶尔应酬一下，白酒沾唇，黄酒半盏，红酒半盏，啤酒不超过一杯。哪怕你是百年老窖、茅台、五粮液、法国人头马，决不多饮。就是说，连毛主席所说的"酒适量"，我也不够格。

四是不贪，即不贪婪。不贪美色，不贪钱财，不贪权位。拿得起，放得下，立起圪蹴都行，行与所当行，止于不可不止。无为而治，顺其自然。

总之，我的这"四要"、"四不"的活命哲学，或曰养生之道，就是要不断往生命的银行里存储，不挥霍浪费，不大手大脚，而是过日子精打细算，细水长流，富日子当穷日子过。任何时候，都不乱挥"伐性之斧"，"糟蹋身子"，戕害生命，暴殄天物。是以知足常乐，善保厥体，期以永年。

◎

辑

二

我的启蒙先生

我的启蒙，在整整半个世纪以前。

爷爷说：得把"小土匪"圈起来。虽说我当时还有半年多才满五周岁，但已经淘气得不行了。稍微管不紧，便会闯祸，出乱子：不是偷偷从靠在院墙边的梯子爬上房，把瓦踏得一塌糊涂，下雨便漏，就是把什么东西扔到三丈多深的井里听响声，害得大人下去捞，井水一两天不能吃。有一次，竟以为能用刚从纺车上揪下的单股细纱，绑住大黄狗的爪子和嘴，谁知被狗咬穿了嘴唇，满脸是血，半个月才好。还有一次，用小手去挡碾盘上碾米的碌碡，被轧得血肉模糊，吊起带子，当了好几个月的"伤兵"。还好，总算没落下终身残疾。

为了这淘气，我没有少挨妈的打，她也没少生气，没少操心，没少流眼泪，常常是边打边数落："三天不打，上房揭瓦！""南山的核桃——非得砸着吃！"挨打的时候，我会哭着回话："妈，我再不敢了！"但转过身，眼泪还没干，就又忘得无影无踪，因而屡犯屡打，屡打屡犯。

我是长孙，跟爷爷奶奶睡。爷爷不喜欢我淘气，说是"淘得沸反盈天，家宅六神都不得安宁！"但也很不赞成妈打我，特别是当着他老人家打我，以为折了面子，会严厉训斥儿媳："看把你能的，越说越来了，还轮不到你在我这儿打娃！"遇到我淘气，"犯事"，爷爷气恼时最多骂一句："鬼子孙，不知长进的货！"有时不说话，拉长了面孔，狠狠地瞪着我，从喉咙深处哼出一声，很是威严，我也怕。只是该淘气时照样淘，改不了。

自然，为了让我少淘气，爷爷没有少费心。那办法，就是找来一本启蒙诗集教我。这是他的爷爷专门为他启蒙而编的，亲自选，亲自抄，字体工整、朴拙。我只是跟着念口歌，很快便会背，却并不用心认字，也不会讲解。爷爷也不要求这些，因为他本来就讲不明白那些诗，只能让我囫囵吞枣。就这样，每天一首诗，不觉已能背诵几十首了。但是我并没有因此而不淘气或少淘气，还是常常弄坏了东西，或者弄伤了自己，还是"家宅六神不得安宁"。爷爷终于宣布："我看得把咱们这个小土匪圈起来了。过了年就送他去学堂，交给坐馆的阎先生管教。"

三叔带我给阎先生鞠躬

这年的新年，似乎比往年过得都要快，还没有玩过瘾，玩开心，却早过了正月十五。灯笼一收，爷爷便让三叔带我去学堂见先生。

三叔在四川广元做生意，回来过年，这几天也快走了。爷爷让他带我去，是因为他在外多年，见识广，会讲话，而且比在家下苦的大伯父有文化。妈为我换了一件干净衣服，穿上新鞋，我便跟着身穿长袍、走路很潇洒的三叔出了门。

学堂在村西的庙里，离村子不远，紧靠着我们家的八分石榴园。庙门朝南，前面是铁炉、马额一带乡下人去临潼县城的大路。庙宇虽历经修缮，仍然显得很破旧。进门是一个不小的院子，足有半亩地以上，是学生上操和下课后玩的地方。东墙下有一南北向的小殿，原是晚于正殿修建的奉祀关帝的殿堂。后来，用土坯封严了神龛，垒了锅灶，盘了炕，就变成坐馆先生饮食起居、批改作业、备课读书、接待客人的多用房间了。

三叔带我来到这里。问过好以后，阎先生很客气地把我们让进屋里。三叔开门见山地说："给您带来个学生，是我二哥的男娃，何家的长孙。别看人小，淘气得要命。家父让我把他交给您严加管教，他不听话，不好好念书，您只管处罚，责打，不必姑息。"说完，转向我："还不快给先生鞠躬。"我深深地朝阎先生鞠了九十度的躬。

阎先生是新派先生，三叔又是从外面回来的，所以免了磕头的进学拜师礼，好像也没有向至圣先师的牌位磕头。阎先生用手轻轻摸了一下我的头，端详了几秒钟，说："我看这是个很聪明的孩子。"现在想起来，当然知道阎先生说的不过是一句极平常的客气话，是讲给三叔听的，并不是真的看出来我是什么千里驹之类，也不是为了逗我高兴。但当时却让我受宠若惊，感到像吃了糖、喝了蜜一样愉快。一是称我为"孩子"，觉得既新奇，又好玩。因为我们那里的乡下人只说"娃"，分性别，则说"娃子娃"、"娃子"、"男娃"，或"女子娃"、"女子"、"女娃"，没有叫孩子的。二是说我"聪明"，而且"很"。聪明不就是我们乡下人说的"灵性"的意思吗？但只有我的外婆，哄我，给我"戴高帽"的时候才说："我娃真灵性！"此外，爷爷、奶奶、妈，所有的人，都只说我"淘气"、"匪气"、"瞎（坏）"、"皮"，是"小土匪"、"磨镰水"、"白豆皮"、"灾怪"等，谁也不说我灵性，更不要说"很聪明"了。三叔还和阎先生寒暄了些什么，我都没有听清。最后，只听到阎先生说："那就这两天让孩子来上学吧！"三叔又让我给他鞠了躬，我们便告辞回家。

路上，我问三叔："爷爷教我的诗上说，'七岁孩童子，当今入学初。要知今古事，须读五车书。'我还差好几年才到七岁，为什么要急着去上学？"三叔说："谁让你那么匪？成天爬高上低，惹乱子，让人操心，不交给先生，家里谁管得了你？再说，五车书是很多的，早上学才能念得完。"当时，我对上学是既感到新奇，又很有几分恐惧的。妈在家里打我，已经疼得要死，还说是管不了，不知道阎先生怎么管法？肯定会打得更疼，更要命。到时候，想跑到爷爷奶奶那里寻求保护，也不可能了。越想越没底，很是发愁。

阎先生的戒尺兼作"尿牌子"用

几天后，我便背着书包去上学了。乡下学堂是无所谓开学典礼的，学生一到齐，就上课。教室在三间正殿里。这里本是一座娘娘庙，正殿里供着几位女神，乡下人祈求保佑，消灾免祸，求生贵子，常到这里许愿、还愿，据说还很是灵验，因而香火极盛。后来因为战乱，烧掉了一座偏殿，从此断了香火。

改为学堂以后，把这里很俊的女神的塑像，都搬到了殿外的后檐下，又平了神龛和祭台，便是唯一的教室了。但四周墙上的壁画，大部分还依稀可辨，唯西墙中间用青灰抹了一块边缘并不整齐的黑板，是先生讲课的地方。前面有一张教桌，摆着粉笔之类。学生们用的课桌和板凳，是各人从家里拿来的，因而长的长，方的方，高低大小都不一样，显得很凌乱。

我当时并不关心讲什么课，做什么作业，写什么字，等等。我最关心的是：先生凶不凶，打人疼不疼。阎先生名字叫志钦，是他第一天上课时给我们介绍的。他是新丰阎崖底人，约有三十出头年纪，很瘦，很高，像大烟鬼一样，显得特单薄。他给人留下很深印象的是额上的抬头纹、清癯的面庞和细长得出奇的脖子，还有那个像桃核一样凸起的喉结，讲起话来，便上上下下地动。从长相看，是说不上凶恶的，但也很难说一定很和善。渐渐地我知道了，他打学生其实是满凶狠的。他有一把戒尺，宽约一寸半，长约一尺半，厚约二三分，可能是红椿木或枣木一类坚韧的木料做的。上面写着"专惩顽劣"四个大字。你没有完成作业，字写得狗爬一样潦草，考试不及格，偷了东西，打架，骂人，调皮，捣蛋，总之，只要阎先生认为属于"顽劣"行径，就都在可惩之列。我看到那些被他划入"顽劣"类的大同学、小同学，可怜巴巴、瑟瑟缩缩地伸出手来被打的情景，每次都吓得心直跳，好像自己的手也一阵阵发麻，发烧，痛得不行。"顽劣"们在挨打的当时，并不怎么看自己的手，而是不住地看阎先生的脸。事后才会盯着、抚着多半是红肿的手掌流眼泪。也有不流眼泪，满不在乎的，我们族中的九叔就是这样。他年龄大些，被叫做"牛黄"。遇到阎先生盛怒时，同样一把戒尺，那分量和打法可大不相同。只见他瞪圆了冒火的双眼，板子举起时是平的，但落下时，牙一咬，却是立着的了。这简直不是打，而是凶狠地劈和剁了。响声虽说没有比打下来大，分量却要加重十倍，会疼得失去知觉：先是一道白印子，接着便立时肿起一道充血的梁来。挨这样一顿"立板"，总有上十天握不拢拳头，提不了笔，拿不住筷子。"牛黄"九叔便是经常触上"立板"霉头的倒霉鬼。

阎先生也有惩非"顽劣"的时候，从而与他写在戒尺上的堂皇原则不合。比如有一次，一个下何村的学生丢了墨盒，急得直哭。他找阎先生报了案，却一时指不出是谁偷的。其他同学既没人出来自首，也没人出来举发。阎先生下令搜了所有同学的口袋和书包，还是毫无结果。于是他铁青着可怕的瘦长脸，让大家排起队来，每人各打五个手板。这叫"排学"。虽说不用"立板"，打得也不重，却是一种不论对错，不分良莠，"浆子官断案，有理没理各打五十大板"的罚及无辜的糊涂办法。最后轮到打我时，看他举起了板子，我便把两手往两个大腿中间一夹，一骨碌滚到桌子底下，大声哭着，就是不肯出来。阎先生不知是因为觉得我太小，还是顿生怜悯之心，或者觉得自己的做法确实不无过分，终于没有打，饶过了。但在我之前，连丢墨盒的人也没有逃过那五板子。我当时很为这件事庆幸。

阎先生并不把令人生畏的戒尺随身带着，而是在一头钻了小眼儿，穿了细绳，挂在黑板外侧的墙上。它还被派了别一种特殊用场。

学堂的茅房不在院内，而在西墙外。上茅房要从大门出去，绕到侧面才行。每次只能一个人去，去时必须提着挂在墙上的戒尺作为凭证。回来再传给下一个要去的人。因此我们都叫它"尿牌子"。阎先生拿戒尺同时做尿牌子用，显然是有用意的。你拿了这种"专惩顽劣"的尿牌子上茅房，随时都会提心吊胆，也随时在被提醒着，因而无论拉屎撒尿，都会速战速决，系上裤子就回来，谁也不敢多玩。没有尿牌子，就是尿到裤子里，也不许擅出校门的。否则会作为"顽劣"对待，那可就不是闹着玩的了。

火蛋儿惹出的风波

学堂的教室，门不严实，没有天棚，窗户上糊的纸又常被捅破，所以冬天是很冷的。学生娃们一个个冻得清鼻涕直流。阎先生讲课的声音本来不算小，但也常常盖不过那一阵阵大合唱似的吸鼻子的声音。到了滴水成冰的三九天，就更冷，砚台上墨盒里加了酒，也还是冻得无法研墨、濡笔、写字。

阎先生的那间由关帝专用小殿改成的起居室，有烧火炕，不很冷；隆冬时还会生一盆木炭火，那就更暖和了。但即使大雪天他来上课，也决不肯把木炭火盆端到教室来，与娃们共享。然而，娃们自然也有娃们的办法。他们中午回家吃饭，或早晨上学时，会在路上顺便捡一些柴，有时还会直接从家里拿些上好的硬柴，那就更耐烧。当然，这些事多半是大点的娃们干的。虽然学堂外面，往西、往南，弥望都是荒滩，收拾柴草并不难，但我那时还不怎么会；从家里拿，又怕大人看见打骂，因而只能沾大娃们的光。在教室里生火取暖，是很惬意的事。早晨上课之前，先到的娃们拿了柴，先点着火。一时浓烟四起，呛得人直流清鼻涕眼泪，咳嗽不止。但大家还是围上去，吹的吹，拨的拨，很快火便烧旺了。火苗跳得很高，发出毕毕剥剥欢快的响声，伴着娃们同样欢快的笑声。倘有硬柴加进去，烟焰熄了，还会留下成堆像烧红的木炭那样的火蛋儿，不过稍小些罢了。它们红得耀眼，温热不减，直到化为白色的灰烬，才最后熄灭。一般说，到阎先生上课时，最多还剩下一堆将尽未尽的火蛋儿，但教室里的寒气，却早已驱走了不少，所以他从不干涉娃们生火，采取的是一种听之任之的随和态度。如果他有事出去了，孩子们便成了没王的蜂，吵吵嚷嚷，极有可能把火生半天，甚至一整天。我敢说，那气氛决不亚于过年。

有一天早晨特别冷，我早早到了学堂。像往常一样，大娃们忙着生火。因为硬柴多，火势格外旺，也格外暖和。娃们围成一圈取暖。其中挤得厉害、脖子伸得最靠前的是西杨村的一个小名叫蛐蛐儿的大娃。蛐蛐儿独苗一个，是家里的宝贝疙瘩。眼看十岁了，还留着马鬃型的头发，戴着"长命百岁"的银锁和银项圈。他长着一张红扑扑的小圆脸，最惹眼的是嘴唇向前翘得很高。翘出来还不算，又向外翻着，像红色的小喇叭一样，看起来很好玩。孩子们都叫他"噘嘴蛐蛐儿"，也有喊"噘嘴猪"的。

今天的硬柴是他从家拿来的，因而显得特别气长。他一边嚷嚷："我爹说这硬柴是柿子树根劈的，耐烧"，一边往前伸长着脖子，并且斜伸出手去，仿佛要把那火上的暖意全拢占到自己怀里去。九叔"牛黄"来得晚了，没有挤到火边，又看到蛐蛐儿那副伸脖子的样子，实在气不过，便把我拉出去说："你夹个火蛋儿放到蛐蛐儿的脖子里去，他的猪嘴肯定会噘得更高，更有看头儿。"

我挤回到蛐蛐儿旁边，他竟无觉察，依旧伸着长长的脖子，旁若无人地往自己怀里扒拉那一大堆火蛋儿上的热气儿。"哎哟，我的妈呀！"当娃们听到蛐蛐儿这声撕心裂肺的惨叫时，我早把一个小核桃大小的火蛋儿放到了他的脖子里。他的小喇叭嘴确实翘得更高了，但并不像九叔说的那样有看头。火蛋儿粘在脖子上，烧得滋滋响，而且冒白烟。他哭叫着，扒拉了几次，都下不来。别的孩子帮着扒拉，也下不来，只好去请阎先生。我一下慌了神，没想到后果会这样严重，这样可怕，吓得愣在那里直哭，一点主意也没有了。多亏"牛黄"九叔提醒："还不快跑，一会儿先生来了，不打死才怪！"

我这才醒悟过来，撒腿便跑，一溜烟冲到了大门外。头一个念头是不能跑回家，大人会追问逃学的原因，如果知道又闯了祸，肯定会挨打。再说先生也会认为我躲回了家里，派人来找，也没个跑。但学堂附近是荒滩，尽是石头、衰草和不高的酸枣丛，难以藏身。有几处果园，也脱尽了叶子，找不到安全的隐蔽之地。远处很神秘，我害怕，不敢去。最后总算在我们家的石榴园里找到了一个伐了大槐树、又挖了树根的大坑，挺深，我便趴下去，藏了起来。这里倒是不容易被发现。记得当时唯一的想法是不要让阎先生抓回学堂用"立板"打死，至于冻饿，都没有感觉。

一个上午，不见动静。下午便好几次听到学生娃们和家里人在近处和远处喊我的名字。我硬是憋着没吭声，更紧地缩成一团，大气也不敢喘。直到傍晚，才有两个学生娃找到树坑边来。他们说，上午阎先生亲自取下了粘在蛐蛐脖子上的火蛋儿，让人把他送回家去。他的爹妈还来学堂哭闹了一场，说是成心欺侮他们的宝贝儿子，要找扔火蛋的"坏蛋"拼命。孩子们举发了"牛黄"九叔的挑唆，他狠狠地挨了一顿"立板"，这才使苦主们稍稍解气。阎先生果然也派人去过我家，没有找到。家里人起初也没怎么在意，认为中午肯定会回来吃饭。谁知到了中午，左等右等，仍不见回来。爷爷急了，骂道："都是死人，还不快去寻娃！"并且跑到学堂质问先生："到底把娃打得跑到哪里去了，狼吃了谁负责！"阎先生有口难辩，他实在是没打，但娃却是从他的学堂里失踪的。再说，这一带靠山，入冬以来，附近常有小孩被饿狼吃掉的事。阎先生也急了，课也不上了，发动学生娃们和我们家的人满滩喊名字找我，找了一下午，还是不见人影。眼看天快黑了，大家都急得火烧火燎的。找到我的两个学生娃特别高兴，好像是立了大功。他们向我保证，阎先生决不会打我。我这才跟他们回学堂，心里还是有点打鼓，见到阎先生时，不住地打哆嗦。但阎先生却没事儿似的，很温和地说："回来了就好，以后别再把火蛋往人家脖子里放了。快回去吃饭吧，你爷爷还等着你呢。"说完，他长出一口气，如释重负。

我跟阎先生念书，总共一年多，第二年就去了县城的骊山小学。在那次火蛋儿风波以前和之后，阎先生虽然曾用他那把"专惩顽劣"而又兼作"尿牌子"的戒尺，平着立着打过不少娃们，但我却始终没有挨过他的打。我忘不了他特意给我的宽容。

半个世纪过去了，我已从不谙世情的"小土匪"，变成年近耳顺的"老夫"，只是不知道我的这位乡下的启蒙先生还健在不？

铜烟袋锅

——我的暑假先生

我至今仍能清晰地记得冯耀文先生的那个铜烟袋锅，装在一根粗如手指、长可尺五的竹质烟袋杆的前端。这烟锅是用上好的白铜做的，做工细致，型制不大，显得精巧，文气，既可以抽烟叶，也可以插卷烟。不像一般乡下人专抽旱烟的那种，硕大、粗糙、蛮里蛮气，且多是用黄铜做的。

冯先生装在烟袋杆尾部的烟嘴也很讲究，自己说是翠玉的。但并不全是绿色，白质、有几抹不大的绿晕，算不得名贵。可他还是常常以此夸示于人，声称从西安南院门的古董铺购得，肯定是早先官宦人家的东西。乡下人笨，学生娃傻，冯先生怎么说，他们就怎么相信，不会有人去深究。

像我们那里的乡下人一样，冯先生的烟袋杆上也系着一个深色的烟荷包，记得是用鞣得很软的皮子做的，长形，有大人巴掌那么大。口上穿了线绳，开合自如。平素在学堂，这烟荷包是不用的，也不系在烟袋杆上。外出时，才装满了旱烟末，系在烟袋杆上，往肩膀上一搭。那搭法，是荷包在肩后，烟袋在胸前。我对冯先生的许多记忆，都和他的这根装了白铜烟锅、竹杆、翠玉嘴、皮荷包的烟袋纠缠在一起。

只有放了暑假，我才给冯先生做学生

严格说来，我不能算是冯先生的正式学生。他是接着我的启蒙先生阎志钦到村塾"坐馆"的。他到村里之前，我已转到县城书院门的骊山小学去念书了。那是因为父亲在当时的县政府谋到了一个相对稳定的职务，每月有几斗小麦的薪俸，母亲也就带了妹妹一起来生活，给父亲和我做饭。县城生活费用高，我们的日子过得很拮据。每到寒假、暑假，母亲便带着我和妹妹回乡下住，好节省些用度。等到开学，再返回县城。

村塾只放麦假和年假，麦假收小麦时放。这是一年的大忙时节，龙口夺食，家家户户都忙得不行，先生和学生娃都必须回家帮忙。从开镰收割，到碾完场，种好秋，总得个把月，所以麦假就比县城的学校长得多。麦假顶了暑假，这样，当县城小学放暑假时，村塾刚好开学不久。

怕玩野了收不住心，以致荒疏了功课，临放假前，骊山小学的级任老师都给学生布置有作业，主要是国文课和算术课，还要每天写一张大楷，抄一面小楷。暑期作业开学报名时要检查，完不成，就不好交代。我生性贪玩，在学校被严格约束了一学期，好不容易盼到放假，还不玩个够？再说，乡下天高地大，好玩的还真不少。杏啊、桃啊、李子啊、沙果啊、石榴啊、柿子啊，都陆续挂果成熟，虽然常有大人看着，但对娃娃们却是防不胜防，我们总有办法乘机爬上树去，而且偷来的东西就是比明给明拿的吃了香。我很快便玩野了。除了两顿饭，整天疯得不着家，暑假作业早被抛到脑后，顾不得做，母亲提醒，爷爷督促，都没用，最多应付一下，过后依然如故。

有一天，父亲从县城回来，气得不行，罚我跪在地窖里，补做了作业不算，还要我背诵明代什么人写的《草诀百韵歌》，背不过，不准起来，还让妹妹拿了小凳，坐在一旁看守。"草圣最为难，龙蛇竞笔端，毫厘虽欲辨，体势更须完……"父亲见我大声地跪读着，便放心地离去。但父亲一走，负责监视我的妹妹，便成了我的合谋者，在她的帮助下，我还是很快越窗而逃，照样玩到天黑才回来。见我不是从罚跪的地窖里出来，而是从外面疯玩回来，父亲先是愤怒地厉声骂妹妹，妹妹谎称："哥哥是背会了草圣最为难，才出去的，你不是说背会了就可以起来嘛！"父亲被噎住了。但接着拿了那本字帖来，看着要我背。我心里没底，一因为他下午从地窖离开后，我只诵读过两三遍。事情是明摆着的，如果我背不过，不仅自己要受更严厉的惩罚，妹妹也会受连累。想到这里，更加紧张得不行。想不到这一紧张，脑子反而变得分外清楚了。看我磕磕巴巴地从头背了一遍，父亲也感到惊异，他无话可说，只好饶了我，可我的手心里还是出了不少汗。

这一回我虽然过了关，没有受到更严厉的惩罚，但却从此丧失了自由的暑假生活。父亲认定，我的淘气和贪玩秉性难移，一晌半会儿改不了，家里没有谁能管得住我。于是征得爷爷的同意后，决定把我交给村塾的冯耀文先生去管。

爷爷免姓称冯先生为耀文，一则表示亲切，因为他确实和冯先生很谈得来；二则冯先生小他一二十岁，而他自己又有一定的文化，这样称呼更能显出长者的亲切。我有一位堂弟正在村塾启蒙。那些天轮到我们家给冯先生管饭。饭桌上爷爷说："耀文，我的大孙子放了假，整天淘气、害人，稍不留神，就闯祸，出乱子，我想把这灾怪交到你的学堂里管教几天。"冯先生说："好嘛！你叫娃今儿外后晌就来。"就这样说定了。从此我成了冯先生的暑假学生，他成了我的暑假先生。爷爷说的几天，也不是一个暑假，而是至少有三个暑假，算起来也有一百多天了。学堂不大，朝夕相处，我对冯先生和他的铜烟袋锅便有了更多的接触，更多的了解。

冯先生惩罚学生从来不用戒尺

冯先生是新堡子人。新堡子离县城也就里把路，以豆腐做得好而闻名全县。县城里卖豆腐的全是清一色的新堡子人，特别是开在南十字醪糟铺旁的老豆腐摊，一年到头生意都很红火。在乡下，捎着豆腐挑子走村串户叫卖的人，也十之八九是新堡子的。新堡子的豆腐是用石膏点的，细、嫩，有一股特殊的香味，不像别处的豆腐，用老浆或卤水点。总之，在我们县，只要一提到新堡子，就肯定会想到那里的豆腐和豆腐世家。我始终纳闷的是，这个只有几十户人家，几乎家家户户都以做豆腐为生的新堡子，却出了一个在我们那一带很有些名气的教书先生冯耀文。

新堡子村畔的路口，有一棵树龄至少在百年以上的老槐树，我们去县城走南路，从这棵槐树下经过，迟早都能闻到村里飘出的豆腐香味。据说，冯先生家就在离这棵空了半拉心的老槐树不远的地方。他们家做不做豆腐，我没有打听过。但推想起来，即使当时不做了，过去也肯定做过。爷爷常说："耀文学问好。"爷爷的《三国》《列国》，特别是《纲鉴》读得很熟，他所说的学问好坏，就看这个人谈古论今，评说千秋功罪，是不是他的对手，记得熟不熟，有没有高见，能不能互相助长谈兴。在爷爷眼里，附近只有两个人能够达到这个标准，被他看做"学问好"。一个是石滩场村他的老朋友，悬壶济世的老中医杨培育杨先生；另一个就是冯先生了。这也是爷爷愿意在暑假把自己的长孙交给冯先生托管的重要原因之一。其实教村塾，是用不着多么高深、多么渊博的学识的，关键是要杂，要实用。根据我的记忆，冯先生给他的学生讲的课固然也有当时国民政府法定的初级小学的课本，如国文、算术、美术之类。音乐课没有，没见他教过，也没听他唱过。这一点就不如他之前的阎先生，阎先生就教我们唱过"嗨呼嗨，我们军民要合作……"。

但冯先生也有他的长处，就是能应家长的要求，给不同的娃娃教《三字经》《百家姓》《千家文》《幼学琼林》等不同读物。比如我的五叔祖让我的堂叔读《七言杂字》，冯先生就教《七言杂字》，因而听他非常生动地给堂叔讲解过"家中有事来亲朋，提上篮儿上街行。要买茄子韭菜蒜，黄瓜葫芦捎带葱……"。冯先生的算盘也打得特别精，不仅快，而且准确，必要时他可以把两个长算盘接起来打，尤以难度特大的除盘子而名重乡里，为人称道。

冯先生无论走到哪儿，总带着他的烟袋。外出时系了烟荷包搭在肩上；在学堂，则捏在手里，一般不系荷包。他上课从来不抽烟，但也捏了烟袋，放在讲桌上。这时烟袋有两个用途，都用铜烟袋锅的那头，一是做教鞭，用来指示写在黑板上的讲课内容，也在课堂秩序不好或有谁打瞌睡时，狠敲桌面，就像戏上大老爷断案把惊堂木敲得山响一样。二是做戒尺用。村塾里原是有戒尺的，拴了小绳子挂在黑板旁边的墙上。阎先生在这里坐馆时，这戒尺兼做尿牌子用，即作为学生娃大小便的凭证，轮换着提了去校墙外的露天茅房。不提尿牌子，不准去。去了，便是越轨，定要惩戒。阎先生也常用戒尺打他认为犯了错误的学生娃的手心，这是戒尺的正经用途。

冯先生从来不用戒尺。自他来后，这戒尺虽然仍挂在黑板的旁边，却降格到只做尿牌子用，尽管阎先生当初写在上面的"专惩顽劣"的字迹，依然清晰可辨。冯先生的戒尺就是他的铜烟袋锅。

冯先生是以严厉出了名的，学生娃都怕他。他不常打人，气得实在不行了，他也会动手，会栽个"娃样子"（即树一个反面典型），以示警戒。他不打手心，不打屁股，也不碰身体的其他部位，专用铜烟袋锅敲头。

冯先生拿我栽"娃样子"

有一次，我被冯先生正经地栽了一次"娃样子"。当然是为了我的淘气和害人。

我们那一带以出产火晶柿子驰名秦地，家家户户都有一些柿子树，多的人家成园成林。火晶柿子在小麦扬花、灌浆时节次第开花挂果，麦后生长极快，经霜以后，叶红果红，远望似一片火海，便可以采摘冬藏了。等藏得软了，特别是阴历年前，大量上市，是庄户人家主要的活钱来路之一。暑假期间的七八月份，柿子长到比核桃大一点，青绿色，味涩麻，不能吃。但也有个别因病、因伤或其他原因而早熟的，我们那里叫做"疸柿"。疸柿在满树浓绿的叶果之间泛着诱人的淡黄的光，它们缩短了生命的行程，提前成熟了。疸柿软甜适口，虽赶不上经霜、冬藏后的正常成熟，但比起青涩的同枝生长者，毕竟不可同日而语。它们首先是灰喜鹊的美味，其次也是乡下娃娃们贪婪进攻的目标。我常利用提着尿牌子到学堂门外上茅房的空隙，快速上树，快速摘下，享受一通，志得意满地回到教室。也有不很顺手，拖延了时间，害得别的娃娃因为得不到尿牌子去茅房而尿了裤子的事。提着尿牌子上茅房其名，而上树吃疸柿其实。当然属于违规行为，败露了，是会受到冯先生的惩处的，至少要被严厉地数落一通。值得庆幸的是未被发现，于是胆于更大了。

那天，我瞒着母亲逃了一次学，也没有给冯先生告假。藏了书包，拿了镰刀，到西滩里去游逛。西滩在我们村西，由太古洪荒年代的泥石流堆积而成，南接骊山山麓，西连秦皇陵畔，不适合于种庄稼，却星散着人们世世代代栽植、嫁接而成的大片、大片的柿子园、杏园、石榴园，间或也有些沙果、红果、李子一类的果木树。说是游逛，其实主要是为嘴，想吃疸柿。

一出村，便有柿子园。柿子树高，叶子正是绿而且密的时候，望了半天也没有发现一个疸柿，很有几分丧气。我把镰刀柄往后裤带上一插，便上了那棵有名的老青柿树。上到中间，骑在树杈上张望，竟喜出望外地看见头顶不远处的密叶间掩映出一点诱人的轻黄。我爬到跟前，伸手摘下一看，原来是一个被灰喜鹊啄过的熟透了的疸柿。瓤子没有了，留下一个从外面看还是好好的一个空壳。灰喜鹊比人机灵，专挑熟得最透、最甜的疸柿啄，即使啄剩的空壳，也比一般的疸柿甜，好吃。我嚼咽了这个灰喜鹊啄剩的柿壳，那一丝丝甜意，勾起了我更强的欲望。我努力在树叶间搜寻，每一处都不放过，竟一个也没有发现。只见阳光从枝杈和簇叶间一道道泻下来，一点风也没有，这才感到夏天的灼热。心里恼怒，汗也就流水样往下淌。我一时性起，从背后抽出镰刀，朝着满树的青柿子挨个儿抡圆了砍过去，一边砍，一边骂："狗日的，我叫你不疸，我叫你长，我叫你还发青……"同时，心里有一种莫名的报复的快意。

正砍得欢时，忽听远处有人大声嚷着奔过来："谁家的瞎熊在树上害人，这回非逮住不行，看你跑得了！"老青柿树主人姓王，我被在那边看石榴的王家的媳妇发现了，如果让她抓住就坏了。我连忙在裤带上别好镰刀，一出溜便下了树，撒腿就跑，箭一样蹿进旁边的苞谷地，消失得踪影全无。后面还隐隐有骂声传来："这灾怪，你看把满树的柿子糟踏成啥了，非得告给你爷爷给我们赔不行。你跑得了和尚跑不了庙！"果然，他们家的人到我家给爷爷告了我的状。柿子这东西，说皮实，也真皮实，长得快，不生虫，就是现在有了农药，也用不着打。但又很娇气，稍微有一点伤就会疸掉，不要说用镰刀砍，就是用指甲掐下一小块，过不多久也会疸掉。娃娃们常用这种办法给自己制造过几天就可以吃的疸柿。王家的这棵老青柿树，在村里是人人皆知的，每年秋后总要卸下十几担柿子，顶得了别家的好多树，是他们家重要的财源。经我一砍，损失惨重，岂能善罢甘休。

爷爷要面子，一人家上门告大孙子的状，脸上挂不住，把我叫到跟前结实地训了一顿："你个鬼子孙，简直瞎得没门户了！一点都不知道尊贵，柿子就是砍得的吗？那一树的柿子叫你糟踏得多可惜，把你卖了也赔不起！要是人家也把咱家的柿子砍成那样，冬天还吃个屁。你以后再不放尊贵些，害人，看人家不卸了你的腿，剁了你的手！"爷爷虽然骂得厉害，却不动手打我。要是王家人不找爷爷告状，而是直接找我年轻气盛的母亲，她比爷爷还爱面子，那非得要打我个半死不行。

我们家的规矩，爷爷既然已经教训了孙子，再大的罪，也算是终审判决，母亲无论怎样生气，也不能再责罚我了。否则，就会被视为僭越，就是不孝。母亲谨守妇道，是有名的孝顺媳妇。因为贪嘴不成而泄愤，而害人，而闯祸。虽说苦主告状，爷爷训斥，却免了一顿狠打，心里很是庆幸，当晚照样睡得死沉。尽管夜里噩梦不断，总是梦见被王家健壮的媳妇在后面追着，而自己的腿总发软，怎么也跑不动，跑不快，眼看就要让人家抓住。但早晨一被奶奶喊醒，竟发现自己还舒舒服服地躺在炕上，就在爷爷的脚边，于是又有了安全感。

王家人吃了大亏，告了爷爷，但顶破天不过是娃娃学瞎、害人，再说乡里乡亲的，抬头不见低头见，怎么好真的索赔？要真那样，村里人又会说他们做事太绝，太短，不厚道。但他们还是见人就骂何家的鬼子孙，瞎得没屁眼，把他们家多半树的柿子砍坏了，十村八村都没见过有这样的瞎物。

好事不出门，坏事传千里。冯先生也很快知道了这个消息，他比爷爷还生气。第二天吃了早饭，我照样背着书包去学堂，好像什么事也没有发生。冯先生和往常一样，还是捏着他的烟袋杆儿来上课，擦得很干净的铜烟袋锅特别显眼。

进了教室，大家起立，行礼如仪。冯先生把烟袋放在讲桌上，铜烟锅朝前。他铁青着脸，一言不发。足有两分钟。娃娃们知道这是他大发雷霆的前奏，坏了，又不知要拿谁做"娃样子"了。教室的空气好像要凝固了一样，大家心里都很紧张，又没有底。我正在纳闷，只听见他用尖厉的嗓子吼我站起来，问我昨天做啥去了，为什么不告假？我说，着了凉，躺在家里，哪里也没去。他更生气了，话也就更严厉了："你这个害群之马、瞎物，糟害人，把人家一树的柿子都砍坏了，不知悔过，老实反省，还敢睁着眼睛造谣！"他本来就有点对眼，气得两个眼珠更厉害地向鼻梁子集中，几乎要看不见了。样子特别可怕。我不敢看他，吓得低下头去，心里十分慌乱。

不知什么时候他竟到了我的跟前，只听得他说："我叫你再学瞎，再害人……"他的话音未落，我便感到头被什么东西狠狠地砑了一下，心里猛一激灵：冯先生用铜烟袋锅鸹我了！出于自我保护的本能，没等他来第二下，我便双手抱头，哎哟一声钻到桌子底下。头顶上又烧又痛，立时暴起一个核桃大的肿包。我在桌下，只看见他站在走道上的两条腿，右手紧攥着烟袋杆的后端，铜烟袋锅颤抖着，我也浑身颤抖着。见我钻到桌下，鸹第二下不方便，再说，我也就六七岁，不经鸹，所以他也就没有再动手。不过，他还是告诫别的娃娃，不可以像我一样学瞎，不可以害人。那以后，我记住了铜烟锅鸹头的教训，再也没有用镰刀鸹坏谁家的柿子，虽然并没有一下改掉淘气、学瞎的毛病。

事过半个多世纪，许多旧事都淡忘了，冯先生肯定也早已作古，但他的那个铜烟袋锅，仍历历如在眼前，只是不知道现在何处，是做了陪葬品，还是流落到了别人手里？

铜烟袋锅后篇

——再谈我的暑假先生

我曾在《铜烟袋锅》的题目下，写过一篇关于我的暑假先生冯耀文的文字，放下笔很久了，零散的、记忆的云片，还是不断地涌来。不写下来，总觉得是一种歉疚，于是便又有了这篇文章。

冯先生抽两种烟

冯先生抽两种烟，一种是卷烟，一种是旱烟，都用他那个铜烟袋锅。卷烟的烟叶是酱色的，产于四川什邡，束成小把卖，每把有小手腕那么粗。冯先生整把地买回来，用口噙喷了，仔细地裹上油布，塞在学堂大门口雨天排水的水道里。那里不下雨也潮润阴湿，是保存这种烟叶的最理想的地方。过几天，烟叶潮透了，冯先生便从水道里取出油布卷儿来，慢慢绽开，看到那酱色的烟把露出来，就有了一种兴奋。他先是用鼻子凑近闻闻，又用手指捏捏，潮湿度正好，接着就掰下几枝烟叶，将烟把重新裹好，放回水道里去。

取下来的烟叶，马上用剪刀剪成大约两寸来长的小段，再卷成小手指粗细的几支烟卷，就可以抽了。那时，在我们家乡，抽卷烟是一种身份的象征。在县城和小镇，一般是京货铺、杂货铺的掌柜、柜房管账的先生抽这种烟。在乡下，学校教书的先生，财东家掌管家事的大拿、老太爷，也抽这种烟。卷烟比较贵，没有固定而又稍稍丰厚的收入，是抽不起的。以冯先生而论，他每年的教资是吃过净拿十八石小麦，相当于那时最好的长工两三人的工钱。

卷烟既可以叼在嘴里抽，也可以插在讲究的烟嘴儿上抽。我没看见冯先生叼在嘴里过，他总是把卷好的烟卷捻在铜烟锅上抽。抽剩的半截烟，或没抽的整根烟，他会偶尔夹在耳朵上，看起来特别滑稽。

在学堂，冯先生抽卷烟绝对是个人行为，一个人坐在那里，或站在那里悄悄地过瘾，喷云吐雾，看轻盈的淡青色烟缕慢慢散尽。我从来没见过他与别人分享自己的卷烟，哪怕是一根，哪怕是应酬性的礼让。其实，卷烟他自己抽得也不多，只有像《水浒》里鲁智深说的"嘴里淡出鸟来"时，才偶尔打打牙祭，享受享受。他抽得更多的倒是旱烟。

旱烟是对着水烟说的。水烟要用专门的水烟壶抽，抽起来壶里的水便发出咕嘟咕嘟的细响。水烟丝有两种，一种是棕黄色的四川的绵烟，一种是艾白色的甘肃的白条烟，多是有钱人家的女人抽，也有性情斯文的男人抽的。我的外婆就是抽水烟的，解放后成分定成了地主。只有旱烟才是大路货，抽的人很多。在县城，贩夫、走卒、引车卖浆之流，抽的是它；在乡下，下苦的、受穷的、当长工的、打短工的、穿蓝棉袄的、打牛后半截的，抽的也是它。

旱烟叶可以买，也可以自家种。卖，不值几文钱；自家种在地里，更用不着花钱，长好时割下来晒干，揉成末儿，捺在旱烟锅里抽就是了。冯先生抽的旱烟叶，多是学生家长种了送的，只有少量，是接不上时自己便宜买进的。他有一个实在不算很小的柳条编的筻筻，大小和乡下女人做针钱活放东西的那种差不多，里面总是装有半斤一斤的揉得很仔细的烟末。只要是会抽烟而又自己拿了烟袋来的人，他都让。人家也就毫不客气地装满一烟锅子抽。少数时候，他也陪了抽。一边抽烟，一边谝闲传（陕西方言，闲聊的意思）。

学堂门对南山，原是娘娘庙的山门，进门有个大约一丈见方的门厅。伏天，只要打开大门，迟早都会有凉风飒然而至，穿堂而过，绝对是一块宝地。冯先生就在这里紧靠西墙铺了一领苇席，装烟的筻筻就摆在席上。席畔摆着一罐由当天给冯先生管饭的人家送来的茶水。

罐是灰陶做的，乡下人叫瓦罐，以其色近屋瓦。瓦罐型制较大，水可多半罐；说是茶水，其实并不放茶叶。一般都是放洗净了的新鲜沙果树叶，那叶子经滚水一烫，水色便很像福建铁观音泡出的样子，味道泛出几丝轻甜，且有很好闻的一种淡淡的清香逸出。瓦罐里的茶水，主要是冯先生喝。不用碗，也不放碗。渴极了，捧起大罐，作牛饮，其畅快，是无与伦比的。过路的人求水，这么喝；看果木园的老汉过来闲谝，这么喝；在庄稼地里锄草的壮汉歇凉，喘口气，这么喝；冯先生自己也不例外。

人说烟酒不分家，但他是不备酒的。在他的学堂的门厅里，是烟茶不分家。当然，烟是限于旱烟，茶系罐中所有，都不算是上档次的金贵东西。

眼斜而心正

冯先生对眼，两只眼都有点斜，右眼更厉害些。父亲常说，眼斜的人，大都心眼不好，心术不正。但冯先生是例外，人还是蛮善良的。这大约因为他的眼珠不是贼溜溜地斜向一边，而是都正经向着中间，向着鼻梁，属于向心型，而非离心型。这也正是当时有的人对冯先生的心地善良提出的解释，是耶，非耶？不妨姑妄听之。

拿惩罚学生娃来说，你犯了错误，他一般也就训斥几声，要你改过。声色俱厉的时候也有，但不很多。至于气得不行，用铜烟袋锅鸹头，则更是罕见。这种时候，看起来，他是抡圆了鸹的，但落下来时却并非完全失去控制。那结果，当然会在娃娃被鸹过的头顶上隆起一个栗子大，最多核桃大的肿包，又烧又痛，几天下不去。头部多血，娃娃们皮薄，骨头也没有长结实，但又是要害部位，下手太重，会出麻烦。冯先生在我们村坐馆多年，还从来没听说过他把哪个学生娃鸹得头破血流，或当场晕过去的。我做过几年他的暑假学生，自己也因为淘气被他拿铜烟袋锅鸹过，也就挨了一下。据小同窗们说，冯先生鸹头，多以一下为限。你挨了鸹，哭叫着抱头鼠窜，他绝不追。即使遇上犟脾气的学生娃，被鸹了头，仍站在那里不动，甚至不用手抱头，把攻击对象无遮拦地暴露在眼前，冯先生也一般不会再鸹第二下。只有碰上年龄较大的娃娃顽皮成性，屡教屡犯，而新犯错误又特别大，再碰上冯先生正在气头上，才有可能被鸹二下。三个暑假，几十个学生，我只见过一个淘气鬼被他鸹了三下，光头顶上，一边隆起一个大包，像要长犄角。这已经是他用铜烟袋锅鸹头的最高纪录了。无论什么时候，都没有超过两下。

冯先生很朴素，不留"洋楼"，不是"帽帽鸡"。"洋楼"、"帽帽鸡"，是我们乡下人对当时还很不流行的留了分头和背头的男性发式的形象性戏称。冯先生剃着平头，这和村里打牛后半截的庄稼人没有两样。但在我的记忆里，新剃的那种露着青而且光的头皮的样子，在我当他的暑假学生的几年间，却一次也不曾见过。经常看到的是一头很匀整的最短半公分，最长也不会超过半寸的黑发，间或可以见到几茎星散的耀眼白发。他经常穿一件家织布的衬衫，是裁缝师傅做的西式样子，不是一般庄稼人穿的对襟衫。这也许表明了他的乡下教书先生的身份。土气中见些洋气。裤子是黑粗布做的，那黑色不十分正，不是洋染料染的，倒是很像我们那里多数乡下人用石榴皮和涝池的黑泥染出的那样，底色泛着棕红。这裤子大裆，上面缝着足有五寸长的白色裤腰，从前面折了，系上手织的裤带。如果热得脱了西式粗布衬衫打赤膊，谁也不会把他当教书先生。他有一把破的竹编扇子，不知用了多少年，就扔在门厅的那张席上；外出，或上课，则别在西式粗布衬衫下的后裤带上。扇上有字，却不是常见的颇能见出使用者小器和私心的俗气套语："扇子有风，拿在手中，有人来借，礼上不通"，而是很文雅的"送爽"二字。这把平常摆在门厅席上的扇子，像筐里的烟末，瓦罐里的茶水一样，来这里谝闲传的、下象棋的、歇凉的、问事的、求教的，都可以用。

暑天，只要不上课，不批改作业，冯先生的这个门厅里总有人。朴素而又实在的冯先生，就是这样生活在同样朴实而又厚道的乡下人中间，被他们所敬重，所信赖，被看做有文化、有知识的自己人。他们把自己的娃娃，自己的希望，交到他的手里，让他用自己的心性去熏陶他们，影响和提高他们。大家都说，"冯先生人好"。这是庄稼人对他们中间的文化人，对一位村塾先生所可能有的最高赞誉。

教书之外，农村的教书先生，当然主要是教娃娃们念书与学好，让他们接受最初的文化启蒙和人生启蒙。但在教书之外，还要应付许多杂事。庄稼人大都不识字，没文化，一年到头面朝黄土背朝天，冬天上山打柴，夏天磨镰割草，春种秋收，夙兴夜寐，打交道的无非是锨把、镢把、犁把、锄把之类，手上的茧子很厚，肚里的墨水不多，遇上写写算算的事，以及其他要有文化才干得好的事，就只能到学堂里请先生帮助，于是冯先生便有了一摊子教书之外的杂事。他不仅要向娃娃们传道、授业、解惑，实际上还是全村人的文化顾问。这就是说，他既要给娃娃们当先生，也要给他们的父兄当先生。我爷爷有点文化，叔父们从外面写信回来，他自己能看，有时也念给奶奶听："父、母亲大人膝下敬禀者……"但他一辈子提不起笔，回信就得请学堂冯先生代劳。村上其他人家都没念过什么书，一个赛一个的睁眼瞎子。外面写回来的家信，不仅回不了，连念也念不下来。这就不得不把来信揣在怀里，到学堂先请冯先生念给他们听。冯先生念得很慢，不清楚处还做些解释，接着再帮来人把要说的意思，字斟句酌地变成回信。看着人家满意地拿走，他自己则有一种更大的满足，眼睛眯缝着，漾出笑意。这时，他一般都会满满地装上一锅旱烟，美美地抽上几口。冯先生正儿八经的楷书和草书写得并不见佳，现在想起来，不光间架结构不好，就是横平竖直，左撇右捺的力度也嫌弱，显得稚朴，倒也符合书家宁拙毋媚的原则。然而他能写一种非常好看的美术字。字体以黑色为主，画成竹节模样，作为一个字的主结构。然后是辅以敷彩的小花，大体上多是梅花、杏花之类，偶尔也画个娃娃，盘腿抱竹。墨竹，彩绘娃娃及小花的图案，共同组成一个字的笔画和形体。用这样的字体写成对联，挂在墙上很具装饰意味。我在不止一户人家见过他用这种美术字写的对联。再看内容，无非是"良言一句三冬暖，恶语伤人六月寒"之类的流行格言。内容是俗了点，但一眼望去，墨彩相间，倒也能于装饰之外透出几分天真的意趣，正与乡下人的茅檐泥壁相配。冯先生在学堂里自己住的那间由关帝庙改成的起居室里，也挂着几帧这种字体的屏联，内容是《长安八景诗》：

华岳仙掌头二景，
太白积雪六月寒。
曲江流引团团转，
雁塔神钟在城南。
灞柳风雪扑满面，

草滩烟雾紧相连。

骊山晚照光明显，

咸阳古渡几千年。

这几副屏联，显然是他最为得意的笔墨了。长年挂着，屋里又盘着锅台，盘着炕，烟熏火燎，纸质已经发黄，像古董一样。我最早记住《长安八景诗》，就是从这几副屏联上，至今不忘。

庄户人家求冯先生写这种字体的对联，他大抵都是有求必应。纸，或现成的空白对联，得你自己买好送来，笔是他的，墨和颜料用不了多少，也是他自备。至于润笔之类，更是谈不上。乡下人缺钱，最多送几斤自家种的烟叶作为酬劳，有时也送上自家树上结的桃啊，梨啊，杏啊的时鲜果品，或者干脆在轮到管饭时给他多打两个鸡蛋吃，如此而已。据我所知，冯先生写这种字，是很费事，很花时间的，但他始终乐此不疲。图什么呢？只要你拿对联时真心地说句"还是冯先生的字好！"就足够了。村里还有其他一些和文墨打交道的事，也都离不了冯先生。比如嫁姑娘，出远门，要看个黄道吉日；红白喜事，坐在门口帮执事写收礼的清单；土地买卖时同中人及双方写地契；弟兄们分家时在姑姑、舅舅的参与下（有时也会同中人）写分单；个别时候，还有请了他去说和纠纷的，帮忙写状子的，等等。这种额外的差事，几乎天天都有。他总是尽力尽心地做好，没让任何一位求他的人失望。可见村里人敬重他，不仅因为他是他们的西席，是教他们孩子成材的先生，而且因为他是他们的文化顾问，他们的秘书。我虽然仅有三个暑假做过他的学生，但他在我们那个村塾"坐馆"，却一直到了解放以后。在我的记忆中，他的形象，始终和那个铜烟袋锅连在一起，既抽卷烟，也抽旱烟。

追忆傅庚生先生

　　我专程从北京赶回来参加母校（母校：系指西北大学）的八十周年大庆。虽然已是"西风吹渭水，落叶满长安"的节令了，但校园里树木依旧葱茏，秋花依旧艳丽；绿的透碧，红的流丹，黄的点金，一派生机勃勃的景象。天公作美，为了母校的校庆，特意放慢了秋的脚步。

　　早晨，我到校园里漫步。蓦然发现，林荫道旁的灯柱上挂着一首韩愈的绝句："草树知春不久归，百般红紫斗芳菲。杨花榆荚无才思，惟解漫天作雪飞。"粉牌、丹书、革体，衬着后面的绿树浓荫，对比鲜明。这是一首惜春诗，写了挂在学生宿舍区，大约意在勉励年轻人珍惜稍纵即逝的青春时光，学繁花争奇斗艳，各呈才性，莫作漫天飘飞的轻薄杨花和榆荚。从这里，我看出了学校和老师的苦心，他们想用诗的陶冶替代标语口号的喧嚣。

　　再往前走，我才知道，每一根这样的水泥灯柱上都悬着一面粉底丹书的诗牌，以杜甫的为多。逸夫楼前，右侧灯柱上是孟郊的《登科后》："春风得意马蹄疾，一日看尽长安花"；左侧灯柱上是杜甫的《戏为六绝句》之一："庾信文章老更成，凌云健笔意纵横。今人嗤点流传赋，不觉前贤畏后生"。我在左侧的灯柱下驻足，凝望着粉牌上草书的诗句，它们仿佛正在化为低回、悠远的吟哦，从我耳畔、心底升起。那声音微带沙哑，低沉、舒缓，却抑扬顿挫、疾徐有致。仔细分辨，这是先师傅庚生教授的声音，是从三十六七年前的记忆深海中流淌出来的。

　　傅先生教过我们的文学史，后来又教杜甫诗论。他的文学史课程，是讲魏晋南北朝到隋唐五代一段。记得第一次上课时，他穿一袭熨烫得很平整的浅灰色西服，结着领带，脚上是三接头稍尖的皮鞋，细致地擦过了。梳着背头，头发略显稀疏，且已泛白，睿智的面部表情中漾着慈祥的笑，声音不高，却极有魅力。这些印象，从十七八岁一直保留到我也差不多接近傅先生当年的年龄了。它们不但未随岁月的销蚀淡去，反而更加鲜亮。

傅先生具有传统文化熏陶出来的学者风度，却不显得陈旧，他潇洒内秀而又十分注意仪表，言谈举止，都似乎能够感受到诗的节奏和韵律。但更重要的是这一切都来自他的诗心。

他研究诗，讲授诗，他的身心都是诗化了的，一泛着诗的辉光旷达。起先，我不知道用什么样的词语来形容傅先生的这种诗心外化而来的风度。后来，他给我们讲解杜甫的《咏怀古迹》五首，还是用他那低回、稍带沙哑却极有感染力的声音吟哦："'摇落深知宋玉悲，风流儒雅亦吾师，怅望千秋一洒泪，萧条异代不同时……"太好了！用"风流儒雅"来形容我的老师，是再贴切不过的了。

傅先生不仅是研究杜甫的权威，也是"五四"以来数得着的文学欣赏大师之一。他的那本由俞平伯先生作序的《文学欣赏举隅》，是现代文学鉴赏学的开风气之先的著作，沾溉后学，一直影响到今天，余绪不衰。我正是在傅先生多年的言传身教、耳提面命之下，才真正懂得了什么叫诗，什么是诗的欣赏。傅先生带领我们诗国探宝，他并不十分重视理性的解析，而是非常强调整体意境的领悟和体验，他常常能把自己对一首诗的内在意蕴的感悟和对情绪、情感、境界的把握，通过有魅力的吟哦，整个传达出来。有一次，他顺便谈到王渔阳的"神韵说"，既没有铺开来追溯它的源流，也没有对各家说法不一的关于它的界定作细致的发挥，只是给我们吟诵了一首《秦淮杂诗》："年来肠断秣陵舟，梦绕秦淮水上楼。十日雨丝风片里，浓春烟景似残秋。"我敢说，即使起王渔阳于地下，也不得不承认傅先生确实抓住了他的"神韵说"的真髓，不能不承认我的老师为异代知音。也许正因为如此，这首诗，以及傅先生当年的吟哦声，让我永志不忘。

傅先生教我懂得了诗，向我揭开了诗国奥秘，为我展示了诗府洞天。然而，在极左思潮之下，我的思想和心灵都曾被扭曲过，不仅不知道感激他，反而在1958年的"拔白旗"中冲在前面，批判过他，伤害过他。那些辞锋犀利、哗众取宠、攻其一点、不计其余的无限上纲的发言，一定像利刃一样，一刀刀割在我的老师心上。然而他当时不仅没有恨我，没有怒目相向，反而委婉地批评我"英气有余，沉郁不足"。其中既有惋惜，更见期望。他真正像鲁迅先生所说的那样，是"滴着血以饲来者"的。我终生都铭记着傅先生对我的这八个字的鞭辟入里的评语，虽然我知道至今仍不见长进，但我的确时时以此自策。如今，包括傅先生在内教过我的老师，除了田葆英先生和杨春霖先生之外，大都仙去了。

母校正纪念她的八十周年华诞。回首八十年的漫长历程，我敢说都是由一代一代如傅先生这样的老师，用他们的辛勤劳作，他们的心血，包括他们伪苦难，乃至血肉之躯接续起来的。我从高悬在校园里灯柱上粉底丹书的诗牌上，看到韵是傅先生以及我的老师们的诗心，还有在那后面更深沉，更炽热的苦心、师心。我深信，校园的诗化，绝对是未来母校的象征，是真正的希望之所在。

刻在心上的记忆

——追念何其芳同志

何其芳同志是我的老师。我在上世纪50年代末60年代初做研究生的时候，他兼着我们的班主任。不是只挂虚名，而是切切实实地管着事。从教学计划、师资人选，到确定必读书目三百篇，他都管。此外，他还在繁忙的公务和写作中，尽可能挤出时间，为我们亲自授课，解答问题，甚至为一部分同学指导论文。而他的时间又是那么少，那么宝贵。

研究班毕业之后，根据论文指导老师唐弢同志的提议，其芳老师决定调我来文学所工作。本来，到文学所工作，我是"心向往之"的。但那时我的妻子远在西安，人民大学表示：只要我愿意留校，他们可以马上调她进京。所以，我曾犹豫，下不了决心。事情一直拖到那年的深秋，不能再拖了。

在一个晴朗的夜晚，我去西裱背胡同其芳老师家。想再听听他的意见，好下决心。进了客厅，见他正与老朋友曹葆华促膝谈心。我的到来打扰了他们的谈话，心里感到很歉疚。再加上是第一次来他家，情绪有点紧张。但其芳老师说："没有关系，曹葆华是所里的老同志，你有什么话，只管说，不必顾忌。"他态度温和，始终微笑着。眼睛在深度近视镜的后面闪着亲切和信任的光。于是，我的紧张心绪，就开始缓和下来。

我诉说了自己的实际困难，和盘托出自己的矛盾心境，请他帮助拿主意，下决心。他告诉我："调你来文学所的决定是报中宣部批准了的，没有特殊理由，不能改变。你刚才讲的那些困难，确实是事实，我也多次听人事部门的同志讲过。我是放在心上的。不过，你还年轻，我们可以从长计议，积极设法解决。人民大学能够做到的事，我们也可以做到，这一点请你放心。再说，研究所科研条件较好，现在又缺人，特别是缺精力充沛的青年人。这是一个很好的机会。我看，你还是下决心来吧，最好明天就到所里报到。"接着，其芳老师又讲了许多勉励的话。听了他的话，感到心里热乎乎的。送我到门口时，他还再三叮咛："不要犹豫了，该下决心了，早点报到吧！"

第二天，十月二十八日，我按其芳老师的吩咐，来文学所报了到，从此，在他的领导下工作。

文学所的人，都称他"其芳同志"。他的老师辈的人这样称呼，他的从延安鲁艺以来历届学生辈的人，也这样称呼。我也入乡随俗，自到文学所后就再没有称过他老师。久而久之，我逐渐体会到，"其芳同志"的称呼，因为免姓，而显得格外亲切，其中既包含了人们对他的爱戴与敬重，也包含了对他平易近人的作风的肯定。一个小小的科研单位的主事人，与他的部下就是处于这样一种非常平等融洽的关系中。我虽然跟着改称"其芳同志"，但在我的心里，仍像过去一样，把他当作真正的师长。

其芳同志的平易近人，不是故作的姿态，曲意的矫情，而是出自内心的至诚。他为人的真率，胸怀的坦荡，办事的认真，甚至有时天真得近乎迂，执着得近乎拗，大抵都离不开这个诚。他的文章，像他的生活一样，能够从中看出他的人格和真诚。他常将自己的心扉向人打开，赞成的和不赞成的，都一目了然，很少隐瞒什么，掩饰什么。这给他的文章带来了特殊的风格和特殊的魅力，使他的心能够与读者相通，但也往往因此而带来麻烦。

记得那是1958年的事。当时我正在西安的西北大学读书，刚与一批教师和同学下乡收集"大跃进"民歌回来。有一天忽然接到系上的通知，说是何其芳来了，作协西安分会要召集座谈会，请他做报告，让我也去听听。我以前只读过这位久负盛名的诗人和学者的诗文，从没见过本人，这次有机会亲耳聆听他讲话，一睹丰采，心下很是高兴，便立即前往。

那次座谈会是在作协西安分会的一间小会议室开的，会型不大，到会只有二三十人。说是座谈，其实主要是其芳同志讲。他身材不高，显胖，完全没有我原来想象中的那种风流儒雅的潇洒劲儿，但他宽阔的前额是智慧的，眼神显得诚挚而明敏。他讲话四川口音很重，满脸认真的神情。当他要强调某种思想和观点时，厚厚的双唇便显得刚毅而执拗。

其芳同志说，他这次和文学所的副所长唐棣华同志一起出来，不代表上级机关，也没有上级交付的任务，主要是下来学习，作些调查研究，听取关于办好文学研究所的意见。

　　使我感到震惊的是，他对当时的"新民歌运动"有根本的保留。他说，他们刚从河南过来，在河南参观过一个"诗村"。这是当地"大跃进民歌"搞得很热闹的典型村，早已实现了"诗化"，人人作诗，天天作诗，名声很大。几乎不断有参观团到那里去参观和"取经"。其芳同志明确表示：他对这种做法是怀疑的。他说："我看了他们写在墙上的诗，听了他们的赛诗会，水平都不高。他们把写诗看得太容易了。说要出几个李白，几个郭沫若，哪里可能呢？这个村有一位据说是远近闻名的农民诗人，凡有上级和参观团来，他都要当场作诗。我很同情他。这样没完没了的应酬，怎么能写出好诗来呢？我们去参观，他也照例吟诗相赠。老实说，写得并不好。我为这位农民难过，他真是苦不堪言。"写诗需要灵感，需要生活、思想和情绪的长期积累。创作过程也很艰苦，不是随时随地都可以写出好诗来的。这些都是常识。其芳同志从自己长期的创作体验出发，敏锐地感到了"新民歌运动"中的浮夸气味。他是一个实在的人，真诚的人，他不能昧了良知去肯定明明是违背艺术规律的狂热。他的见识，特别是把这见识明确地表达出来的勇气，在当时是非常难得的，要担风险。因为，当时正值"新民歌运动"狂澜汹涌之际，四海之内一片颂扬。以陕西而论，就正宣传着白庙诗村的典型，也在高喊要出多少李白，多少杜甫，耳朵都要震聋了。像我这样的年轻人，几乎都处于不清醒的狂热之中。

　　听了其芳同志切中时弊的讲话，对于我，无疑是一服清醒剂，感到很有道理，颇受启发。其芳同志的见解，与当时占统治地位的流行观点不同，与我们前不久下乡收集"新民歌"的指导思想也不同。它为我提供了另一种思路。然而，有1957年许多青年同学被打成"右派分子"的前鉴在，我也没有勇气去公开表示认同。后来，其芳同志为他的这些在今天看来已经被历史证明是完全正确的看法，付出了沉重的代价。他被扣上"反对新民歌"的罪名，遭到了反复的批判。

　　作为诗人，作为散文家，其芳同志重真诚，不失其赤子之心；作为学者，他又重科学，一丝不苟。1961年初，他根据毛主席的指示，主持编成了《不怕鬼的故事》。序文写好之后，送毛主席审阅。毛主席亲自作了修改，并加了一些话。其中，用了"光昌流丽"一词。其芳同志没见过这种用法，心里不踏实，打电话问了俞平伯先生。俞先生说："有这种用法，不错的。"于是其芳同志也就放心了。这本来是很正常的事，无可非议。它反映了其芳同志实事求是、严肃认真的学术品质。重新工作以后，他仍是那么宽厚待人，充满了长者的善意，即使对伤害他较重的同志，也没有任何报复之心。对我，更是如此。不仅让我协助他管理文学所的科研业务工作，而且尽力地保护过我。在文学所，他的这种宽厚的长者风范，一向是有口皆碑的。然而，由于积劳，由于过于繁忙的工作负荷，超过了多病的身躯所允许的限度，他终于吐血，终于一卧不起。

其芳同志病危的那些日子，我的心绪非常低落。父亲在半年前刚去世，如今，最敬重的师长又辗转病榻，康复无望，而我自己的处境也正不好。因此，看着其芳同志病情一天天恶化，心力一天天衰竭，我的心也在沉下去，沉下去。但他仍然惦着工作，渴望着工作，设想着康复后的各种计划，从来都没有像这样急迫过。这种时候，我就禁不住背过脸去落泪。弥留之际，我也在他的身边。医生抢救无效，眼看着他停止了呼吸，一条雪白的床单，盖住了他的身体……

北京花开花落，物换星移。自从先师何其芳谢世，转眼已十易寒暑。再过几个月，又是他的忌辰了。

岁月的流逝，常常会使某些记忆变浅，淡去，以至泯没。然而，在我心灵的深处，却始终刀刻样地保存着对于这位长者的记忆。经过十年、数十年时间潮水的冲刷，经过变幻莫测的人世风涛的荡涤，这些记忆，不仅未曾褪色、磨平、变冷，反而显得更加清晰，更加鲜亮了。它们每次浮向心头，都仿佛带着温热，给我力量和启迪，促我进取与自新。

愚人节的感伤

那是十四年前的一段往事。

那年，先师何其芳，虽然刚满六十五岁，却已经很显龙钟之态，背有些驼，头发几乎全白了；步态虽说仍是那样急促，出门却离不开拐杖；笑容是苍老的，即使最开朗的时候，也含着只要细心，就能捕捉到的忧戚。我想，这也许因为那些让人不快、又不肯离去的往事的记忆，常常会向他袭来，咬啮他敏感的诗人的心。

研究所渐渐恢复了一些业务活动。当时主持所内工作的党总支让他分管科研方面的事情，成立了科研组，我协助他管理这个具体的办事机构，跑跑腿，完成他交办的日常事务。他仍像"文革"前那样，每天上午坚持来所里上班，几乎风雨无阻。如果下午不开会，没有非他亲自处理不可的事，他便在中午吃饭时回西裱褙胡同的家里去休息，然后读书、写作。

记得是转过年的春天。倘在江南，也许已经花红柳绿；而北京却仍然春寒料峭。长安街上的大叶杨树上，刚刚伸出毛茸茸的花絮；柳条上的叶苞，稍许大了些，却还不曾舒展开。好像还得再过几天，才能到"草色遥看近却无"的时候。

那时我住集体宿舍，就在机关院内，所以，一吃完早点便去科研组办公室。这天，刚坐下，便听到走廊里由远而近地传来熟悉的脚步声，拖地而急促。我知道，这是其芳同志像往日一样，早早上班来了，便迎出去接他。我们的办公室在二层楼的中部。虽说楼外嫩寒，楼内十多天前就停了暖气，可其芳同志仍然走得满头大汗，气喘吁吁。我接过他手里的黑色人造革提包，轻轻扶着他走。他边走边摘下帽子用手绢擦汗，不等进办公室门，便开始告诉我说，昨天晚上读元人的集子，看到两首效玉溪生体的七言律诗，用典较多，含义朦胧，不易疏解。由于前些年"革命群众"造反，占了他的书室和住室，他的几万册藏书，都被胡乱堆在走廊里，无法查找，因此，他要我帮他查查典故，并谈谈我的理解。

我扶他在办公桌旁靠窗的椅子上落座，把拐杖靠到墙角，在他对面坐下来。他喘了会气，让呼吸稍微平稳下来，便说："我把诗抄给你吧。"说着从抽屉里拿出一张质地粗劣，颜色泛黑的小稿纸来，在桌上铺好。这种稿纸是研究所十多年前印制的。其芳同志摘下深度近视眼镜，很吃力地边回忆边在上面写着，眼睛离纸很近：上年纪了，眼睛不好使，虽然看远处的东西仍然离不开戴了多年的镜子，但看书、写东西，却又要摘掉它。其芳同志每写一句、两句，都要停好长时间去想，而且不断地用手拍打宽阔的脑门，咕哝着："你看，你看，这个脑子……这个脑子，怎么搞的？怎么坏成这样……昨天刚看过的，就记不起了……"看到他这样艰难，我感到辛酸，也感到愧疚。他曾经有非常惊人的记忆力，可以过目成诵。我做研究生时，他行政事务很忙。给我们讲课，只能在先一天晚上拉出一个提纲，第二天便根据这个提纲去讲，靠了博闻强识的学力，他居然能够论证严密、资料翔实地讲半天，乃至一天。

其芳同志花了足足一个小时的时间，才很费劲地把这两首据他说从元人集子里看到的诗，回忆并抄了出来：

锦瑟（二首）

其一

锦瑟尘封三十年，

几回追忆总凄然。

苍梧山上云依树，

青草湖边月堕烟。

天宇沉寥无鹤舞，

霜江寒冷有鱼眠。

何当妙手鼓清曲，

快雨疾风如怒泉。

其二

奏乐终思陈九变，

教人长望董双成。

敢夸奇响同焦尾，

唯幸冰心比玉莹。

词客有灵应识我，

文君无目不怜卿。

繁丝何似绝言语，

惆怅人间万古情。

从少年时代起，我就很喜欢李商隐的诗，喜欢他的凄丽、哀婉、缠绵，以至感伤。他的许多《无题》诗，我都曾熟读成诵。有的诗诗境朦胧，虽至今难以确切解出它们的含义，但还是喜欢。李商隐的《锦瑟》诗，就属于这一类。它题为《锦瑟》，不过是取了开头的两字。这两个字在诗中充其量起一种托物起兴的作用。至于更深一层的隐喻，那就要看读者在鉴赏过程中的再创造了，看他的学养和才力如何了。

我当然知道，《锦瑟》的难解在文学史上是出了名的。历来注家各执一说，言人人殊，难以定论。金代忻州大诗人元好问在《论诗绝句》三十首中曾说："望帝春心托杜鹃"，佳人锦瑟怨华年。诗家总爱西昆好，独恨无人作郑笺。西昆，是宋初的翰苑。当时馆阁诸人如杨大年、钱惟演等，效晚唐李商隐、温庭筠诗体写作，编成《西昆酬唱集》，"西昆体"以此得名。元好问对于这段缘起，不甚了然，因袭前人错讹，误以来之西昆体为李商隐体，错倒了先后。但他看到《锦瑟》的难解，却符合事实。这首诗至今学术界仍然看法纷纭，莫衷一是。大致可以归纳为"悼亡说"、"自伤说"。而钱钟书先生则主"艺术境界说"，即认为诗中所言，系以形象的画面，暗喻创作所达到的境界。但余冠英先生却不很赞成钱先生的解释。有一次我到家里看他，他仔细地说明了自己的看法，引经据典地展开了论证，整整讲了约两小时，并说要写成文章。可惜后来身体不好，一直未见他写出来。

我拿了其芳同志抄给我的诗笺，到图书馆翻查各种材料。先把典故一个个注出，然后逐句、逐联地疏解诗思，串讲全篇。元诗我不熟，其芳同志又没有告诉我何人所作，出于何集？无法了解作者的生平际遇和其他诗文，也就难以做到孟夫子所讲的"知其人而论其世"，只好就诗论诗。过了差不多一个礼拜，经过反复地揣摩，我觉得自己基本上把握了两首诗的意旨。一天上午，其芳同志又像往常那样，拖着急促的碎步，早早来上班了。扶他坐下，我便谈起对这两首诗的看法。

　　我告诉其芳同志，诗的副题虽有"戏"的字样，全诗却写得情真意切，哀婉动人，那一抹浓厚的感伤意绪，可以入人肺腑，动人心魄，没有一丝一毫的游戏味道。历来仿效李商隐的诗，我读过不少。清初金圣叹的《沉吟楼诗稿》里就很有一些标明"效李义山"的诗，但多为绝句，写得并不高明。这两首元人的效作，当属上乘。最后我郑重其事地得出结论：根据"苍梧山上云依树"、"文君无目不怜卿"等诗句和弥漫全诗的那种难以排遣的感伤情调来判断，这应该是两首悼亡诗。

　　其芳同志听我正儿八经地讲完一篇自以为高明的宏论，突然拊髀大笑，笑得那样开心、那样天真。这在他，是从来没有过的。我有点愕然，不知所措。"牟决鸣同志还在，我悼的什么亡？你忘了，我告诉这两首诗的那天上午，是四月一日！"他笑着大声说。

　　愚人节！我恍然大悟。四月一日愚人节，这个据说起源于英国，而后逐渐流行于整个西方世界的节日，本是荒唐、幽默而又欢乐的。按照不成文的约定，只要是在这天的中午十二点以前，人们相互之间都可以尽情地编造各种无稽的谎言、貌似真实的鬼话，去一本正经地诳骗别人，愚弄别人，被骗和愚弄的人信以为真了，便是"傻瓜"、"笨蛋"。在愚人节作了"傻瓜"或"笨蛋"是莫大的荣幸，所以人们不仅不以为意，反而会很高兴，其程度，绝不下于捉弄他们的人。

　　但中国人并不过愚人节。就是在知识分子中，真正知其详者，怕也有限。我是一个很粗心的人，连每年过生日的事，也需要家里人提醒，更何况这来自域外的愚人节。因而，被我的老师善意地捉弄一次，变成货真价实的笨蛋，也是活该。不过聊堪自慰的是，后来我才知道，同时因这两首诗而被一向忠厚、一向真诚的其芳同志捉弄的还有学识渊博的邓绍基、陈毓罴和版本学专家汪蔚林。汪蔚林那时正兼着图书馆长，他为找到这两首诗的出处，居然查遍了馆藏全部元人的集子，当然是茫无所获。他们都像我一样，竟无一人发现这是其芳同志本人的作品。虽然他们比我高明，没有荒谬到认定这是一首"悼亡诗"，但那又怎么样呢？不过是比我稍高一个层次的"傻瓜"和"笨蛋"罢了。

然而，陈毓罴肯定这是两首自伤诗，却不能不说是高见，尽管他起初也不知道抒情主人公是何许人也，更不知道他所伤者何。其芳同志早年以白话诗、以散文名世，曾用纤细、敏感的诗心，编织过孤独、寂寞而又感伤的梦幻。参加革命后，诗风为之一变，又曾高唱过明朗而欢快的"夜歌和白天的歌"。他有超常的诗人的才秉和气质，并对此有难得的自觉。他热爱诗歌创作，甚于他所从事的任何工作。他的审美化了的最高人生追求，就是能够自由地、真诚地去唱自己心灵的歌。然而为了革命的需要，他不得不放弃他最乐意干的事，去忙各种繁杂的行政事务，去从事学术研究和理论批评，去没完没了地批判别人并被别人批判。虽然在真正的学术研究和文学教育中，他也做出了举世公认的贡献，但自己却总是把不能继续写诗视为终生憾事，多年耿耿于怀。这是一种感伤的、无可奈何的，有时甚至稍含抱怨的思绪。它常常在他的诗文及序跋中自觉不自觉地流露出来。1964年，他在《效杜甫戏为六绝句》的最后一首"少年哀乐过于人，借得声声天籁新。争奈梦中还彩笔，一花一叶不成春"中，流露的是这种思绪；十三年后《锦瑟》一首中流露的，也还是这种思绪。

晚年的其芳同志虽然须发霜染，过早地显出老态龙钟，但却童心不泯，真情弥笃；魂牵梦绕的诗人情结，也更强烈了，这一切都转化成了"何当妙手鼓清曲，快雨疾风如怒泉"的绚烂理想。但这个理想，却仍像以往一样，只不过是纸上的东西。三个月后，他便遗憾地抱着它与世长辞，而"繁丝何似绝言语，惆怅人间万古情"的诗句，好像竟成了某种带有不祥暗示的谶语。

一年一度的愚人节又要到了。自其芳同志故世之后，这个在西方本是欢快而幽默的节日，每年都是伴着对这位敬爱的师长的怀念，以那样深沉的感伤，来到我的心里。我永远记住了这个异国的奇怪的节日。愚人节过后，又是寒食，又是清明了，该到祭扫的时节了。谨以此文奉献在先师其芳同志的坟前。您的学生并设有随着岁月的流逝而忘记您，没有忘记那两首感伤的《锦瑟》诗，没有忘记自己是个真正的傻瓜。

要经得起查书

　　先师何其芳生前在谈起做学问、写文章时，常说的一句话是："要经得起查书"。我们做研究生的时候，他来讲课，谈怎样写好论文，就把这一条作为重要话题讲给我们听；毕业后留在研究所工作，更是经常听到他讲这个话。

　　"经得起查书"，在其芳先生那里，既是一条衡量学术水平的标准，也是一条衡量学人品格的标准。他在这方面自我要求也极严，文章出手，总要请所里的老专家看看，以免在材料的使用上出硬伤；重要的文章，还要先把稿子打印了发给更多的人看，并且开讨论会，请大家提意见。这实际上是一种"指瑕"会，不仅指论点是否妥当、正确之瑕，而且指材料使用之瑕。

　　有时候，他也用这种办法组织讨论所内年轻人的论文，以养成他们严谨的学风，帮助他们成才。文学所作为一个学术研究单位，它的群体风格，正是其芳先生这样言传身教，一手带出来的。做研究所所长的那些年，他一直兼着《文学评论》的主编。凡是刊物准备发表的文章，他都要求责任编辑务必认真查对引文的原出处，看看是一手材料还是转手材料，引用时有没有断章取义等。因此对于来稿，他也要求作者注明引文的出处，以便查对。这就是说，他是把查书、核对引文，作为编辑业务的一项基本功对待的，借以养成严谨的编辑作风，训练出一支在这方面过得硬的编辑队伍，这当然也同时是对刊物作者队伍的培养。

　　其芳先生之所以重视查书，重视使用资料的准确性，乃是因为这是立论的基础。使用的资料靠不住，无论你有怎样的生花妙笔，能讲得如何的天花乱坠，你的研究成果也只能是建筑在沙滩上的楼台，一冲就垮。在写著名的长篇论文《论〈红楼梦〉》时，为了对当时红学研究中颇为流行的

"市民说"进行评价，他认真地通读了黄宗羲的《明儒学案》以及其他的许多第一手材料。他说，这些材料非常枯燥，非常难读，他是硬着头皮读完的。他最后得出的结论是："市民说"经不起查书，没有什么根据，因而靠不住。

文学研究所曾前后编注过两种唐诗选本，一种是人民文学出版社出的《唐诗选》，分上下卷；另一种是北京出版社出的《唐诗选注》，也分上下卷。上世纪70年代初，从干校回来不久，所里便开始恢复了一点业务，其芳先生被吸收到领导班子分管这方面的工作，我在新成立的科研组帮他跑腿，做些杂事。他要我从头到尾校读一下这部书稿的注释，好好查查书，提出修订意见，供他和主持这部书的编写和定稿的余冠英先生参考。我花了几个月的时间，逐条翻书查对了有关的注释，提出了共计二百余条修订意见。其中有相当一部分是关于陕西，特别是关中一带方舆地理、山川文物的注释。他很满意，并且转达了余先生的夸奖。这对我是一次认真的查书训练，使我真正体验了个中的甘苦与兴味。

北京出版社出的那种《唐诗选注》，虽然在名义上是文学所古代室和北京维尼纶厂联合选注，但工人们只是应个名，实际的事还是靠文学所的人做。其芳先生总其成，管得很细、很具体。初选选目由他亲自提出，经讨论补充后，也是由他最终定夺的。在选目的取舍上，他实际上是把艺术的审美标准放在第一位的，说是一定要把千百年来脍炙人口的名篇佳诗一篇不漏地选进来。这个选目基本上排除了当时流行的政治模式的干扰，人们甚至不难从中窥见其芳先生个人的审美偏好和早年唯美主义的某些痕迹。

他对于注释的要求，也是要经得起查书。对于已经完稿的注释，只要他觉得不确切或把握不大的，都要逐条查书，加以订正。

1976年的夏天，唐山大地震后，余震不断，北京常有震感。家家户户都逃到防震棚住，其芳先生却还是若无其事地坐在书房里一门心思地审阅和校订送到他那里的注释稿。家里人都很着急，最后不知用了什么办法才把他拖进了搭在长安街上的防震棚。他便在这里审稿，还是不时地跑回家里去查书。我去看望他，他正在那里校改胡念贻的一份注释稿。他根本不谈什么地震不地震，好像从来没有发生过这个事。见我来了，便指着经他用红色圆珠笔仔细改过的稿子对我说："你看，这个胡念贻，粗心得很嘛！他的这些注释，初看都还可以，但是经不起查书嘛！一查，就不准确，我都替他改过了。"胡念贻是南京中央大学毕业，还在北京大学做过研究生，科班出身，国学底子极好。很可能对当时那种"两结合"的科研方式有看法，因而不十分认真。我想，其芳先生对那种科研方式也并非没有看法。但不管在怎样的情况下，只要是做学问，他就一丝不苟，就会坚持他的"要经得起查书"的标准。

他可真是做到了"泰山崩于前而色不变"。这里固然有一种浓厚的书生气，却也未始不可以见出他真淳的敬业品格。这种品格在如今已经非常难得了。

并非不必要的补遗

——关于俞平伯先生的"书生气"和"书生诗"

年前，在研究所的一次学术委员会上，碰到朱寨先生。他拿出一篇自己刚在《随笔》上刊出的新作给我看，题目叫《俞平老的"书生气"》。不长，很快便看完了。文章亲切朴实，很有资料价值。

俞先生一向为人真率，虽历经劫难，依旧是"质性自然，非矫厉所得"。朱寨文中所记、所说，正是从这个特殊角度着眼的，因而提供了不少有趣而又翔实的传记材料。"书生气"在我们日常语言中，大抵是指读书人的不达世情，不知变通，不会钻营，昧于生计，而又书生意气，认死理，钻牛角，机会来了不敢上，危险临头不懂得跑，等等。

"书生气"的行为，往往显得可笑、可气，甚至可悲，但却绝不会可鄙、可憎。因为这种气质，虽入贬义，却更接近人的本真。它不饰伪，不设防，所以，无论表现得多么乖张、荒唐，总有那么一点可爱的，可以被原谅的东西。"书生气"是只有某些书生，即知识分子才会有的，不读书、不看报的军阀、党阀、地痞、流氓、恶棍、政客们大约不会有。在中国，"书生气"关乎书生们的致福之本，倒常常是他们的招祸之由。不要说"阴谋"、"阳谋"、"引蛇出洞"、"放长线钓大鱼"之类的"部署"、"策略"，会使他们防不胜防，要付出惨重的代价，就是政客们略施小计，或翻云覆雨，或深文周纳，或罗织"上纲"，也会给他们带来不尽的麻烦，搞不好一样翻船。

俞先生就是这样。他的"书生气"，虽然很使他触过一些霉头，栽得几个跟斗，却也因为始终不改其真率、通脱、旷达的本性，反而给他的诗文带来一种实话实说，不假雕琢的天然意趣。所谓"书生气"即属此类。前一阵，偶然在邵燕祥那里看到一本四川文艺出版社新出的《俞平伯旧体诗》，竖排线装，印制颇为精美。诗是分古、近体，按编年排列的。抒情、咏物、纪乐、赋愁，都能从中看出一位不失其赤子之心而又"书生气"十足的俞平伯来。其实，就我所知，俞先生那些年虽在难中，也还是偶尔写点旧体诗的。其内容，当然是"饥者歌其食，劳者歌其事"，离不开他的受难，他的"牛棚"生活，以及他在这种生活中的真实体验。

记得俞平伯曾在难中写过无题诗，是这样两首：

其一

先人书室我移家，
憔悴新来改鬓华。
屋角斜晖应似旧，
隔墙犹见马樱花。

其二

未办饔飧一饱同，
黄棉袄子热烘烘。
并三椅卧南窗下，
偶得懵懂半忽功。

时间倏忽而过，余先生的这两首诗却常会浮向脑海，于是我写了上面的文字，把两首诗忆写出来，公诸于世，这既是一个晚辈对他的纪念，或者也可以作为对他《旧体诗集》的一点并非不必要的补遗。

追念钱钟书先生

　　最早知道钱钟书先生学问的博洽渊深，是从我在西北大学读书时的一位老师刘持生教授的口里得知。那时我也就十七八岁，刘老师给我们讲文学史的先秦一段，他讲屈原《离骚》的"摄提贞于孟陬兮"一句，考证"摄提格"，就花了整整一个礼拜的文学史课时。他是当时我们中文系大家公认的博闻强识的老师，毕业于国民政府时期的南京中央大学。他说，他的学问比起钱钟书教授来，简直不足挂齿。钱先生通五六国文字，能读、能说、能写作；读书极快，而且过目成诵。二十八岁就英、法留学归来，被清华大学破格聘为教授，这在当时是极为罕见的。刘老师是钱先生的崇拜者，用今天通行的词语来形容，就是"粉丝"。我们崇拜刘老师，被我们崇拜的刘老师崇拜的人，当然更会让我们崇拜。其实是多少有些盲目的，说盲从老师也可以。正因为弱冠之前就有这样的影响，所以上一世纪80年代，当舒展以"文化昆仑"称谓钱先生时，我也就觉得本来早该如此。

　　我是在文研班毕业后，由何其芳、唐弢两位师长留到文学所工作的，报到时间是1963年的10月底。记得报完到，代表组织和我谈话的是高个子的葛涛。她拉长面孔，很严肃地问我："你到文学所来，到底是要做钱钟书，还是要做何其芳？钱钟书的道路是白专道路，何其芳的道路是又红又专。"我知道，就在我考取研究生的前一年，即1958年，全国高校和文化学术单位曾经搞了一次"拔白旗，插红旗"的以著名知识分子为对象的学术批判运动。我在西北大学的老师傅庚生教授就被拔过"白旗"。我猜想，文学所也肯定有过类似的运动，运动中肯定把钱钟书等名家作为"白专道路"的代表。我知道，葛涛等着我的回答只能是"做何其芳那样的专家，走又红又专的道路。"这在我并不难。因为其芳同志是我的恩师，是所长，又是拍板调我到文学所来的人。但我有自知之明，何其芳不是想做就做得了的。至于钱先生，虽然被当做"白专"的代表，但他是我崇拜的刘持生老师崇拜的偶像，"不做钱钟书"的话，我说不出口。于是灵机一动说："我们研究班的集体笔名叫马文兵，我是马文兵的成员之一，当然要做马克思主义文艺理论战线上的一个小兵！"巧妙地绕过了她给出的二者必居其一的两难选择题。她到底没有我脑子转得快，不能说我回答得不对，只好那么着了。记得和我同住一间集体宿舍的兄长式的樊骏，也在我来所不久问我："你的奋斗目标是成为怎样的专家？"樊老兄的问题没有葛涛问题的政治倾向和意识形态色彩，我也以回答葛涛的那个答案挡之，即做马克思主义文艺战线上的一个小兵。樊骏说："你这样讲太抽象了！"我说，我明白你的意思，但文学所的那些专家个顶个地都是一流学者，不是我想做就做得了的。

我到文学所不久，便根据其芳所长的安排去山东黄县参加劳动锻炼，接着又先是在山东海阳，后是在江西丰城参加过两期社教，等回到文学所，文革的浩劫便开始了。何其芳作为"走资派"被打倒了，钱钟书先生也作为资产阶级学术权威开始了厄运。他住的那套房子，也被强行划出一部分，给另一户同所的年轻夫妇住。住室逼仄，条件恶化，让钱先生老两口很受了些挤对之苦。

钱先生是最早随文学所到"五七"干校的。我们先到罗山县原先一个劳改农场的地方住下来，种完麦子，已是冬天了。钱先生属于老弱一类，不能干重力气活，于是分配他和吴晓铃先生负责烧锅炉，负责供应大家喝的开水。锅炉摆在当院，北风一吹，水很难烧开。烧水的活儿虽是不重，但没完没了，熬人。文学所百十口人，再加上家属，都要喝水。还有人不自觉，偷偷接了水洗洗涮涮，这就更增加了钱、吴两位老先生的苦累。虽说两人可以轮换着干，但用完一锅又一锅，一天下来着实累得够呛。到锅炉打水的人，总见钱先生无奈地阴沉着脸，鼻翼两侧常见因填煤捅炉子留下的黑晕，一副周仓相。只比周仓多了眼镜。有人说怪话："所有打水的人，都是钱先生的敌人！"敌人倒也未必，但钱先生也确实高兴不起来。即使在这样艰苦的条件下，我还是见钱先生在添满水，加足煤以后，利用水未烧开的这个空间读书。那都是外文原文的辞典之类，比砖头还厚。我当时想，这才真叫"手不释卷"。在平静的日常环境下，做到手不释卷，已属不易，而在这种厄运中，仍能坚持手不释卷，则尤其难。每当这种时候，都让我肃然起敬。

学部大队人马陆续下来了。干校的地址最终选定在息县的东岳集西北，占地一万五千亩。文学所编为第五连，从罗山迁到东岳集。钱钟书先生负责收发，每天到校部所在的"威虎山"，把报纸、文件取回来，把连里的信件送出去。这个活儿，比起在罗山的烧锅炉来，轻省多了，钱先生的脸上一扫罗山那个冬天的无奈与阴沉，有时也会泛出些许笑意。这个阶段，钱先生的夫人杨绛也从其所在的外文所下来了，杨先生常到钱先生的收发室来。杨先生后来写的著名散文《干校六记》，就是这段生活的写照。不过，我还是常看到钱先生抱着那本比砖头还要厚的辞典，攻读不辍。

1971年，学部"五七"干校离开息县东岳集，搬到信阳附近明港的一座军营里。钱先生和我们一起，住在一栋阔大的营房里。他的铺位在离房门不远的紧靠东南角上。那是"九一三"事件以后，时令已届初冬。钱先生的哮喘病犯了，常常喘得似乎透不过气来。明港也没有什么特效药，只好那么拖着，迁延着。房子大，冬天冷，钱先生的床上经常挂着蚊帐，好像这样会稍许暖和些似的，至少精神上会给人这样的感觉。

有一天学习文件，其中有黄永胜引用唐代章碣的《焚书坑》："竹帛烟销帝业虚，关河空锁祖龙居。坑灰未冷山东乱，刘项原来不读书。"大家都不十分清楚"祖龙"的典故，问吴晓铃教授。吴晓铃想了半天说："可能是指秦始皇吧……"不十分确定。这时，只听见东南角床帐里传出钱先生因哮喘而稍显沙哑然而苍劲的声音："这个典故出于《史记·秦始皇本纪》，即秦始皇东巡返程死于沙丘宫那一年。有使者从函谷关以东回来，路经华阴平舒道，有人持玉璧挡住使者说，你把这个送给高池君。接着又说：'今年祖龙死'。祖，始也，龙指人君，祖龙即指秦始皇。"这些话是钱先生边喘边说的，说完，又很厉害地喘起来。我后来查了《史记·秦始皇本纪》的原文，确如钱先生所说。这就让你不能不佩服他超强的记忆力。因为到明港军营，只要有空他仍读那本砖头样的外文辞典，手头并无《史记》一类的中国古代典籍。

从干校回京后，钱先生老两口在干面胡同的住所，因鹊巢鸠占，而只能暂时栖息在办公室里。我们同住七号楼，我和樊骏仍住楼上原先的一间办公室里，住宿兼办公。钱先生住在楼下最西头的一间与我和樊骏的集体宿舍同样大小的屋子里。

那是1976年的年末，我刚从陕西老家为父亲奔丧回来。我们家在农村，弟妹多，本来生活就拮据，"文革"中又遇上灾劫，加上父亲的病故，就更困难了。有一天我外出散步回来，在学部大院靠长安街一侧墙外的人行道上，正好碰见一同出来散步的杨绛先生和钱钟书先生。他们总是这样出入相随，形影不离。我向他们二老打招呼问好，他们叫住我。

钱先生说："听说你父亲刚去世，你困难不困难？"那时我每月工资只有六十二元，又刚办完父亲的丧事，当然困难。但我没有直接这样说，而是不留意看不出来地点了点头，表示了默认。我以为这只是他们表示长辈对后学的一点关心，以为问问而已，心里很是感激。谁知接着，杨绛先生也非常亲切地说："钱先生的意思是说：我们知道你很困难，家里又出了事，我们想帮帮你……"钱先生接着说："我们比你宽裕，那些钱不用也就在那里放着。"原来两位老人是要把钱给我，帮我纾解眼下的经济困窘。

我眼圈一热，泪水差一点夺眶而出。我想，眼前的这位老人比我的父亲还年长一岁，他生于庚戌年（1910），我的父亲生于辛亥年（1911）。这些年他和他的家人，都遇到了巨大的灾难。他们的爱婿含冤而死，女儿寡居，他们早已年逾花甲，却至今连一个稳定的住处都没有。我正年轻力壮，即便有困难，也不能用老人的钱。便说："谢谢二老的关心。真的拉不开栓了，我会找你们借的。"

我赶快逃跑似的告别离开，一扭过头，眼泪便再也忍不住了，哗哗往下直淌。我虽然婉谢了他们二老的赠予，但却终生铭记并感激他们对作为后辈的我的一片关爱深情。

今年的11月21日，就是钱先生诞辰一百周年的纪念了。我又想到那本砖头厚的外文辞典了。谨以此文致祭于他老人家的在天之灵。

圣火不熄

——悼念荒煤同志

荒煤同志辞世的噩耗，我在当天晚上就从老所长洁泯同志打来的电话中知道了。手拿听筒，半天说不出话来，总觉得这不是真的，总觉得他还活着，就在我们中间。

荒煤同志是我一向非常敬重的文艺界前辈。他从少年时代起，便冲进革命文艺运动的大浪中去，风风雨雨六十余年，为革命，为党的文化艺术事业，贡献了自己全部的精力，至死方休。可以说，他的一生都是与革命文艺共进退、共荣辱的。他喜欢火，火的意味，火的性格，火的理想；行文常举火为号，以火为喻、为象征。他的名字就蕴含了火的燃烧，标示了他的追求。前些年，他出过一本散文集，叫《荒野中的地火》，主要收录了他80年代初在《十月》上连载的有关自己青少年时代的回忆。在序言中，他对这本书的命名作了这样的说明："鲁迅曾把30年代左翼革命文艺运动称之为'荒野中的萌芽'。而我有幸活到现在，看到今天如此蓬勃发展的文艺运动，我感到这棵萌芽已经成为一股喷薄而出要烧却一切旧事物的地火了！所以把本书定名为《荒野中的地火》以志纪念和祝贺！"认真想来，这《荒野中的地火》的书名，岂不正好是他无意中对自己本名所作的诠释？不仅"荒野"二字取自鲁迅，就是地火的意象，又何尝不是源于鲁迅的名句"地火在地下运行、奔突"！足见其受鲁迅影响之深和对鲁迅的景仰之殷。他的延续多年的缧绁之灾，亦与这一强加的罪名不无关系。这对他的身心曾造成了极大的伤害，他怎么可能去对抗自己深深敬重的鲁迅呢？据他后来回忆，就在当年鲁迅遗体奉安的那天，他还冒着被捕的危险，毅然从靳以的手里接过"纠察"的袖章，一路维持秩序，护送灵柩直到墓地。

荒煤同志最初参加革命文艺活动，正逢大革命失败以后的黑暗时期，这是一个特别需要火，需要光明的年代。共产党人被打进了血海，革命处于低潮。面对这低潮，伟大的毛泽东曾写了著名的《星星之火，可以燎原》。荒煤当时未必能读到这篇文章，但他却的确是抱着对火、对光明的热烈的追求，走进革命队伍并加入共产党的。他最初的那些作品，不少调子都比较忧郁。他自己说那主要是青少年时代过于贫困的生活经历造成的，当然也与那个昏暴而又压抑的历史环境分不开。不过这忧郁并没有使他消沉，而使他更加奋发进取，更加义无反顾地走上了对黑暗现实进行反抗的革命道路。

荒煤同志是受新文学的影响而觉醒，而投身革命的，后来也一直在文艺战线上工作。文艺，就是他心中永不熄灭的圣火。他特别服膺鲁迅的这样两句话："文艺是国民精神所发的光芒，同时也是引导国民精神的前途的灯火。"不仅年轻时如此，并且老而弥坚。在上海、在武汉、在北平、在延安和其他根据地，在建国后的北京，总之，在他生命历程的各个主要阶段，无论是从事创作和评论，还是从事文艺的领导工作，他都不愧为执火者。他既用这火点燃自己，也用这火点燃他人。

他重新恢复工作是在上世纪70年代末，从他先是"左迁"接着受难的重庆回到北京，被分配到我们文学研究所主持工作。我是在这以后，才和他有了直接的接触，对他有了更多的了解。当时沙汀任所长，他任副所长。因为沙汀身体不好，不能管事，也基本上不来所，故一应大小事宜全由他操持，归他指挥。经过"文革"十年的反复破坏，这个由他的老战友何其芳一手创办起来的研究所已是满目疮痍，成了一个真正的烂摊子。业务有待恢复，规划需要制定，在两派互斗上变得空前紧张的人际关系必须缓解，冤假错案的甄别与改正尚未结束，等等。家有千口，主事一人。这些"文革"中遗留下来的问题，都很具体，都很麻烦，都得由他领导着去解决。他没有辜负党对一位老同志的重托，没有辜负文学所职工的厚望，靠了对历史潮流的敏锐把握，特别是对在邓小平同志主持下制定的党的路线方针的准确领会，靠了自己的经验、智慧和热情，终于在思想解放的大潮中，把队伍带上了正确的方向，完成了这个科研单位的拨乱反正任务。

到文学所主持工作时，荒煤同志已是年逾花甲的老人了。脸色发黄，备受摧残之后的身体，似乎还没有完全恢复。因为工作过于繁忙，而他又过于认真，所以也偶尔显出几丝倦意。然而金属镜框后的眼神，却始终是坚毅的，不知疲倦的；稍加留意，则不难发现那于沉思、探究中不时闪动着的火花。这使他显得真诚、热情，让人愿意接近，感到放心，不必设防。那时，我是很有些委屈的。因为父亲在"文革"中的冤案，所里便有人以此为口实，对我进行株连，整得我要死，直到荒煤同志来所主政，还没有个"说法"。记得我曾找到他倒过一次"苦水"，希望他能主持公道，按照党的政策，根据我的具体情况，作一个实事求是的结论。他态度严肃，认真地听，很少插话，只是不太清楚的地方偶尔提问，也间或做点记录，但却始终没有明确表态，这使我颇为失望。我很难掩饰自己的焦急和不安。他一定从这焦急和不安中看出了长期压在我心头的暗影，便用温和的语调说，事情总会搞清楚的，要我放心，不必过于着急，还讲了一些别的宽慰的话，口气是亲切的，流露着出自内心的长者的关怀。于是我想，也许由于他新来乍到，许多情况都还不十分了解，再加上"文革"中我们原学部的问题相当复杂，他不得不取谨慎态度，明确表态诸多不便。后来的事实证明，他对我是很不错的。比如借调我到院写作小组的事，便是他给开了绿灯放行的。他根本不把那些曾经加在我身上的可怕罪名当一回事。

上世纪70年代末到80年代初，正是新时期文学的早期阶段，文坛上阴晴不定，乍暖还寒，背阴处不时有"左"的冷风蹿出，新起的创作潮流常常受到干扰和非难，在嫩苗上驰马者亦大有人在。荒煤同志与周扬、冯牧、严文井等前辈一起，以他们的影响和声望，带领当时的一批中青年理论批评家，对新起的以"伤痕文学"和"反思文学"为主的潮流，给予了充分的肯定，热情地为那些受到非难乃至压制的新秀们呐喊、辩护。那个时期，在一些新作的研讨会上，常能听到他仗义执言的声音；在许多重要的报刊上，常能读到他提倡人性、人道主义和艺术民主的文章。他对新人新作的肯定是由衷的，令人感动的，但同时又是严格的，有所批评，有所引导与匡正。而他对一系列重要理论的阐发，则包含了他真诚的反思，而显得格外深挚，不仅以理服人，而且以情感人。他是新时期成长起来的那一批作家的共同的老师。其实，何止新时期，早在30年代末，他就曾执教于延安鲁迅艺术学院。如果从那时算起，该有多少代文艺工作者出其门下，该有多少人出自内心地称他老师？李商隐曾有"平生风义兼师友"的名句，作为前辈，作为执火者和新人新作的扶持者，荒煤同志是师长；但他又以平等亲切的态度对待晚辈，所以又是朋友。近些年，无论是为人作序，还是参加一些作品的研讨会，凡是他认为确实存在的缺陷与不足，都会不加隐讳地提出批评，提出恳切的建议，然而却从来不强加于人，总是以和婉的、商量的口吻，绝无居高临下的训诫。记得有一次在文采阁讨论两位福建年轻作者写的一部长篇，他事前认真地从头至尾读了作品，对于其中一些并非必要的情欲描写有不同看法，讨论时提出来商榷。说是他并不一般地反对情欲描写，关键是笔墨是否干净，是否有节制，有分寸，为总体构思特别是人物性格刻画所必须。他还批评了电影创作中的某些乱加床上镜头和以"脱"、"露"迎合观众的不健康倾向。因为他的建议是商量的，探讨的，而又切中肯綮，所以不仅两位年轻作者心悦诚服，就是包括我在内的所有与会者，都觉得很有启发。

荒煤同志之受人敬重，被晚辈视为师友，主要在"风义"二字，晚年尤其如此。像故去多年的周扬同志一样，经过"文革"炼狱的受难，他似乎获得了某种彻悟，与"左"的和极左的一套进行了决裂。这种决裂也包含了对自己心路历程和文艺思想的反观。我曾在几个不同的场合听到过他对自己"文革"前一些文章中简单化毛病和"左"的观念的自我批评，这使我非常感动。于是我想到了"君子之过也，如日月之食"的古训，明白了什么才是真正的襟怀坦荡，而那些什么时候都把自己打扮成一贯正确的角色，其实不过是些卑琐的小人，不足与言襟怀的。

为晚辈作序，是一件功德无量的事，却也是做"人梯"的苦营生。在一次座谈会上，我就亲耳听到荒煤同志，还有前不久故去的冯牧同志，诉说他们为人作序之苦。几十万字的稿子从头看到尾，对于上了年纪的老人，决不是一件轻松活计。这里固然有先睹为快的乐趣，发现文学新人的乐趣，却也不无"苦恨年年压金线，为他人作嫁衣裳"的苦涩。碰到有些年轻人，不解个中艰辛，不体谅作序者的一番苦心，携序一去，则黄鹤不返，"润格"杳然，消息断绝，连样书也不给一本。

前年的8月18日，荒煤同志在为他的最后一本评论集写后记时说："多年来，我多次宣布我要'罢序'了，因为时间和精力都越来越少了，看几十万字的作品，写一篇短短的序言，讲点真心话，也真不容易。可是听到恳切的要求，了解一下青年创作的实际情况，读罢作品也真觉得应该给予点支持和鼓励，终于'破戒'。又提起笔来写了序。"他为王为政的小说、报告文学集《傲骨》写序，即属此种"破戒"之列。他称"这是我写的最后一篇序言"。然而在这"最后"之后，他仍一而再，再而三地"破戒"。不是他言不信，行不果，实在是他无法忘记一位老战士的责任，一匹识途老马的责任。为王为政作序，是在1990年，而直到这本评论集编成的1994年，他还为蒋濮的中篇小说集《东京没有爱情》写了热情的序。收入此集的序文近三十篇，占总篇幅的三分之一，如果加上对青年作者作品的评论文章，那就是绝大部分篇幅了。

作为一位在文艺战线上驰骋六十余年，而又饱经沧桑浮沉的老战士，荒煤同志的心里，只有晚辈、青年和文艺事业的未来。9月25日听到他病危的消息，我赶到北京医院去看望他。他已经昏迷、气息奄奄，正在抢救。据守在他身边的女儿说，他是先一天的下午完全昏迷过去的。直到昏迷前，还在惦着一位作者的电影剧本的修改，念叨着具体的修改意见，并且为如何筹措拍摄资金而操心。听到这里，望着病榻上深度昏迷已经不能说话的垂危之躯，我百感交集，泪水模糊了眼睛。

荒煤同志把他的最后这本评论集定名为《点燃灵魂的一簇圣火》，他说，这样取名，是想要"借此表达我一点真诚的心意，但愿文学事业还将是点燃青年们灵魂的一簇圣火，鼓舞青年朋友们更加豪情壮志地向新世纪迈进！"只要这簇圣火还在燃烧，荒煤同志就不会被忘记，就会活在晚辈、青年以及读者的心里，活在他终生为之献身的事业中。

圣火不熄，荒煤永存。

老马沿途不识茶

初逢马老，是五年以前。在绵阳市文联为吴因易四部唐宫小说举行的讨论会上。他专程从成都赶来祝贺，也表示一种对晚辈的真诚提携与护持，讲话操四川口音，底气很足，铿锵作金石声，全然不似年逾古稀的老人，从讲话中知道，他也是那位作者的引路人之一。今年见到马老，则是重逢了。是在江西，由南昌房地产开发公司出资合开的"文学与建筑"学术研讨会上。许多饮誉海内外的著名作家、建筑师前来与会，马老也风尘仆仆从四川赶来，而且带来了经过精心准备的学术论文。他不仅识文学之途，导引后进，而且识建筑之途，曾在四川做过相当一段时间的建设厅长和建委主任。虽然时隔五载，世情沧桑，这次开会的话题也变了，但马老精神依旧矍铄，讲话依旧底气十足，依旧铿锵作金石声，腰杆挺得笔直。

马老丝毫不显耄耋之年的老翁通常会有的龙钟之态。握手时，他还清晰地记得上次初逢的细节，我心里暗暗惊异，难怪马老取名识途，良有以也。马识途的大名，在文坛上早已声震遐迩，取名之由，可能还有许多只属于名主本人的隐曲和讲究。那是再高明的考据专家、名讳专家也绝难猜得准，测得透，说得尽的。我不知道马老自己有没有在什么地方对这个大名作出过权威的说明？如果有，根据名从主人的原则，当是现在和将来的马老研究者们的珍贵资料，如果还没有，则也许他认为无此必要，那我就有了置喙的余地，不妨场外议论一番。是耶？非耶？只有天晓得，老马识途的成语，在中国是尽人皆知的。查刘洁修的《汉语成语考释词典》，知道出典在《韩非子·说林上》，源自春秋时代的一则故事，中华书局《诸子集成》本《韩非子集释》上叙述这个故事的原文是："管仲、隰朋从于桓公而伐孤竹，春往冬反，迷惑失道，管仲曰：'老马之智可用也。'乃放老马而随之，遂得道。"于是，便有了老马识途的成语。只要去掉一个

"老"字，便是马老的大名了。但马之所以识途，关键还在于那个"老"字。因为老，而见多识广，而经验丰富，而多智慧，故识途。不过，就我所知，马老当年用这个名号时并不算老。例如，上世纪50年代末60年代初我做研究生时读他的《清江壮歌》，就是署名马识途的。那时他还不到五十，就政治资格而言，是"老革命"无疑。但就年齿论，实在还轮不上他"老"。何况，取名比这还要早。那么，会不会还有别解，而不必拘泥于"老马识途"的成语？比如，我们那个研究班就曾用"马文兵"的集体笔名，很写过几篇"左"味十足的"批修"文章。这笔名的含义，当然是"马克思主义的文艺战士"，也是根据"名从主人"的原则，我们的这个解释具有无可争辩的权威性。据此，推己及人，则马老的大名似亦可解释为：只有马克思主义，才能认识和找到中国革命走向胜利的道路，才能引导中国踏上繁荣富强之路。当然，这也只不过是别一种猜度，不足为据的。

读马老的文章，常常能够感受到一种坚强的自信，一种刚劲的气象，觉得听他的没错。五六十年代读《清江壮歌》，从主人公贺国威身上能产生这种感觉，前些年读他与邵燕祥、公刘在《人民日报》上就"小题大作"、"大题小作"一类题目所写的犀利老辣的唱和式杂文，也有这种感觉，近两年，读他为四川一批青年评论家的那套初出茅庐的丛书所作的总序，这种感觉就更强了。和他的马识途的署名有关系吗？也有，也没有。不过，有一点却是事实：就是每读了他的文章，看了他的署名，我总会想到杜甫的五律名篇《江汉》，而不是《韩非子》里的故事，更不是我从"马文兵"的命名引出的那些非常革命的联想。杜甫晚年自峡中浮舟东下，飘泊于楚汉荆湘之间。虽百病缠身，却壮心不已，《江汉》是一首抒怀诗，写得悲壮呜咽，慷慨苍凉，气韵沉雄，诗的腹联和尾联是"落日心犹壮，秋风病欲苏。古来存老马，不必取长途。"按照冯至和浦江清的解释，这里的"存"字，不作生存、存在、保存、存活等讲，而是作敬重、尊重讲，就是说自古以来，老马之受人尊重，并不在乎它是否仍然可以日走千里，夜行八百，而仅仅在于它的识途、它的经验与智慧。

"文学与建筑"学术研讨会的名单排列，不按官阶，不拘职称，只序年齿，于是马老便名列前茅了。当然，即使换别的排法，不序年齿，他也绝难殿后。为了表示杜诗中用"存"来传递的那种尊重，入席就座，合影留念，参观访问，甚至散步走路，大家都会不约而同地让马老先行，他也不甚推辞。遂迈开老健的步伐，很大方地跨到前面，显出驾轻就熟者才会有的雍容和优游，我心里想，这气度，这做派，才是真正的老马识途！不由得更加肃然起敬。

但纵然是识途的老马，也难免会碰上"失前蹄"的时候。因为，识途和不识途，只是在极其有限的范围内才具有客观的真理性和确定性。超过这个范围，就难说了。而马老恰好"栽"到了这里。事情发生在与会代表上井冈山的时候，而且和买茶叶有点关系。

我们一行住在茨坪的井冈山宾馆。毛泽东1965年"重上井冈山"时，曾在这里下榻。宾馆外不远处，有一条穿市区而过的东西马路，两侧摆满了山里人卖土特产的摊点。有野生花菇、香菇、笋干、笋衣、玉兰片、茶叶之类。来这里一趟不容易，大家都想买点什么带回去，送人、自用，都挺好。那天晚饭后，我们一行人从宾馆出来，一则散步观光，顺便买点中意的山货。像往常一样，马老步伐老健而又自信地走在前面，其余人等紧随其后，或簇拥两侧，听蓝翎说，这里产一种叫"井冈翠绿"的名茶，泡开采芽尖嫩绿，入口清香，微苦而甘，余味绵长。因为得名于袁鹰的一篇散文，故每年茶场都要送些给袁鹰品尝。蓝翎喝过，这可吊起了我和黄老宗江的胃口，心里痒痒的，觉得不买一些"井冈翠绿"回去，便枉来了井冈山，也对不起在家里留守的老伴儿和小老伴儿。

摆在东西马路两旁的茶叶倒是不少，可我和黄老都于此道不精，怕上当，不敢买。大街上的店家，货架上多的是盒装的"井冈翠绿"，也有简装的。单看装潢，便觉得翠绿可爱。但一问价，二两装的就要三十七八元。我和黄老听后咂舌不已，缩颈而退，尽管有"孝敬"各自"家长"的诚心，无奈阮囊羞涩，只好望茶兴叹。我们这种穷酸文人的窘态，很可能没有逃过马老阅世已深的"识途"的眼睛，只听他说："其实，会买茶的识货行家，都不在店里买，而在地摊上买，店里的包装固然漂亮，谁保得准里面一定是新茶，而不是陈茶？至于地摊上的，则肯定是新茶无疑。且价钱便宜得多，只是需要懂行，否则会上当。"那口气，有一种不容置疑的行家的自信。"那就请马老帮我们鉴定一下。"黄老说，他虽然也已年逾古稀，比马老小不了几岁，却像我一样，对马老的智慧、经验、"识途"老眼，深信不疑，我们簇拥着马老，看过几家地摊，都不中意。最后在离宾馆不远的一个摊前停下来。摊主五十上下，一脸山里人的老实相。他的茶叶分三个档次，最好的一种要价三十八元一斤，马老蹲下来，捏起一撮放在手心。那茶叶极细，上面有银色的细绒毛，轻轻一吹，便飞起来。据马老说这是毛尖的毛，只有细嫩的苞芽上才有。"您老识货，不瞒您说，这可是雨前茶，没有打过农药，没有污染。"摊主接了话茬，顺杆往上爬，一检讨好的神色。"你这比'井冈翠绿'怎么样？"我问。"一样的，一样的，都是井冈山云雾茶，只是他们在厂里加工，我们是自己加工，说起来，只会比他们的细。不信，买回去一喝，一比，就清楚了。'不怕不识货，只怕货比货'嘛。明年来了，你们还会找着买我的茶。"摊主貌似老实，其实是相当精明的，他一步紧似一步地消除我们的疑虑。

马老不再说什么，他把捏到手里的茶叶放在近视镜边，翻来覆去加以端详，接着放在嘴里嚼了又嚼。最后站起来，拍拍手，抖落粘在手上的银屑样的绒毛，朝我和黄老满意地，同时又满有把握地点点头，我把价钱砍到二十元一斤，便和黄老每人买了半斤。我们都很满意，价钱不高，又买了比"井冈翠绿"还要好的雨前毛峰。心想，多亏了这位不仅识途，而且识茶的马老。

因为高兴，回宾馆的路上我便半开玩笑地对马老说："我和黄老都很相信您的'识途'眼光，如果这茶买砸了，'家长'问罪，您可得改一个名字，不叫马识途，而叫'马不识途'。这几年时兴这个，加上一个字，就成了日本人了。"大家放声大笑，都说："就这样定了！"

马老成竹在胸，没摇头，也没点头，始终充满自信地微笑着。这就是默认了。一回到宾馆，我便迫不及待地拿出茶叶，在玻璃杯里泡了。待叶片沉底，一茎茎舒展开来，竟无一丝翠绿；泛黄，且透出赭色，入口全然不见蓝翎形容的那种感觉。和我住同一房间的衢州作家陈峻，看见我眉头紧锁，不时地拿起玻璃杯端详，摇头。便坦率地告诉我："这是很次的茶，你们上当了。"陈峻来自茶乡，要不要相信他的结论？相信了，就得请马老兑现诺言，改成日本名字！我有点犯难。碰到黄老，我问："怎么样？""还可以，只是稍微有点土腥味。"黄老是很宽厚的，他不忍心逼马老改日本名字，所以讲了"还可以"的话，而"土腥味"才是他真实的感觉，概括出了我尝到了却说不出来的味道，看来，他于茶道，并非不精。

当天晚上，大家拿出纪念册互相签名留念，我也请马老签了一个。他是用毛笔签的，草书，行笔刚健遒劲，仔细分辨，居然是日本名字："识途老马"！那尾巴拖得老长，一路朝左扫去，甚是了得，其实这个"日本名"不过是"老马识途"成语的另一种用法，并不是我们要他改的那种。我的茶叶拿回北京，"家长"作为礼品送给了孩子的大姨，她们都不知道这包茶叶还有一段不寻常的来历。

黄老的那包茶叶至今还没喝完，前些时碰到他，只说"还可以"，连"土腥味"也不提了。我想，谁能没有闪失呢？马老识途，识人道，识世道，识文学之道，还识建筑之道。这就很可以了。为什么还非得要他精通茶道？即使如这次在茶道上小失前蹄，"栽"了，也没什么了不起，丝毫无害于他识途的声誉。谁都会有识，有不识，圣人也不例外，套用一位大人物的现成句式，叫做"老马识途，伟大；不识途，也伟大"。不知文中有没有大不敬处。如有，还望马老恕罪这个。

童庆炳的学术人格

前天老伴把开这个会的通知给我拿回去，我知道东风跟春青都给我打了多次电话没联系上，所以昨天晚上我就特意打了个电话给曾老师。我估计今天肯定是一个盛会。但是今天到这个地方一看，比我估计的盛还要盛。一进门看见这么多的人，这么多的学生，这么多的朋友，我就想到王勃的《滕王阁序》里的两句话："十旬休暇，胜友如云；千里逢迎，高朋满座。"那也是一次盛会，唐代的盛会。一说那个盛会上，王勃只有十多岁，十五岁，但是后来，根据学者的考证，他实际上是二十七岁，就是那一次，他"家君作宰，路出名区"，他到交趾去看他的父亲，回来就蹈海而死，死在南中国的海上，十五岁写不出来那样的《滕王阁序》。今天也是盛会。听了上面的童老师的朋友发言，我都非常感动，我觉得大家对童庆炳五十年来的奋斗有了一个客观的、实事求是的、没有溢美之词的评价。涉及他的学术活动方方面面的贡献，我也没有写成文，像传才、书瀛他们一样没有成文。我想讲这样几点：

第一点，我想讲讲童老师的人格。我觉得这是他在学术上的一个支点。我也很高兴看到你们发来的提纲当中专门有这个问题。学术是有品格的，中国人讲学术历来是讲品格，讲格调的。评诗、论画、谈艺都讲人品，讲艺品。搞学术研究更是如此。因为在中国的学术史上，所有伟大的学者，从孔夫子开始，最强调、最核心的就是人格。而儒者是非常重视人格建设的，不管是《论语》，不管是《孟子》，不管是《大学》《中庸》，在这些比较重要的儒家经典当中，归结到最后，都可以触摸到"人格"两字。最近听童老师讲，他这些年来研究宋明理学很有心得，用童老师话来讲是一套一套的。宋明理学的那些大师们，不管他们学问当中还有多少在我们今天看来是明显的历史局限，但是这一批人在他们生存的那个时代，不管是宋代还是明代，用恩格斯的话来讲，都是第一流的头脑。我们过去，在"五四"时代，对理学对名教的批判是有偏颇的，有绝对化的，连毛泽东《新民主主义论》里都讲有绝对化。所以，我觉得在这些学者中间，凡是在学术上做出贡献，有承传的，首先都是他们的人格影响了一个时代，影响了几代人，而后才有学术上的建树。我跟童庆炳老师应当说是结交多年，除了学术活动，每一年的正月初二我们都是要见一次面的。我觉得一个学者最可贵的品质就在于"岁寒，然后知松柏之后凋也"。"疾风知劲草"，当一些历史潮流卷来的时候，能不能够站得住，你是一块石头，还是一块豆腐？他是石头，作为一个学者，他的人格是能够中流砥柱的。他不赞成的东西他可以不讲，但他绝不跟着附和，绝不是"东倒吃羊头，西倒吃猪头"，东风大了我是东风派，西风大了又是西风派。而这样的人，在中国的学界，却也是大有人在的。所以在这一点上，我觉得最可贵的就是童庆炳作为学者的那种难得的学术品格。有一些人也是学者，也是理论家，今天提倡人道主义的时候，一写就是几版，明天人道主义不吃香了，又检讨，又批判别人，一写又是几版，在最大的报纸上发表。这样的人，这样的人格，是没有资格当理论家的，他自己把自己取消了。所以我觉得，作为一个学者，童庆炳他长我几岁，应该称他为兄长，在人格上也是我的兄长。应当心仪的，是这样的人，他作为人站住了，作为学术他也站住了。刚才大家做了那么多的评价，我觉得最核心的应该是这个，而他传给他的弟子们的，传给他的学生们的，我觉得最重要的也应该是这一点。我是非常看重这一点的，甚至于这些年在对"风格"研究的时候，我也把人格、伦理、道德放在第一的地位上看，我认为这是中国古典风格理论中最值得珍惜的传统，也是一个学者最值得珍惜的品格。马克思是伟大的，李卜克内西写马克思，讲马克思的风格，他说，在马克思那里，《路易·波拿巴的雾月十八日》不同于《资本论》，也不同于《共产党宣言》，也不同于《法兰西内战》，但是，在这些不同当中，有一个共同的东西，这就是马克思的统一的伟大的人格。所以，我觉得，在长达半个世纪的学术活动当中，像童庆炳老师涉及这么多的领域，实在难得。他还搞创作，这次群众出版社出了他的小说；他搞当代评论，他除了文学以外，他带戏剧的研究生；他的涉及面这么广，而他所研究的问题又是不一样的。在这些理论的背后，在这些创作的背后，都有一个大写的人。这就是童庆炳教授。我跟他交往这么多年，我觉得书瀛讲得很对，他说够"哥们儿"，我说够朋友，够一个中国人，够一个被人称为是时代的社会的良知的中国知识分子的人格，这是我想说的第一点。

第二点，刚才衍柱说要建设一个正在成长的学派。学派是要建设的，这是不错的。但我认为，已经有了一个，是以童庆炳为代表、以他的学生、他的弟子为主体的这样一个舰队，这样一个学派。我不是今天说这个话的，老童你记得你那个文体论那部书出来的时候，我在研讨会上就讲到这个问题，后来我写了文章，就专门讲这个问题。中国就需要这样的。学派嘛，不一定要求他的学生和他的观点完全一样。如果一个学派的学生和老师的观点完全一样，这个学派终结的日子就到了。童老师的高明处就在于，他教出来的这些学生能够在他老人家止步的地方更前进几步，"冰出于水而寒于水"，"青出于蓝而青于蓝"。如果教出来的学生都跟自己一样，都一个一个克隆出来几十个、近百个，有什么意思？有一个童庆炳在那儿，你们还有什么存在的价值呢？任何一个有生命力的学派，到了他的学派传人那里，能不能显出活力来，就是要看你跟你的老师有多少不一样，而不是看，你跟你的老师有多少一样。有很多老师就不理解这一点，学生的认识刚刚有一点不一样了，他非常敏感，就认为这不是我的学生，不是我的弟子，这不行。再伟大，你还是需要发展的，不能伟大就伟大到僵死。我当然也知道有些学生写的文章跟老师的观点，跟前辈的观点不太一样，我就很高兴，比如去年中国文联的文艺批评奖评奖的时候，评一等奖的时候东风就得了个一等奖，而且那一年童老师的两个弟子都得了一等奖，还有一个是邹红，研究焦菊隐的，也得了一等奖。文联的文艺评论的一等奖是不好得的，我记得我参加评奖的时候第一次就给了谢冕，谢冕是得了一等奖，这个是很不容易评上的，但是我感到很高兴，在那一次评奖的时候，童老师也有一篇文章，但童老师并没有得一等奖，他得了个二等奖，他的两个学生得一等奖了，我觉得这是童老师的荣耀，这才好啊，这才看出来童老师培养的弟子有前途，才能看出来童老师思想的活力，他的思想在他弟子身上显出了强大的生命力，而一次连中两元。我的高祖教了一辈子书，老先生，连个秀才都不是，但他的学生当中有四人中举，他就高兴得不得了，到处讲，而且成为我们何姓家族的骄傲，说我的高祖曾经教出了四个举人，而且还有一个举人曾经做到知府。所以，我认为，不是我们现在开始建设，而是，童庆炳的文艺学科、文艺学派已经是一个事实。在他的很多传人当中，有很多应该是我们这个领域中，像罗钢、像王一川、像顾祖钊、像陶东风、像李春青，都应该算是这一届当中第一流的学者。第一流，我说的不是第一个，是在这个年龄当中第一流的学者，他们应该能支撑起这个学派，这样才有一个中心，才能得到社会的承认。我觉得这一点是我认为非常重要的。我看到了这个学派的兴旺发达的趋势，这是一个很有活力很有影响的趋势。

最后，今年是童老师的六十九岁，按照中国传统，过大的寿辰，过九不过十，按中国人的算法，就已经是七十了，因而就到了孔夫子所说的"七十而随心所欲不逾矩"，祝他健康长寿。像童老师这样的人，以及跟他一样的人，祝他们健康长寿。我就说这些。

悼念张仃先生

获知当代中国画坛巨匠张仃先生溘然长逝的噩耗，是在22号那天上午，有人约我写一篇纪念文章，说我熟悉他的情况。

我与张仃先生交往，只是因为心仪他刚直不阿的人格，崇敬他的一身正气和表现在作品中的凛然风骨，认同他师古师今师造化、亲民众、重真情的美学理念和他一丝不苟，追求完美，锲而不舍而又充满敬畏之心的艺术献身精神，曾写过一点读他焦墨山水画作的心得。另外，自上世纪80年代末开始，因为住得近，常去他们在红庙的寓所，看他的焦墨绘画新作和篆书书法新作，欣赏他的夫人诗人灰娃后来收在《山鬼故家》里的诗作，聆听他们的艺术见解和创作体会，包括外出写生的体会与收获。谈得久了，意犹未尽，也偶尔被他们二老留下来一起吃饭。

来往多了，彼此熟悉了，我有时也与妻子韦凤葆一起去看望他们二老。我的二女儿有病，久治不愈，常年待在家里，是我们背在身上的沉重的十字架，见面总要问及。打电话时，灰娃也会关切地问："孩子的病最近怎么样，还稳定吧？我和张老都很挂心。"他们二老年事已高，还这样关心我家里的难处，让我和凤葆常常感动得要掉眼泪。记得有一年，他们去韩国访问，回来送我和凤葆各一块手表。凤葆的一块小些，看起来金光闪闪，很精致。送我的一块是瑞士名牌劳力士。灰娃说："这是仿制品，买正品，我们没那么多钱。你们戴着玩吧。等有了钱，一定送你们真的！"我知道，张老是从来不卖画的，以远离与艺术敌对的铜臭，坚守一块属于自己的心灵的净土。他虽然是画界的大师巨匠，却仍属于如我们一样的工薪族。那两块表，我们至今仍珍藏着，虽为仿制，但包蕴在其中的情谊，却是真诚的、难忘的。

我曾与李兆忠一起，到过张老在香山借住的民居，那是他从"文革"

后期开始的焦墨艺术探索的一个贴近民间的创作地点。冬天回城里的画室；天暖了，除到外地写生，也常住那里作画。那里环境清幽，院子里种了花木，近可以听鸟鸣蝉噪，远可以望香山横岭侧峰，暮霭晓岚，阴晴变幻，是一个绝佳去处。我曾想象，张老早期的焦墨山水创作如《十渡写生》系列，还有稍后的许多重要作品，就是在这里定稿的。不知那一处民居，现在是否还按原样保留着，如果没有，那可真是太让人遗憾了；如仍在，或稍加修葺即可复原，则是画坛幸事。今年的1月25日清华大学成立了张仃艺术中心。我想，保护好香山民居，红庙寓所和门头沟的"鸟窝"，故居与画室，总之，保护好这些见证了一位大画家晚年创作的旧址，是该列入中心的运作日程了。

张老的夫人灰娃，是我的同乡，陕西人叫乡党。她是我们临潼西泉人，离我的出生地也就二十来华里路。她与张老伉俪情深，早在延安时期，她就是张老的一个小"粉丝"。后来，她不仅做了张老生活上的伴侣，而且是张老事业上的贤内助、好帮手，为人温雅娴静，才情内敛。张老外出写生，无论是到太行山，祁连山，到大漠天山，麦积山，到广西桂林，她都随同前往，照顾起居，同时以诗人的眼光，诗人的灵感，参与画家的体验。如果把外出写生，深入生活，称作绘画作品准备创作阶段，那么，灰娃作为诗人，就是参与者，心灵的共鸣者。不仅如此，还有张老进入创作过程之后灰娃的参与及合作。有不少画，是她的诗思引发了张老的灵感，像画配诗；另一些则是她为张老的画题诗，是画中的诗意，拨动了诗人的琴弦，可以称为诗配画。套用苏轼评王维诗与画的现成句式：观张仃之画，画中有诗；味灰娃之诗，诗中有画。不同在于张仃、灰娃的画与诗，却出于一对贤伉俪，分而为二，合二为一，一而二，二而一。

陕西是灰娃的故乡，她对故乡有着浓得化解不开的深情。对于张老来说，他青年时代的很长一段生命历程，革命历程，也是在那里度过的，称陕西为他的第二故乡，也不为过。他也一样有着对那一块土地，对那里的山川风物、父老乡亲浓得化解不开的深情。他们早年的革命生涯，他们诗画创作的根须，始终牵系着秦地的乡情和乡思。到了晚年，他们携手重回旧地，走陕北，出塞上，溯黄河，谒黄陵，望华岳，入秦岭，回来后张老创作了一批带有苍茫历史感和深厚文化内蕴的佳作，如《统万城》《壶口瀑布》《白帝金精运元气》《香炉寺夕照》《无定河》，等等。

去年陕西西安临潼区政协为庆祝政协成立六十周年和新中国成立六十周年，举办书画展并出画册，让我邀请老夫妇参与，以壮声势。张老慨然允诺，让我拟稿，由他以六尺长宣篆书出之，是一帧联语：

梦绕家山迢递八千里
情牵国运隆兴六十年

灰娃则摘录了自己诗作《野土》里的一节：

人人都说自己故乡好，
可我的故乡真真教人心放不下。
我还有什么献给你，
能比你自身更深沉，更让人揪心？

表达的也是极为深致的乡愁和乡思。

9月20日，灰娃通知我带家乡人，次日去门头沟寓所，拿张老写好的字。21日上午，我们正准备出发，便接到灰娃电话，说张老早晨突发脑溢血，就近住进301医院救治，深度昏迷，病情危急。后来，在医院的全力救治下，病情渐趋稳定，大家都盼他慢慢恢复意识，不想竟在今年2月21日上午10时，以肾功能衰竭而溘然长逝。

在我的心目中，张仃先生既是从战火硝烟和民族危难中走过来的革命家，又是把他从事的艺术事业看得至高无上的一代艺术宗师。他的辞世，是一颗文化大星的陨落，而他的人格和精神，连同他的作品，将久远地活在如我这样的一代代后来者的心里。大星的陨落，勾起了我联翩的记忆。

辑三

我崇尚为人生的艺术

我崇尚为人生的艺术，不相信文学会高雅到蜕尽人间烟火。我欣赏艺术境界的灵空、飞动，赞叹技巧运用的精熟、圆练、举重若轻。它们都给我以美的享受，让我惊服于人的创造才能。但是，这并不是文学功能的全部。我不认为文学的目的仅仅在于自身，仅仅为了自身。真正伟大的艺术，总要肩负自己时代的使命。艺术家是人生征途上的执火者，他们的作品，是用生命点燃的炬火，是灵智的明灯，是精神的太阳，照亮着世世代代跋涉者的脚步，给他们以启迪，以慰藉，以希望和力量。

因此，文学固然探索着艺术、形式、技巧，追求着美，但它首先追求着更圆满、更自由、更合理的人生；它是进击者手中的利器，不是摆设，不是装潢，不是有闲者消遣的玩物。创作是对人生的探求，是探求者心灵的记录；鉴赏也是对人生的探求，但却要通过作品的中介。评论，包含了评论家的鉴赏体验，但不仅仅是鉴赏，它主要是一种理论活动。评论家当然思考艺术，思考美，但更重要的是思考人生。评论文章，不仅仅是评论家在作品中心灵探险的记录，是他与作家心灵相撞击时迸出的火花，同时也包蕴了他探求和思索人生的果实。

有一种意见，认为文学评论就是指出一个作品的长处和短处，优点和缺点。好像普希金就有过类似的看法。这当然是并不错的。但是评论的功能远不止于此。如果评论家只是跟在作家的后面评头品足，那么评论就没有独立的品格，就失去了自己存在的价值和意义。作品传达着作家对人生的理解和评价，评论则通过对作品的剖析，传达着评论家对人生的理解和评价。因此，评论家如果想用某种固定的模式，框住作家的形态各异的创作追求，固然不可取，但也决不可把评论仅仅变成创作的附属品、派生物。我这样说当然不是把创作和评论看作两种完全互不相干的东西，我想强调的只是，评论家只有具备独立的人生见解和艺术见解，才有可能写出有价值的评论。如果只是人云亦云，有作家的作品在，人家为什么还要读你的评论？而且，在我看来，评论只有多少具备超出或高出作家的某些见解，才会对作家的创造，对读者的鉴赏有所帮助。

这里的高出或超出，不是说评论家一定要比作家高明，否则就不许动笔，而只是说当你动笔的时候，一定要先想想，你的见解仅仅是重复作家给定的东西呢，还是在他止步的地方，有所发挥，有所补充，有所前进？作家和评论家，面对着同样的人生，但他们观察问题的角度和得出的结论，不可能完全重合，这就有了可作补充与发挥的余地。评论家如果将自己在人生道路上得来的独特结论，注入评论文章中去，笔下就会有新颖感，有光彩。许多平庸的文章，之所以让人感到乏味、沉闷、难以猝读，其原因就在于缺乏新颖的见解和独特的思想。这一点说来容易，做来难。一难难在提炼自己的人生体验，使之上升到理性的认识，形成属于自己的独立判断；二难难在把这一个一个的认识和判断，在平素有意识地积累起来，像穿珍珠一样穿成一个知识链，随时可供调用；三难难在评论作品时，能够通过自己的艺术敏感，找到契合点或衔接点，把自己的人生见解传达出来。它们或作为参照，或作为对比，或顺向发挥，或逆向补充，都应让人感到自然而然，不是外加的，硬贴上去的。

基于以上认识，我把评论看作自己对人生的探求，看作一个没有止境的认识过程和攀登过程。而艺术的探求又是与人生的探求相统一的。回首秉笔之初，齿在弱冠，于今已年近大衍。屈指算来，四分之一个世纪早过去了，并没有写出可堪传世的好评论来。因此，每逢刊物约写谈评论的文章，总觉得汗颜，心下有愧，但也总还是写了。不是真有多少经验可以贡献给后来者，而是借此聊以鞭策自己，朝着尚未达到的目标奋斗。

我写评论，是从古典文学起步的。那是1958年，我正就读于西北大学中文系。同年，提前毕业留校。那时，我的老师傅庚生教授，是著名的杜甫研究专家，艺术鉴赏素养极高，很有影响的《文学欣赏举隅》就是他写的，他的《杜甫诗论》影响了一代又一代的后学。

是傅先生，教我懂得了欣赏，有了初步的古典文学知识，刚刚靠着仇兆鳌的详注可以大致读懂杜甫的诗，但是连他写的《杜甫诗论》还不一定完全弄明白的时候，就煞有介事地"批判"他了。而他并没有错。至今，我并没有如我的老师所预期的那样，青出于蓝，比他跑得更远些，但"英气有余，而沉郁不足"的毛病，也还是如影随形，不见长进。

然而，自那以后，在我几十年来的人生之途上，无论做学问，做人，我总是常记着他对我批评中的期望，和期望中的批评。不知道后续者的前行，是否一定要以对自己前辈的伤害为代价，但我的评论生涯的起步，却确实第一脚就踩伤了我的老师。傅先生已在前两年故世了，想起他，我常感愧疚。他泉下有知，大约不会认为我比别人更坏些，虽然我曾使用过那样锋利的语言刺伤过他。我想，他会认为那是由于我的无知，而不是生性残忍。

那年，"学术批判"的狂涛终于平息下来，我也作为助教调下一年级辅导，参加杜诗研究小组，按系领导的要求，集体编写一个与傅先生不同的用"新观点"评价杜甫的研究著作。那正是一个吹牛吹得昏了头的年代，两个本身知识储备就不足的助教，带着一帮知识准备更不足的学生，发誓要写成一部空前的"专著"了，那结果是可想而知的：和当时"大炼钢铁"，"放高产卫星"，"一村出十个李白、郭沫若"的浮夸一样，纸浪费了一大堆，熬了不知道多少通宵，书却不曾写成。后来，由我执笔的稿子，留下两章。经过修改，一章发表在次年的西北大学学报上，它应该算是我的第一篇变成铅字的论文。篇幅倒是不短，却幼稚得很。另一章是我做研究生的时候，经辅导写作的蒋和森先生推荐，发表在1960年的《文学遗产》上。

虽然研究杜甫是我的老师傅庚生先生以他被批判的苦难方式，心滴着血，带我上了路，这是荒谬环境下的荒谬现象，但是研究的对象杜甫，却给了我很大的影响。杜甫崇真尚实的人生理想和美学理想，他仁心广被，爱及众生，爱及鸡、雀的人道主义精神，他"穷年忧黎元，叹息肠内热"的忧患意识，他对妻儿、对故人的诚笃、深挚的道德情怀，都曾经给过我刻骨铭心的人生的启示，并渗透于我的批评观念之中。

我的第一篇当代文学评论写成于1961年，发表于次年的《延河》二月号上，叫《论〈创业史〉的艺术方法》。这篇习作，是从史诗效果探求的角度谈《创业史》的艺术结构的，而且从作品独特的艺术构思出发，着重分析了素芳的命运。我出生在农村，父母亲是农民，熟悉解放前后农村的生活和贫苦农民的苦难，也熟悉柳青笔下土改之后到合作化初期的农村。柳青在《创业史》第一部中提供给我的，并不是如读域外小说那样的陌生世界，而是我非常熟悉的环境和人物。它们激活了我的生活积累，仿佛我也参与了创造，在其中生活和思考。我对素芳命运的分析，以及对人物性格发展的预测，其初始动机是不同意姚文元在一篇评论中对这个人物的责难。他认为作者把她写成了生物的人。但是我却对苦命的素芳充满了同情，相信柳青也同样对她充满了同情。在素芳的遭遇里，我看到许多我所熟悉的农村妇女的共同命运。她们固然有这样、那样的弱点，但是她们一样有争取爱情、幸福、解放的权利，一样有争取做人的权利。我从素芳身上，看到的不是什么"生物性"，而是柳青对妇女解放问题的人道主义的思考。预测她的未来的命运，与其说是出于对人物性格逻辑和她生存的历史环境的把握，不如说是出于我的一种热烈的愿望。就是说，我认为她应该那样。这篇评论发表后，柳青很重视。前几年听他女儿讲，直到去世前不久，柳青还向人推荐它，以为比较接近他的创作意图。读《创业史》的时候，我确实仔细揣摩和猜度过作家每一个描写后面的用意，使自己在鉴赏中的再创造尽可能符合于柳青思维推进的内在逻辑。但是，当我进行理性的把握，作出某种判断的时候，却把我自己的人生探求，把自己在这探求中长期积累起来的思考，作为主要的思想参照系和生活参照系放了进去。现在回过头来再看这篇文章，不难发现初学写作者的幼稚，但这幼稚也是我独有的，我自己的。它们表现着这篇文章中我的全部思考的另一个方面。我在文章中不仅仅重复柳青的人生见解，虽然他的某些见解曾让我震惊得颤抖，像电火一样照亮了我的思路和视野。我更重视我自己的人生见解和艺术体验，只有它们才真正能够用来诠释、发挥、说明作家的见解，与之衔接、产生共振，成为我的评论的灵魂、骨骼和血肉。我深信，评论的价值，决不是被评论的作品的价值。作品的价值属于作家，不属于评论家。评论的价值只能是评论家的见识的价值。

就在《论〈创业史〉的艺术方法》发表的那一年，我在假期从北京回到陕西探亲，到西安时去看望柳青，正赶上他从长安县的生活根据地皇甫村进城，和他的夫人住在人民大厦。见到他时是夜里，我们谈得很晚。他说看了我的文章很高兴，很赞成我对素芳形象的分析，对题叙的评价和对第二部某些人物发展的预测。柳青是前辈，虽然他态度平易、亲切、和婉，但我还是显得拘谨。不过他热情的鼓励，仍然让我感到一种被理解的愉快和兴奋。他的夫人微笑着坐在旁边，听我们一老一少促膝交谈，并不插话。送我到大门口时，夜已深了，满天星斗，有些凉意。临分手时柳青告诫我，切不可把今晚他与我的谈话，作为自我炫耀的资本，拿了到处去吹嘘。实在说，听了这话，我心里曾掠过一丝不快：我还不至于那么浅薄。然而，他的态度是诚恳的、关心的、爱护的，我感到了温热。自那次握别以后，我再也没有见到过柳青。但我知道，他在"文化大革命"中曾被绑到西安市游街示众；他在皇甫村生活和写作的家，被夷为平地；他的夫人也跳井自尽。粉碎"四人帮"以后，他虽然看到了光明和希望，勤奋写作，但毕竟已被折磨得身心交瘁，奄奄一息，没有多久，便遗憾地离开了人世。

柳青曾说过，"文学是愚人的职业"。我想，创作如此，评论也如此。它们都需要献身的精神。柳青本人就是以极严肃，极刻苦的精神，献身于文学事业，从事自己的创作的。我虽然只写了一篇对柳青的评论，却从他身上得到了不少认真对待人生和艺术的启示。

研究生毕业以后，我被调到文学研究所。先是劳动锻炼，参加"四清"，接着，一个跟斗翻到"文化大革命"的狂澜中去，随波上下。正如当时很多狂热的年轻人一样，我做了很多蠢事，也经历了一番世态炎凉，人情悲欢。前后整整十三四年，不曾提笔作文，好像和文学研究脱了钩。而在"五七"干校的几年，文学研究所改名"第五连"，连学术单位的牌子都取消了，更何况读书和写作。我从个人的，家庭的，国家的和民族的灾难中，慢慢醒悟到应当用自己的而不是别人的头脑思考问题。经过艰难的精神蜕变，我终于从狂热走上清醒，根据切身的体验，深化了对人生的理解。这种理解，有血肉，有实感，不是纸上得来的东西，不是空泛的概念。它们是我考察新时期文学创作时的内在支撑点，并且通过我所写的一系列评论文章体现出来。

我所说的精神蜕变，是指自己的思想从僵化的，"左"倾的，教条的硬壳中解放出来的过程。这是一个充满矛盾的漫长过程，直到现在，还在持续。它开始于"文革"后期，粉碎"四人帮"之后，特别是真理标准问题的讨论和党的十一届三中全会之后，加快了我追踪着新时期文学的大潮，注视着它的流向，倾听着它的脉动，并且把这一切记录在我的评论文章里。把这些文章排在一起，大致可以看出我近十年来精神蜕变的轨迹。

在新时期文学的发展中，现实主义是主潮。它的基本特点是贴近现实人生。它经历了"伤痕文学"、"反思文学"、"改革文学"等一些明显的发展阶段。近年来则呈现出多方位、多角度、多流向的态势。"伤痕文学"和"反思文学"第一次真实地揭示了十年浩劫及其以前一段时间内左倾思潮所造成的触目惊心的灾难，揭示了这灾难对人的心灵的戕害，描写了各种人物的命运和悲剧。这一切，长期以来是文学不曾涉足的"禁区"。不是作家不愿写，而是写了就不允许，就会招祸。于是，只好绕开这些实际存在的阴暗面，只好在人民群众日见深重的苦难面前闭上眼睛。到处都充斥着粉饰升平的文学，造神和颂神的文学，图解"左"倾政治观念的文学。这样的文学是远离现实人生的，是艺术的末路。因此，当新时期文学以久蓄的力量，艰难地，然而顽强地，不可逆转地恢复它的现实主义传统的时候，我用全部的热情欢迎了它。我从中看到的不只是艺术的复苏，更重要的是一个民族的清明理性和现实精神的复苏。我看到了振兴的希望。因此，我的评论文章几乎是毫无顾忌地为这种新起的文学潮流一路辩护过去。我认为，这不是为哪一部作品、哪一个作家辩护，而是为了一个正在展开着的伟大历史时代辩护。这是每一个有良知的评论家应尽的责任。

我不想隐瞒自己在个人鉴赏趣味上对现实主义的偏爱，虽然我并不赞成把它定于一尊，排斥其他。在新时期的文学发展中，它是成就最辉煌的部分。这成就之中，尤其引人注目的是一种历史的批判精神。这种批判，不是罪恶和黑暗的简单展示，也不是个人的哀痛和不幸的简单宣泄，它包含了深刻的历史意识。反省，沉思，再思考，再认识，再评价，是其根本特点。因此，应当把这种历史的批判视为对那个过去了的时代的埋葬和诅咒。从这个意义上看，它是挽歌。另外，也应当把它视为对变革的一种艺术论证，不是一般的论证，而是有历史分量和历史深度的论证。从这个意义上看，它又是迎新曲。

我正是从这样的认识出发，给了新时期以现实主义文学为代表的历史批判精神以充分的肯定和高度的评价。批判，是在为已经成熟了的历史变革开路。它当然是对已经过时但仍然存在的陈规陋习、生活方式、思维方式、精神状态以及站在这些东西后面的社会势力的毫不含糊的挑战，因而遇到激烈的反对，是必然的，这就有了为它辩护的必要。我始终认为，新时期的文学评论是新时期文学的理论锋芒和思想武装。文学的批判会遇到麻烦，为这文学的批判辩护的评论当然也会遇到麻烦。我的一部分评论就是如此。

我并不认为自己这些年来所写的评论每一篇都是完全正确的。它们确实存在着局限，立论的偏颇，判断的失误，都时有发生。但我自信方向是不错的。即使有局限，有偏执，它们也都反映了我在彼时彼地的真实想法。文学创作需要真诚，它是艺术真实的灵魂。文学评论也同样需要真诚。好的评论文章，总要能从中多少窥见评论家的人格，才是上品。

我的老师何其芳的评论，就能够从中看出他为人的真诚。人们说，他总是喜欢在文章中诉说自己，这是不假的。他是诗人，常将自己的心灵袒露给读者，不加掩饰，没有保留，这是他许多诗作的基本特点。这个特点也在他的评论中表现得很充分。做研究生的时候，何其芳是我们的班主任，毕业后又长期在他的领导下工作。他为人的风范，文章的楷模，都不断地给我提供着多方面的启示和教益，然而，最重要的启示却是真诚。评论不是无情物。但这情，只有真，才能感人，这与艺术创作并无不同。临文时，出于种种考虑，我常常并不把想说的话全部讲尽，全部写进文章里去。但我讲了的，却是真的，是经过我反复思考过的，是属于我自己的。我厌恶言不由衷的虚伪文风，厌恶人云亦云的空论，相信韩愈"自古惟言必己出"的信条，愿意奉为圭臬。

人道主义是新时期文学的头一个，也是最重要的特点。它从现实主义的历史性批判中见出，流泻于艺术家的笔下，进入了理论的视野。它的锋芒指向社会生活中仍然顽固残存着的各种封建积习，各种束缚人、摧残人，把人不当人的非人道和反人道的现象。作为一股历史的巨流，它崛起于方生未死之间。党所领导的思想解放运动，由于是从教条主义、个人崇拜和阶级斗争扩大化的理论桎梏下，对人的思考能力、精神创造能力和自主意识等的解放，因而具有最深刻的人道主义性质。如果说，阶级斗争扩大化的噩梦样的现实的结束，是社会主义人道主义潮流洪波涌起的社会历史根据，那么，思想解放运动就是它的政治思想背景。既然人道主义潮流在中国土地上的再次勃兴，出于一种深刻的历史必然，那么，革命党人为什么不举起双手，迎上前去，欢呼它的君临呢？这便是1980年夏天我写《人的重新发现》的始因。这篇文章，是我《新时期文学思潮论》系列论文的第一篇，也是我对新时期文学进行多方位宏观考察的主要视角之一。《人的重新发现》曾经遇到过麻烦，正像人道主义文学潮流的发展留下的是一条曲曲折折的轨迹一样。虽然有些作家由于对人道主义作为具体的历史范畴缺乏正确的理解，他们的作品因而步入了歧途，产生了重大的偏差，甚至泯灭了起码的历史是非，但是，这并不证明视人道主义为洪水猛兽者们的高明。无论是在人道主义理解上的误入歧途者，还是人道主义的仇视者，都有必要对他们进行社会主义人道主义的启蒙。

我们的社会主义文学，应该是最富于人道精神的文学；我们的社会主义社会，应该是中国历史上最人道的社会。我们的旗帜上不能没有人道主义；文学离开了人道主义，就没有了灵魂。

我知道，我的笔是无力的，我的能力是微弱的。但我将继续为社会主义人道主义的文学呐喊，把自己的声音，汇入到永不消歇的大流中去。

为文以真

为文之道，总以真实为本。要有真实的思想，真实的感情，不能欺心，更不能欺世；一涉矫饰，便入歧途，向来为正直的艺术家和评论家所不屑。我深知，自己的艺术素养和文化素养都缺乏根柢，文字能力也不很强，但所讲的都是真话，不曾骗人，也不曾骗自己。这正是我还有勇气把书作献给读者的原因。

我常常出于种种考虑，并不将自己想说的话全部说尽。但从根本上讲，我的文字还是像我的为人一样，不含蓄，不蕴藉，时露锋芒，因而往往招忌，常惹麻烦。然而，"山水易改，禀性难移"。如今，已经年近半百，自知这种性格上的缺陷，怕是今生今世，改也难了。不过，退一步讲，"百人百性"，何必一定要扭曲自己去俯就某种统一的性格模式呢？那样，世界岂不是会变得过于单调吗？记得鲁迅先生在一封信里曾讲过这样的话："仆生危邦，年逾大衍。天灾人祸，所见多矣。既无忧于生，亦无怖于死，夙心旧习，不能改也。"这才应该是一切知识者万古不易的做人风范。

编辑带走书稿的时候，天气尚暖，转眼已届隆冬。今年冬天，怕是近两三年来最冷的了。接连落了几场雪，又有寒潮南下，走在路上，北风迎面扑来，像利刃一样割在身上，血液都要凝固了。如今，出版社就要发稿，我这才坐到案头，剪贴好近几个月新发表的几篇短文，准备补充到书里去，同时动手写这篇短短的序文。

此刻，楼外的北风，正在暗夜中肆虐，但斗室之内，还是暖和的。握着笔，回首往事，反思了我近一年来自己所走过的文学道路，不禁感慨系之。那是一条怎样弯弯曲曲的长线！它连着我仿佛已经变得非常渺远的过去，又伸向我茫茫犹未知所以的明天。收入本书中的文章，就是缀在这弯弯曲曲的长线上的我的一些脚印。它们是我的感情、我的思考、我的生命的真实运行留下的。它们当然无法与鲁迅先生在《一件小事》里所说的那种人物的文治武功比，却也确实能够证明，我，一个现代中国的知识者、一个活人，曾经幻想过、呐喊过。这样想，也许会被有识者讥为浅薄，然而，小草自有小草的欢乐和充实，它们即使经冬萎黄，却毕竟有过自己短暂的欣欣向荣。即使为它们筑一座座小坟，那里面埋葬的也决不是虚无。于是，我感到慰藉，感到某种心灵的宁静。

再有十多天，就是兔年的春节了，跟在它后面的又将是一年一度的春风。小草绿色的梦一定不会落空，我这样想。

我的风格研究

如果追溯起来，我对风格问题的研究，可以一直上推到1958年，差不多与我的文学研究生涯同时起步。

我的老师傅庚生教授是国内享有盛誉的杜甫研究专家，他的代表作《杜甫诗论》成了那次"学术批判"的主要靶子，我因为少不更事，易走极端，所以在那次学术批判中表现得异常积极，言辞激烈，给傅先生带来过很深的伤害。尽管傅先生出于长者的宽厚，无论在当时，还是后来，都没有丝毫记恨自己的学生，但我却长期感到内疚。如今傅先生虽已故去多年，但随着时光的流逝，这种内疚不仅没有淡化，反而变得更加沉重了。

那次学术批判大致结束之后，系上决定组织力量写一部"无产阶级自己的杜甫研究著作"，以从根本上消除傅先生的学术思想的"流毒"。经磋商，这部著作定名为《杜诗研究》。为了完成这部著作，系上让我提前毕业，与另一位比我年长的助教一起，同下一年级抽出的几位同学组成杜诗研究小组。我们两位助教既负责组织与辅导，也参加写作。我执笔写三章，其中的一章就是收在这本集子里的《论杜甫诗歌的艺术风格》。它应该算是我从事风格研究的起点。在为写这一章做必要的材料准备和论点准备时，我比较认真地阅读了那时我们学校能够找到的所有有关风格问题的论著，同时，也研究了前人对于杜诗风格的各种不同的论述、概括和评价。在具体写作过程中，我不仅没有针锋相对地去批判我的老师傅先生，而且自觉不自觉地吸收了他对杜甫沉郁风格的某些基本看法，如果有所发挥的话，也是以此为基础的。《杜诗研究》由于种种原因最终没有写成，当然也无从出版，不过由我执笔的三章中的两章，却作为论文，得以侥幸发表。

《论杜诗歌的艺术风格》初次面世，是在1960年的《文学遗产》上。

其时，我已在北京做了研究生。文章正式刊发前，主编陈翔鹤先生专门把我叫到编辑部面谈过一次。记得那是在文学所已经拆掉的六号楼二层西头一间北向的大房间里。先生留着寸头，坐在一张大案的后面，态度很和蔼地对我说："你的文章我们看过了，写得还不错。我们决定发表，你看还有没有需要补充或修改的？"我说没有。他只点点头，没有再说什么。临走时，他忽然严肃地提醒我："说这篇文章写得不错，并不是说已经很好了，尽善尽美了，事实上还存在着许多缺点和不足。"但他又没有具体指出这些缺点和不足在哪里，也没有让我带了稿子去作进一步的修改。从编辑部回学校的路上，我想先生之所以这样提醒我，大约有两方面的原因：一是文章的缺点和不足确实存在，但按我当时的实际水平，很难再改得上去，搞不好还有可能越改越糟，这是常有的事；二是出于一片前辈对后来者的爱护之心，怕年轻人骄傲。现在来看这篇文章，其幼稚之处是显而易见的。但我并不"悔其少作"，因为它毕竟是我风格研究和整个学术研究的起点，何况这个起点是以傅先生的学术成就和他身罹的苦难为条件、为支撑的，又牵系着陈先生的爱护和提醒。这里特别需要说明的一点是，研究杜甫的艺术风格，了解他的品格和为人，正值我的弱冠之年。杜甫身上的那种传统知识分子忧国忧民的精神，曾经很使我感佩和震动，这对于后来我的文学观念乃至人生观念的形成，都产生了深刻的影响。

此后有大约将近二十年的时间，我没有再写过关于风格问题的文章，尽管仍然关心着它在理论上的进展和在实证研究上的运用。再次对这个问题进行探讨，是在20世纪70年代末80年代初，和我负责撰写《中国大百科全书·中国文学卷》的风格条目有关。撰写这个条目时，我阅读了中国古代和现代关于风格研究的主要论著，也参考了外国古代和现代有关风格研究的大量资料。

在当时过眼的材料中，我很看重王元化先生的《〈文心雕龙〉创作论》，以为这本书不仅反映了当时《文心雕龙》研究所达到的水平，而且其中专论风格的《释〈体性篇〉才性说》，也反映了当时学术界风格研究所达到的水平。王先生不是就刘勰论刘勰，而是在古今中外的比较与参照中，来阐释刘勰的风格理论并作出切中肯綮的评价的。我写的风格条目，曾受到王先生很多启发。这以后，我对风格问题有了更多的关注。一方面继续进行理论上的思考，并把自己的研究心得在外出讲学时融进风格专题讲授中，和听讲者交换意见，另一方面也不放松实证的研究。在自己当代文学批评和艺术批评的实践中，我特别注意了从风格角度的切入。《李国文艺术风格论》在这方面是有代表性的。

在我国当代文学的历史发展中，风格问题曾经长期是文艺学上的一个薄弱环节，理论研究欠缺，实证研究停滞。究其原因，与阶级斗争扩大化的理论和实践对于正常人性的摧残，与左倾教条主义对个性的扼杀乃至毁灭，与对知识分子持续的歧视、戒备和思想禁锢等，均关系极大。所以，尽管在历来有关"双百方针"的权威性阐述中，大都一再地提倡着"艺术上不同的形式和风格可以自由发展"，并且反复强调："利用行政力量，强制推行一种风格，一种学派，禁止另一种风格，另一种学派，我们认为会有害于艺术和科学的发展"，但实际上在长达二十年的时间里，这个方针始终只是停留在纸上和口头上的东西，而风格以及与其关系密切的艺术流派、学派，并没有能够真正发展起来，繁荣起来，单调、死相，"独此一家，别无分号"，反倒成了常态。只是到了新时期，随着思想解放运动的深入和极左思潮的被清算，随着人道主义从一再作为被批判的对象，变成了正面的旗帜，随着艺术生产力的空前解放和艺术个性的张扬，才真正出现了艺术风格多样化的格局，风格理论和风格批评也才日渐受到重视，并且一步步走向深入。这种趋势，到了80年代中期以后，由于人的主体性问题和文学的主体性问题的提出，而变得更自觉、更强劲了。

我不是一个特立独行的人，不以反潮流见长，倒更多地是被文化的和历史的潮流推拥着前进，当然也不无对于潮流的敏感。这正是我的理论研究和文艺批评常常从现实的发展中获得灵感和启悟，捕捉对象和问题的原因。以我的风格研究而论，它的断续，除了我个人的原因之外，主要还是与大的文化历史背景分不开。我毕竟像同时代的绝大多数中国知识分子一样，无法提着自己的头发离开地球。

有鉴于中国文化人的人格在几十年间不断被践踏、被扭曲、被阉割的事实，我在80年代后期以来的风格研究中，更多地注意了艺术风格与主体人格的关系。《文格和人格》就是在这种情况下写出的。显然它只是一篇具体作家作品的评论，属于风格的实证研究，却比较鲜明地表现了我在风格观念中对于伦理因素的看重。这篇文章曾引起很大的争议，但我至今以为它的基本价值取向是并不错的。

我们的祖宗一向把道德与文章并提，视人品与文品、人品与画品、人品与书品为一而二、二而一的东西。从风格概念的起源上来看，人们也是先用它来品人，而后才逐渐发展到评诗文，论书画的。在表面上，中国人说"文如其人"和西方人说"风格即人"差不多，都标示了不同风格的差异性及其根源。然而，实际上中国人更强调风格中所包蕴的主体人格的高下与优劣，就是说更注重于风格作为特定审美范畴的伦理道德内容。这是与中国人根深蒂固的美善合一的观念，以及把善作为更高一级的概念分不开的。我以为，这正是中国传统风格理论的精义所在，也是最值得珍惜的。这就是《论风格鉴赏中的人格感应》一文写作的缘起和理论背景。

进入90年代以来，我在理论上对艺术风格问题的探讨多取鉴赏学的角度，同时在实证研究上开始向戏剧和绘画领域拓展。在戏剧领域，我重点研究了北京人民艺术剧院作为流派的群体风格和一些有代表性的艺术家的个人风格。著名表演艺术大师于是之以及北京人艺的其他艺术家朋友们给了我极大的支持和帮助，没有他们的合作与鼓励，我的有关研究将会遇到难以克服的困难。

从弱冠之年写《论杜甫诗歌的艺术风格》开始，到今年年初写成《北京人艺演剧学派风格论》为止，中间经过了三十六年有余的漫长人生，快到"耳顺"之年了。可以说，我对风格认识的深化是和我对人生认识的深化同步发展的。收在本书中的文章，既标示了我的风格研究的轨迹，也标示了我的生命运行的轨迹，它无论显得多么肤浅，乃至可笑，却都是真实的。如果风格研究也一样体现着研究主体的人格和风格，我自信可以从字里行间见出。因为我没有隐瞒，没有欺心。

谨以此书奉献给用自己的苦难支撑了我最初的风格研究的傅庚生先生，还有一切在我的人生道路和学术道路上以他们的人格风范使我心仪，促我进取的先辈和朋友。

文风倡导和人格建设

　　新时期文艺，走过了改革开放的三十年，思想解放和长足发展的三十年。放眼当今文坛，文风走势呈多元化格局。积极的健康的文风，固然存在着，但不够强劲，不十分自觉；而文风的不正，却所在多有，有的甚至形成潮流，严重败坏审美风尚和社会心理，干扰和谐文化的建设和优秀民族文化的承传。

　　作为一种总体性的文化倾向，文风是一个时代的文艺作品所表现出来的审美风貌、格调和特点，带有综合的性质。作为一个专用的术语，它与时代精神、时代风格以及审美风尚相通。文风当然要通过一个一个的作家作品和艺术家的艺术品表现出来，但它主要是一种群体现象。正因是一种群体现象，所以特别值得关注。我们的国家正处于一个伟大的转折期、变革期，同时也是在经历了百余年的积弱、战乱、救亡图存和曲折之后重新走向富强、走向振兴的历史时期。种种迹象表明，我们正在迎接一个新的盛世的到来，它将会以高度发展的物质文明、生态文明、精神文明和政治文明，立足于世界民族之林。这个盛世将超过我国历史上的"文景之治"、"贞观之治"、"汉武盛世"、"开元盛世"和"康乾盛世"。然而，有人提出问题：中国人，特别是中国的文化人，都做好了迎接这样的盛世的精神准备了吗？没有，即使有，也不十分自觉。相当范围的文风的衰靡、低俗、浮华、柔媚，就是明证。虽然达到真正的盛世，我们中国人，特别是中国的知识分子、文化人，还有相当长的路要走，但是，无论我们生活中还存在多少问题与挑战，此去的征途里还存在多少艰难险阻，这个新的盛世的必然到来，趋势已成，是什么力量也阻挡不了、改变不了的。然而，以文风而论，与这种强劲上升的国势、国运，形成了巨大的反差，极不相称。我们必须改变这种状态。

文风是需要倡导的。这是因为文风的形成，是一种文化自觉的表现。一个时代文风的形成，总是由那个时代的强者、健者、智者，首先感悟到历史的脉动，并多少触摸到社会发展的趋势，捕捉到审美风尚变迁的信息，他们振臂呼号，身体力行。由于他们才气高迈，文化地位重要，再加上成就巨大，影响所及，应者云集，遂蔚为风气。这些人，往往成为一代文风的执牛耳者。"文章西汉两司马"，指的是史家司马迁和赋家司马相如，他们无疑是各自领域的文化的代表。然而西汉文风的开先河者实际上应该是更早的贾谊，他的《鵩鸟赋》《论积贮疏》自不必说，单是《过秦论》一篇，已足见其才调的超迈和气象的恢弘，因而影响深远。到了司马迁，"究天人之际，通古今之变，成一家之言"，其《史记》不仅领西汉风骚，而且雄视千古，位居二十四史之首，为后世法。司马相如的大赋，虽不无板重之失，见诮"劝百讽一"之讥，但毕竟以其气象的宏阔和铺排的典丽，而成为汉赋的主要代表。鲁迅曾以"清峻、通脱、华丽、壮大"八字概括魏晋文风。建安时代，世积乱离，故文章慷慨多气，史称"建安风骨"。以曹氏父子为首的建安文学，其文风的体现者虽然也有王粲等"建安七子"群体，但曹氏父子才是真正的倡导者和主要代表，而曹丕的《典论·论文》，又可以视为对这种文风的理论表述。鲁迅是很欣赏汉唐文风的宏阔气象的。唐代文风至李、杜生活的时代，可谓盛极一时。但最初起而疾呼的却是四川射洪人陈子昂，感叹"汉魏风骨，晋宋莫传"，他的《感遇诗》《登幽州台歌》，都突出了深厚沉郁的古意。李白的"蓬莱文章建安骨"，"自从建安来，绮丽不足珍"，实际上是步陈子昂的踵武立论的。他和杜甫都是盛唐文风的主要代表。与诗歌的创作相辉映，盛唐的书法、绘画、音乐、舞蹈，都进入了各自的辉煌期，出现了李白称颂的"众星罗秋旻"的壮丽景观。在书法上，如果说在李北海和褚遂良那里还能看出二王到初唐诸家的遗绪和余韵的话，那么，到了颜真卿，书体摆脱了瘦劲柔婉的传统，变得浑厚凝重，气象空前，绝对是继往开来的大家。绘画方面也出现了吴道子、韩干、李思训等大画家，成就了美术史上一个辉煌的时代，连诗人王维也兼有画家的身份，他的诗风、画风，都颇能见出盛唐法度。杜甫大量的咏画、论书、描写歌舞的诗篇，都活现了盛唐的审美风尚和文化艺术风貌，让人叹为观止。此后，如中唐的韩、柳，宋之欧阳修、苏氏父子，元代关汉卿、王实甫、白朴、马致远，明代李贽、"公安三袁"、汤显祖，清代曹雪芹、蒲松龄、吴敬梓、桐城派"古文三祖"及中兴代表曾国藩，清末的康有为、梁启超、谭嗣同，"五四"时代的陈独秀、胡适、鲁迅、毛泽东等，都是当时新文风的倡导者、力行者。

鉴古而知今，历史的经验值得注意。既然历史的发展，已经把文风的倡导和建设提上了日程，提到了当代文艺工作者的面前，我们就有责任挑起这个担子，不能畏葸不前，无所作为。我以为，这是一个难得的机遇，比我更年轻的朋友们正可以大显身手，做出自己的贡献。那么，需要提倡怎样的文风呢？我以为，应该提倡一种刚健清新的文风，这文风活泼、大气、求真、务实，另外，它也是开放的，具有包容性的，能够丰富与强化多元的文风格局。只有这样的文风，才能与我们这个正在重新崛起的民族的精神，与正在上升的国势、国情、民情、民风相称。作为审美范畴，刚健与柔婉相比较而言，而与雄浑、壮丽、豪迈等相包容、相邻近，并有部分叠合。刚健清新的对立物是衰靡颓废。提倡刚健清新的文风，就是要扫荡低俗、侈靡、浮华、颓落风气，并取而代之。这里我特别要强调的是"大气"这一点。大气，亦作大器，是要由创作主体高远的器识和阔大的胸襟支撑的。在中国的古典美学中，以大为美，以充实为美。大气，表现在文风上、群体性的审美取向上，就是古人常说的"上国气象"。"上国"一说，最早见于春秋战国时期，是指国势强盛、文物昌明的大国，如秦、齐、晋、楚。季札聘鲁观乐，听了齐风的演奏，便发出"泱泱大国"的感叹。如今，我们已是十三亿人口的泱泱大国，已远非当年的秦、齐可比，难道在文风上不更应该见出上国气象吗？

倡导刚健清新的文风，就是提倡与上升的国运民气相称的上国气象。曹丕说，"文以气为主"，章学诚也说，"气盛到文昌"。说的都是文和气的关系，而且都是从创作主体，即为文者的角度提出问题的。说起来，这气，好像很有些抽象，看不见，摸不着，让人不好把握。其实，说白了，就是指为文者，即作家、艺术家的器识、度量、襟怀。它反映的是文艺家的综合素质和整体素质。从先天来说，有禀赋、气质、才分的因素；从后天的修炼来说，则有环境的熏陶，文化的承传，阅历、学力的累积等因素。总之，是怎样的人，便会有怎样的文。所以中国人素来讲"文如其人"，把人品和文品、人格和文格看做一而二、二而一的东西。《文心雕龙》上讲"各师成心，其异如面"，讲"觇文辄见其心"，说的都是这一点。按照这样的传统理念，必然结论就是：要作出好的文章，必须把加强自身的人格建设，放在首要的地位来强调，先作人，后作文；"太上有立德，其次有立功，其次有立言"，三立之中，强调的是立德、立功，而立言，即作文，是在其次的。我们不赞成极左条件下的那种对知识分子，对作家、艺术家的歧视性、戒备性的没完没了的所谓"思想改造"政策，因为它像紧箍咒一样罩在几代知识分子的头上，使他们感到低人一等，如履薄冰，人人自危，严重束缚了他们从事创造的积极性。因此，在思想解放的大潮中，抛弃这个让我们的民族付出了惨重代价的紧箍咒，把广大文艺工作者从思想禁锢的桎梏下解放出来，解放艺术生产力，是完全必要的。新时期以来三十年间文艺创作之所以能取得长足的发展，取得举世瞩目的实绩，就是最有力的证明。但是，这并不意味着马克思主义关于人类总是在改造客观世界的同时不断改造自己的主观世界的著名论断不灵了、过时了，更不是说文艺工作者可以放松道德的自律和人格的建设了。在我看来，文风的颓靡，反映的正是我们队伍中道德衰颓、人格建设松弛的现实。救治之道，提振之方，只能是把作家艺术家人格建设的必要性和紧迫性提上议事日程。人类灵魂的工程师，首先必须建造好自己的灵魂，再去建造别人的灵魂，至少也要在提升笔下人物的灵魂的同时，提升自己的境界和灵魂。

在文艺家自身人格的建设上，我主张继承我国古典文论和古代美学中的"养气"理论，给以现代的阐释，倡而导之，践而行之，光而大之。养什么气养？养浩然之气、元气、正气。

养气之论，最早是孟子提出来的。他在《公孙丑》篇说："我善养吾浩然之气。"他对自己提出的这个"浩然之气"的解释是"其为气也，至大至刚"，如果"直养而无害"就可以充塞于天地之间。孟子的文章，好辩而又气势磅礴，无论论理，还是叙事，都不显局促和小气。这和他的善养其浩然之气绝对不是没有关系的。值得注意的是，孟子善养的气，是以心志为统率（帅）的，它充实于人的生命体之内，并且只有与义和道相匹配、相结合，才会有力量，变得至大至刚，"浩然"起来，而充塞于天地之间。真的把一己人格，修养到这种境界，也就近圣了，邹鲁儒者都是主张积极入世的，包括养气在内的以修身养性为特点的人格建设，都是以用世、以建立事功为指归的。所谓"修身、齐家、治国、平天下"就是对此的最规范的系统表述。因此，我以为，必须把养气和孟子讲的"天将降大任于斯人也，必先劳其筋骨，苦其心志，行拂乱其所为，所以动心忍性，增益其所不能"联系起来看。就是说，孟子的养气，决不是关在屋子里的超然冥想，而是在艰苦的实践中完成的。养成什么样的人格呢？就是要"威武不能屈，富贵不能淫，贫贱不能移"。孟子的这段话，刘少奇在《论共产党员的修养》里曾加以引用，并作了精彩的发挥。孟子的养气说，对中国传统的美学、伦理学和文论，都产生了深远的影响。东汉的唯物主义思想家王充，在其传世名著《论衡》里，专立《气寿》之篇，从生命哲学的角度，讨论了人的禀气渥薄与强寿弱夭的关系，似乎更侧重于生物学的方面。刘勰在《文心雕龙》里，承王充的遗轨，步王充的踵武，提出了"率志委和"的写作状态，不主张"钻砺过分"，因为那样会"神疲而气丧"。刘勰的养气，讨论的是在写作过程中如何保持写作主体最理想精神状态，而较少在这一命题之下讨论前写作时的人格修养。倒是宋代的陆游讲清了养气作为主体人格建设与文章的关系。记得有一次到朱寨先生家，请教一个问题，说起作文和修身，他引用了陆游的一首诗："文章最忌百衲衣，火龙黼黻世不知。若能养气塞天地，吐出自足成虹霓"。宋末的文天祥，在其《正气歌并序》里，对于养气与人格的强大、正气所钟的种种表现，特别是他本人视死如归的凛然正气、杀身成仁的道德节操，都作了淋漓尽致的表达。序文与诗，可视为对陆游养气诗的最完美的注释和举证。我们正在经历中国作为大国的和平崛起，我们正在展开一次空前的盛世，我们需要黄钟大吕，需要有上国气象的一代文风，让人提气，让人感慨，让人进取，促人图强。

我所经见的三十年文艺批评

　　我是三十年来中国文艺批评的亲历者，也是热情的参与者。虽然说不上有多么了不起的实绩与贡献，但却没有偷懒，没有苟且，没有落荒，无论遇到过怎样的艰难险阻，付出过怎样的代价，都始终保持了进取的姿态，力求保持着与历史大潮一致的取向。所以，可以说，我也像许多勤勉的前辈和意气风发的后来者一样，把自己的生命对象化到这个历史阶段的中国文艺批评中去了。功也罢，过也罢，都已是不可改变的事实，只能任人评说，包括同代人和后来人。至于大的文艺批评主潮的三十年风云激荡，三十年长足发展，三十年沧桑变迁和突飞猛进，三十年艰难曲折和经验教训，我当然也有自己的看法，但那充其量还只是一偏之见，一得之愚罢了。如果要对三十年文艺批评，作全面、系统、科学的评价，那就必须充分地占有材料，深入地进行研究，而后得出有学理性的结论。但那就不是一篇短文所能承担的了，而是需要一大本，乃至若干大本学术专著去完成的。

　　现在就来谈谈我的"一偏"和"一得"，也可以说是"三十年中国文艺批评之一瞥"。

春寒料峭的早春时节

　　改革开放三十年，是从党的十一届三中全会算起的，即从1978年的12月到现在。这是按政治路线的转折进行的划分。但作为这次全会的思想准备的真理标准的讨论和以这个讨论为标志的思想解放运动，却在此之前就已经风起云涌，漫延以文化知识者为代表的一代中国人的头脑，由其先知先觉者提领风骚。文艺，包括文艺创作和文艺批评，从一开始，就处于思想解放的前沿，与真理标准的讨论，保持了基本同步的态势，成为思想解放运动的中坚。

新时期文艺的开端，实际上要从1976年到改革开放早期的80年代初，大约四五年的时间，可以称之为新时期文学的早春时节。沐浴南池，春风送暖，春意萌动，但严冬并未最终褪尽。绵延差不多二十年的左倾错误和弥天左祸，在观念形态领域，在人们的头脑里，仍有极大的惯性力量，不时吹来一股股寒风，给刚刚露头的文艺的新苗、新绿，以极大的杀伤，人们差不多每前进一步，都会遇到极大的阻力，都伴随着激烈的争论。文坛艺苑，风一场，雪一场，雨一场，常见料峭春寒，但春讯频至，生机勃发，没有什么力量能够最终阻挡文学艺术的春天的到来。所以，我称之为早春时节。

这个时期，文艺批评面临着正本清源、拨乱反正的艰巨任务，另外又要为文艺创作的新题材、新趋势、新潮流保驾护航，任务是艰巨的。通过一系列反思，使文艺理论、文艺批评、文艺创作，特别是党用以指导文艺工作的路线、方针、政策，回到被长期偏离的正确轨道上来。文艺批评家针对极左的所谓在上层建筑包括整个思想文化领域实行全面的无产阶级专政的理论，论证了真正全面贯彻落实"百花齐放，百家争鸣"方针的迫切性、必要性，倡导艺术民主和创作自由，强调尊重艺术规律；批评"主题先行"的论调，讨论以形象思维为主要表征的艺术创作的特殊规律。与此相应，是理论批评界掀起了长时段持续的"美学热"，并开始大量引进西方的美学理论和著作。李泽厚是这方面的重要代表。

文艺批评一端连接着文艺理论和美学理论，一端连着文艺创作的实践。文艺批评摆脱了极左环境下或处于被批判被整肃的地位，或沦为极左路线的打手和吹鼓手的尴尬，不再推波助澜，助纣为虐，以鸣鞭为能事。它一方面用新的观念，新的方法武装自己，一方面尽着自己的天职，密切关注文艺创作的动向。在新时期文艺早期的料峭春寒中，文艺批评实际上是刚刚从初融的冻土下探出头来的新苗的保护神和辩护士，是盾牌和锋芒。

现实主义虽在"文革"中受到了致命的摧残："五四"以来，以现实主义为主潮的新文学创作，它的许多经典作品，在"文革"中绝大部分被否定；大批量用现实主义手法创作的作家、艺术家被加上莫须有的"黑帮"、"黑线"的罪名，被戴上各种"分子"的帽子关进了"牛棚"；坚持现实主义美学观念的文艺批评家和他们的具有真知灼见的理论主张，也遭到了现实主义作家作品同样的命运。在被"四人帮"及其文化打手们反复批判的所谓"黑八论"中，至少有四论，即"现实主义深化论"、"现实主义广阔道路论"、"中间人物论"和"写真实论"，是与现实主义的美学原则有关系的。因此，摆在作家、艺术家面前的首要任务，就是要从"四人帮"设置的瞒和骗的魔障中杀出一条血路来，回归现实主义。在文学领域最初是以刘心武《班主任》为代表的被对手加上"伤痕文学"的恶谥的现实主义创作潮流，严文井称之为"潮头文学"，同类作品较为重要的还有《伤痕》《枫》《铺花的歧路》等，批评家为这类作品做了充满热情的辩护，指出了这个潮流真实反映了人在"文革"中的受难和抗争的历史意义和价值，论证了它的深刻的现实主义性质，从而使"伤痕文学"成为当代文学史上的一个正面的阶段性的历史称谓。在戏剧界，《丹心谱》最早在北京人艺的舞台上吹响了现实主义回归的号角。导演梅阡要求演员一踏上舞台就要把生活带进来，一切要从生活出发。朱寨在《文艺报》复刊第一期上，以《从生活出发》为题，发表了长篇论文予以肯定。《丹心谱》，以及在此前后的《于无声处》《有这样一个小院》等，也都可以划归"伤痕文学"的艺术潮流。在美术界，连环画《枫》，还有四川青年油画家程丛林以文革武斗为题材的绘画等，也都可以从这个艺术潮流的角度来描述。

稍后，出现了被理论批评家概括为"反思文学"的潮流。"反思文学"是"伤痕文学"潮流的深化，它是人们思考何以会出现"文革"浩劫，反思左祸对人性的戕害，对党和人民的血肉联系的破坏的必然会有的一个结果。这个潮流出现了许多优秀的作品，文学作品如小说《犯人李铜钟的故事》《月食》《剪辑错了的故事》《李顺大造屋》《内奸》等。电影《天云山传奇》，话剧《桑树坪纪事》和《狗儿爷涅槃》，特别是巴金陆续写出的《随想录》，也大体可以划归这一潮流。在美术创作中较早出现的罗中立的《父亲》，也有很强的类似"反思文学"的色彩。从文艺批评的角度看，在对"反思文学"的评价和总结中，人性、人道主义的问题，被突出地提了出来，批评家们在以"伤痕文学"和"反思文学"为代表的创作潮流中，发现了极左的以绝对化、扩大化了的"阶级斗争为纲"的理论及其实践给我们这个民族所带来的深重灾难，指出了极左思潮的深刻的反人道、反人性、反人类的性质。大写的人，正是在反思中，被重新发现的。

但为人道主义正名、呐喊的理论批评家，特别是冲在前面的人，都付出了代价。文艺界的早春时节，新旧观念的冲突是剧烈的，常见反复。但是，在以周扬、张光年、陈荒煤、冯牧、朱寨、钟惦棐等为代表的老一辈共产党人理论批评家的带领下，一大批刚刚人到中年的批评家，向极左的观念，进行了连续的冲击。他们的功绩和他们对中国当代文学发展的贡献，将永远被历史记住。我因为鼓吹人道主义，抨击确实存在而又由文艺创作揭露出来的异化现象，即惹了不大不小的麻烦，我找钟惦棐，感到委屈。钟老当时就说："既然从事理论批评，你就要有付出更大代价的准备，这一点挫折都扛不住，你去干别的好了，何必做文艺批评！"他后来还在给我和刘再复的一封信里说："文艺界将不可避免有一场恶战，马革裹尸，我所愿也。"表现出革命者和老一代中国知识分子特有的铮铮铁骨与人格精神。他作为理论批评家的一生，就是他们主张的最好注脚，堪为表率。

从多元吸纳到文学主体性

现实主义的回归与发展，就向文艺批评和文艺创作提出一个问题，能不能把现实主义定于一尊？回称是肯定的：不能，也不应该把现实主义看做唯一的、排他的创作方法和创作原则。定于一尊，也就会停止发展，走上僵化。

以思想解放为前导，从十一届三中全会开始的改革开放，是全方位的，不仅包括经济、政治，而且包括科学、文化、艺术，等等。打开了长期锁闭的国门，中国人，特别是中国的知识分子，开始以开放的眼光，宏阔的胸襟看世界，并如饥似渴地学习和吸收国外一切用得着的东西，主要是西方发达国家的东西。在文艺领域，人们译介的热情是很高的，西方现代主义诸流派的最重要的作品，当代西方最有影响的文论家、美学家、心理学家、批评家的重要著作，都被大量翻译介绍到中国来，有的还不止一种译本。其规模之大，持续时间之长，远远超过了上一世纪的"五四"新文化运动前后。以文艺批评而论，除了原有的马克思主义的社会历史的和美学的批评外，新批评派的文本分析批评、存在主义批评、结构主义和解构主批评、文化学批评、弗洛伊德心理分析批评、神话原型批评、俄国形式主义批评、接受美学批评、后现代批评等，都有理论的译介和具体的批评实践，称之为批评理念、批评方法的多元化格局，应该说是符合实际的。这在年轻一代的批评家和作家身上，表现得尤为突出。

尽管早期会有某些艰涩难读，以其昏昏使人昭昭的弊病，甚至被称为新名词大爆炸、大搬运，但总的方向，或者主流是好的。何况，任何吸呐与借鉴都会有一个历史的过程。从一到多，多元吸收，多元并存，多元互补，无疑是中国当代文艺批评的一大进步。

王蒙的五篇意识流小说的问世，引起了批评界激烈的争论，为创作理念和创作方法多元格局的形成带来了推力，也为现实主义的革新与发展提供了动力。高行健编写的《现代小说技巧》的出版，和王蒙、李陀等人在《北京文学》上以此为话题而放出的几只被评论家称为"美丽的风筝"的笔谈，成为80年代前期一道闪亮的风景。而拉美文学对中国文学的影响也不可低估，马尔克斯《百年孤独》多种译本的出现及其魔幻现实主义方法的冲击，使文坛上卷起一股小小的旋风。主要受西方现代、后现代思潮的影响，特别是由王蒙意识流小说的带动，一批年轻作家开始了"实验小说"的探索，尽管这个潮流的影响主要在圈内，其总体的成就并不算高，但在语言技巧，叙事方式上的追新求变，也还是有价值的。年轻批评家中被戏称为"陈后主"的晓明和被戏称为"张后主"的颐武，在推动和阐发这股潮流的理念上，与有功焉。

在戏剧界，素以现实主义表演风格称著的北京人艺的舞台上，出现了中国自己的现实主义剧作，由高行健编剧，林兆华执导的小剧场戏《绝对信号》、《车站》，大舞台戏《野人》，也产生了巨大的冲击和激烈的争议。被批评家称为"高林系列"。"高林系列"对当代戏剧发展的影响，一如王蒙五篇意识流小说在文学界的影响。单以北京人艺而论，从艺术上看，如果没有"高林系列"的成功探索和大力开拓，就不可能有《狗儿爷涅槃》这出堪与《茶馆》比美的经典作品的出现。像文学领域有"实验小说"、现代派诗一样，戏剧领域也有一批稍后颇产生过影响的实验戏剧作品出现，并且一直延续到现在。而现代主义的风，甚至吹到了戏曲领域，魏明伦的一些作品及其在批评界引起的反响，其意义也不可低估。

尽管现代主义作品和理论的译介与吸收，大大地丰富与促进了80年代多元的文艺格局的形成，但现实主义始终是主潮。而无论什么方法，表现在创作上，都无不把大写的人的描写，包括其深层心理和性格层面的剖析与展示，放在中心的地位。表现在理论批评上，就是对人物性格复杂性的关注，在这方面刘再复的"性格组合论"的提出，是一个重要表现。它的优长在于不再把人的性格看做单一的、线性的、扁平的，而是用黑格尔矛盾两极的二分法，给出了"半是天使，半是魔鬼"的剖析，缺陷也正生于此。实际上是把人物性格的多维性和多层次性简化了。这个理论对创作产生了巨大的影响，就我所知，魏明伦的《夕照岐山》里诸葛亮的性格塑造，就是颇受了"性格组合论"的影响。

80年代中期，理论批评界一次最大的争论是关于文学主体性的。论争的缘起是刘再复《论文学主体性》分两期在《文学评论》上的刊出。当时我正与刘再复主持着《文学评论》和文学研究所的工作。刘文是我力主推出的。文章发表之后，引起轩然大波。支持者、肯定者所在多有，反对者亦大有人生，遂形成一次激烈的延续数年的争论。反对者以陈涌、姚雪垠为代表，在当时的《红旗》杂志上著文批判，上纲上线；赞成、支持者则以《文学评论》为主阵地，继续反击与争鸣，我呢，更被加上所谓"新潮理论家"的帽子，后来《文学评论》主编易手之后，新任主编还不忘专门组织一篇大字报式的文章进行批判。

但是，平心而论，二十余年后再看那场关于文学主体性的论争，其积极意义还是显而易见的：其一，它是文学，特别是现实主义文学中人道主义发展的一个必然结果，突出了人在文学艺术活动中的中心地位，强调文学研究和文学批评应以人为中心，既重视作家在创作活动中的主体性，更强调读者在文学接受和鉴赏活动中的主体性。其二，文学主体性的研究，大大推动了人们对文艺的特性，包括艺术思维特点，艺术社会功能特点的研究，把作家、艺术家、批评家的独立思考、独立创新，提高到理论的高度，给予了支持。其三，大大地拓展了理论批评的视野，由畅广元带领他们一批研究生编著出版的《主体论文艺学》是这次论争之后重要的学术理论成果之一。其四，主体论是一个哲学命题，在我国最早是李泽厚在纪念康德《纯粹理性批判》发表二百周年时提出来的。刘再复移用到文学领域，作了创造性的文学发挥和放大。刘再复在论述读者在接受活动中的主体性时，显然吸收了当代接受美学理论的影响，把读者纳入了艺术创造的历程。

从"文化热"到文学的世纪反思

80年代初，随着现代文化理论，主要是文化人类学著作的译介，很快便在中国学术界、思想界和文艺界形成一股"文化热"。"文化热"的出现，是人们对左的、被无限膨胀、并且绝对化了的政治理念及其灾难性实践的一种反拨，大家早就烦透了那一套。这也是思想解放的成果。但文化是有承传的，无论就心理层面还是就物质层面来看，都有很强的地域性和民族性，于是敏感的作家和艺术家，便在本民族的文化中寻求对当代生活的历史阐释。

在美术界，是周韶华的《大河寻源》让观众、让批评家眼睛为之一亮。他从黄河母亲河的海口，一直走到海源的星宿海，画到星宿海。他所寻之源，不是一般的自然之源，也不是经流的自然风物，他探寻的是中华民族的与黄河文明联系在一起的文化之源。在他的笔下既能看到作为自然物象的黄河的雄浑气象，更能读出中华民族文化的悠久与苍凉，再加上作者灌注于笔触之中的激情澎湃的浪漫主义胸襟，给当时的画坛带来一次巨大的冲击。看了这个画展，我深受感动，写了《〈大河寻源〉画展之后》的评论，以与他的画作作精神上、文化上的呼应与共鸣。评论界公认他为当代气势派山水画的代表。

　　周韵华的《大河寻源》在我的印象里，是稍早于文学界的"文化寻根"小说的潮流的。文化寻根小说，是紧接着"反思文学"之后出现的一个群体性文学现象。"反思文学"先是对"文革"浩劫的反思，而后把反思的时限前推数年、十数年，以至数十年。反思文学在题材选取和主题取向上，主要是针对数十年左祸对人、人性和历史的政治扭曲的，因而在评价和判断的标准上，虽然与左祸肆虐的方向截然相反，但本身也一样具有浓厚的政治色彩。与绝大部分"反思文学"作品不同的是，"文化寻根"小说则更多关注人物的自身，上承"五四"启蒙文学，特别是鲁迅"哀其不幸，怒其不争"的深挖民族劣根性的传统，代表性作品如《爸爸爸》《小鲍庄》等，作家看到的多是民族文化的负面，这在如《老牛》《远村》那样让人对主人公命运深表同情的作品中，也不例外。在巴金晚年可以列入反思文学的散文杰作《随想录》中，巴老对作为创作主体的自我，也做了无情的解剖，这种精神并未在"文化寻根"小说中加以承接。文化寻根的小说家们淡化政治，避开政治，而从文化角度看人、写人，这无疑是一大进步。他们不再把政治标准第一的戒律当一回事。尽管一些文化寻根的小说家，在推出作品的同时，在报纸上写文章申明他们的艺术主张，但他们的作品及其影响，远较他们的申明，要深刻得多，在当代文学史上的贡献也要大得多。

　　进入世纪之交，中国的思想文化界出现了一股历史反思的潮流，文艺界以自己特有的形式，放大了这个潮流，影响了整个社会人群。我称之为文化的世纪反思；它的视野是文化的，发生在20世纪和21世纪之交，反思的时限大体在20世纪之内，也有延伸到鸦片战争的，那就有了一百六十年左右的跨度。因为不止于文艺界，所以我又称之为世纪之交的文化反思。而世纪之交文化反思的主力军和主要领域则在文学，它的源头，一是反思，一是文化，都可以一直追溯到上一世纪的80年代。

　　被我划归世纪反思潮流的作品，既深化了反思文学的反思，拓展了它的关注面，延伸了它的时间历史跨度，又承续了"文化寻根"小说的文化角度，拓宽了文化观察的视野。在我看来，这股潮流的最早发现在80年代的后期。小说有王蒙的《活动变人形》，刘再复从中看出了"审父意识"，当然是文化的。在报告文学创作上，发表于1989年年初的钱纲的《海葬》，是一曲大清国北洋水师的挽歌，从建军、成军，直到甲午海战中灰飞烟灭，作品全方位地展现了洋务运动的功过是非，对李鸿章的评价也力图摆脱以往的政治历史框架。《海葬》有很强的政治色彩，但取的却是政治文化的角度。批评界对此给予了充分的肯定。

以《海葬》为先导，90年代中前期出现了一系列以晚清近代历史为题材料史志性世纪反型优秀作品，有代表性者如麦天枢、王先明的《昨天——中英鸦片战争纪实》，张建伟的《世纪晚钟》系列，程重一等的《开埠——上海南京路150年》等。报告文学是一个在三十年改革开放中得到了长足发展的文学门类，从源自散文的一种特写，取得如今可以与小说、诗歌、散文相颉颃的独立地位，不仅有了一支包括了老中青在内的有实力的创作队伍，而且也有了专门从事报告文学研究和评论的批评家队伍，尽管在人数和实力上还弱于创作队伍。

作为文学的世纪反思的小说作品，在90年代应该首推陈忠实的《白鹿原》。这部作品首发于《当代》杂志，接着正式出版。作品出版后，曾引发激烈的争议，有的领导人也认为有问题，至今还有批评家认为"历史观是错误"的。然而，多数批评家看好，编辑家也仗义执言。顶着压力，认定是好作品。这个作品终于在业界有眼光的作家批评家的肯定声中获得了茅盾长篇小说奖。在《白鹿原》的评论中，当代最有影响的评论家，包括老中青三代人，都发了言。前些年，人民文学出版社从这些评论中选出约四十余篇，编为《〈白鹿原〉评论集》出版，出版社的负责人何启治命我作序，我欣然允诺。通读了全部评论，我非常振奋，欣然命笔，写了一篇近两万字的长序。这篇序收入我的论文集时，题为《〈白鹿原〉及其评论》。我在这篇序中说，《白鹿原》可以反映上一世纪后50年代我国长篇小说可达到的最高水平，而关于它的评论，也能够反映我国当代文学批评出一个作家一部有代表性的好作品评论中皆达到的最高水平。

《白鹿原》的成功，颇得益于它的文化角度的反思，它是对白鹿原上以白、鹿两家为代表的五十年间农民命运和大的历史变迁的文化思考。如果按照那几个认为"他历史观错误"的批评家指给他的政治框架去写，这本书肯定会陈旧得惨不忍睹。

世纪之交的文化反思，主要发生在当代的知识精英的头脑中，他们扮演了这个思想潮流的主角。知识分子是一个国家、一个民族专司思考的部分，他们比一般社会人群拥有更多的知识积累和更宽阔的文化视野，在历史的行进中，他们常常表现得更敏感、更自觉，也更理性。在一些历史转折和变革的关头，他们往往能起到整个民族走向自觉的先锋作用和桥梁作用。因此，由他们扮演世纪文化反思的主角是必然的。

到了新旧世纪交替的时候，人们总会回望来路上留下的一串串足迹，对以往的历史行程，进行再思放、再评价、再认识，以便得出新的结论，引出以往不曾掌握的经验与教训，使新世纪的开局更好些，未来的路走得更快捷、更稳健、更有效率。所以，从根本上来说，世纪的反思，虽然回望的是过去，但是其指归，却在未来，从而是积极的、进取的、建设性的。

世纪之交的文化反思的潮流，也像一切历史上的文化潮流一样，渐渐地消歇了。但它为新世纪文化繁荣准备条件，清扫基础，提供历史鉴戒的功绩是不可磨灭的。记得新世纪之初，由舒乙在现代文学馆主持的第一次文学讲座，就是我的讲读《文学的世纪反思》。我的主题，正是向着未来，向着正在展开的新世纪的。

结　语

改革开放以来的文艺和文艺批评，进入新世纪也已经整整八年了，占了三十年的将近三分一。三十年前那些带领我们在文艺批评战线上为新时期文艺的发展而披荆斩棘的老一辈批评家，绝大部分都已作古，只有少数几位健在者，也以年事高迈而很少披挂上阵了。轮到我们这一代人老了，也陆续有人离去。但我们的民族正在振兴，国家正在强盛，一个历史上从示有过的盛世正在展开。像我这样一个生于危难，年道古稀的文坛老战士，一个放言无忌，常常惹祸的普通文艺理论批评工作者，仍能健康工作，跟着比我年轻的人呐喊，使他们勇于前行，是自以为很幸运的。去年，我曾在自己书室的门外写了这样的春联："年届古稀体尚健，文逢盛世气如虹"，以此自励。近年来，我常写与文风和国运有关的理论批评文字。

在我看来，文风反映着国运，文风影响着民风。我们的文风，应该与我们这个正在强劲上行的国运相称，我们应该大力倡导刚健清新的文风，提倡上国气象。在美术界，湖北的周韶华的创作就有这样的气象。他以《大河寻源》起步，足迹遍于大漠戈壁，长江上下，横断山脉，先后有《世纪风》《梦溯仰韶》《汉唐雄风》《荆楚狂歌》等重要画展画册问世。前不久，湖北省又为他举行三部曲《黄河》《长江》《大海》画册出版暨大型画展，祝他八秩大寿。他不仅画作开宗立派，而且勤奋好学，是一位绘画理论批评家。我总觉得他有非常自觉的文化敏感和时代感知，风云际会，他知道自己该做什么，他就是为这个时代而生的。

张艺谋和他的团队成功地组织和表演了第29届奥运会的开闭幕式，场面宏大，气度雄浑，一气呵成，美不胜收。不仅彰显了五千年中华文化的精髓神韵，而且表现出大国崛起的不可遏制的力道与趋势。罗格的评价是"无与伦比"，不算过誉。什么是盛世华章？什么是黄钟大吕？什么是上国气象？这就是。在这里，张艺谋创造了奥运会历史上开闭幕式表演的顶峰，也攀上了他艺术人生的顶峰。他也是为这个时代而生的。理论批评家就是要为这样的文风呐喊。

改革开放的三十年，也是文艺创作和文批评取得的伟大实绩的三十年，文艺史和文艺批评史应该大书特书的三十年。我虽年逾古稀，但"老当益壮，宁移白首之心"，只要口能言，笔能动，我还将继续为后来者呐喊。

重传承　善养气

　　作为文学陕军应当有两个传承，一是五千年中华民族文化文明的传承，二是中国近代革命文化的传承。

　　陕西现在被看作是西部，刚才陕西来的朋友也讲西部，实际上陕西并不处于中国的西部，兰州以东都不是西部，这是从历史地理的概念来说的。关中自古以来是一块号称"天府之国"的地方。中国有作为的朝代、大的朝代，如周秦汉唐，均发源于陕西。我同意大家讲的，"文学陕军"是一支"地方军"，陕西是一个地域文化鲜明的地方，它曾经是中国几千年的文化艺术中心、政治经济文化中心，所以我觉得陕西本身的这种超越性，决定了我们继承的观念是汉唐雄风。当要承担使命的时候，当这支"军队"要再出发的时候，必须想到这一点。我们现在作为"陕军"，应当延续开拓意识，陕西人把自己局限于关中是没有出息的，秦国如果局限于关中是不可能得天下的。秦得天下前后六百年，从秦穆公算起，他们的君王埋的墓都是东向的，连兵马俑的战阵都是朝着东方的，朝着太阳的方向，所以我们现在的秦人、现在的作家也要有这样一种文化气度和胸襟。

　　红色文化的传承同样鲜明。中国共产党经过两万五千里长征，三十万人最后打得只剩下一万五千人。毛泽东带领着这支经过长征损失惨重的军队，在陕北休养生息十三年，而后得天下，我觉得红色传统延安精神就是一种开拓精神，自力更生艰苦奋斗的精神，这种精神不仅仅是政治精神，也是一种文化精神。文学陕军就应当像延河的水一样流入黄河流入海洋，千年万年永不停息。

　　浩然之气是一种正气，我们正处于上升期，不管有多少困难，有多少矛盾，有多少问题，但是国家处于上升期这是不争的事实，我们身处一个正在展开的盛世，这是中国共产党人领导的中国人民缔造的盛世，我觉得作为文学陕军要有这样的文化自觉，使自己适应这样一个要求。中国作为一个世界大国，谁都阻挡不了这个趋势，在这样一种情况之下，知识分子是一个民族当中专心思考的部分，作家也一样，应当比较早地感觉到这一点，为正在复兴的国家民族做一些什么。你的责任在何处，你的岗位在何处，你说什么话做什么事，要有怎么样的胸襟，这不仅是对文学陕军提出来的一种考验，也是对我们整个中国当代知识分子提出来一个命题。一个时代，经济发展了，不能只成为一个经济大国，文化也要跟上去，要培养一支有气度的、为人类做出贡献的文化和文学队伍，所以对我们作家个人来说就是要有气度和胸襟，就是要"我善养吾浩然之气"。陕西这块地方，水深土厚，黄土高原肥沃的土壤经过亿万年沉积，已然雄厚，这种深厚同时也是文学的。

关中的知识分子要有出息，必须一面向东，一面向西——走西口。现在国家提出了要建丝绸之路经济带，它应当同时成为中西文化交流的中心。经济从来不是一个单一的因素，经济实际上是文化政治艺术宗教的基础。在这个基础上然后拓展我们的文化，人类文化的发展应该烙上中华民族的烙印。我对陕西的这些同乡们，如果说有所期望的话，以上讲的这一点算做对陕军再出发的期望，是陕西籍的一个七十五岁的老人的一点寄语。

陕西是实学官学的发祥地，中国礼乐文化的发祥地，陕西历来的文化文学都是跟人民群众的疾苦期望紧密联系在一起的，所以我们应当实实在在地踏在这块土地上再出发，赢得更大的辉煌，做出更大的贡献。

未来的探索者——知识分子

我们学文的也讲"法"，但是我们讲的是语法、文法，和刚才几位专家所谈到的不是一回事，但是归根结底，我们还是归你们口中的大法所管。刚才我都仔细听了几位教授的精彩发言，我很感动。各位专家的意见各有不同、各有差异，或者说是和而不同。在座的各位都是非常难得的中国知识分子，有着非常优秀的中国传统品德，以天下忧乐为己任，把占我们多数的老百姓作为思考问题的出发点、归结点，为国家、为民族尽心尽力。我深刻地感觉到可以用竭忠尽智来形容各位。学术是很重要的，我很赞成民商经济法学院的院长刚才所阐述的观点。

学术体现着一个民族的文明程度，体现着一个民族的知识道德水平，学术的主体应该是知识分子，根据我的理解，知识分子应该是一个民族、一个国家、一个时代专心思考的群体。他们用自己的头脑来思考着他们生存的时代，伟大的学者莫不把他们的根深植在当代的社会生活当中，成为这个时代的代表，用刚才王卫国教授的话来说就是良知、良心。实际上，知识分子用他们的学术撑持的是一个时代、一个民族的精神的旗帜，是明炽的亮光。高尔基有一篇作品中写道，勇敢者把他的心在黑暗的森林中高高地举起来，作为明灯来照亮后来者前进。

知识分子同时也是探索者，他们应该比同时代的人走得更远些，因为有了他们在前面的思考，我们走的道路才会更加平坦。鲁迅先生曾经说到，世上本没有路，走的人多了便成了路。但是前面的探索者在前进的过程中是深知前面的道路的，并不是盲目前进。当然，探索者在前进中可能走向了正确的道路，也可能选择了错误的道路。要是迈向了正确的道路将会有利于后来者，有利于万民百姓；但是如果走向了错误的道路，犯了错误，那探索者的地位越高，犯的错误越严重，老百姓的灾难也就越重。

但是无论如何，知识者是一个民族最前锋的部分。正如毛泽东同志所说，近百年来先进的中国人，这些先进的中国人中主要就是中国的知识分子，他们受过更多的教育，他们掌握更多的人类知识的库存，他们理应比一般人看得更远一些，想得更深刻一些。我们学术有很多不同的领域，至少包括自然科学和社会科学。但是，我觉得我们作为学者（包括我刚才所听出来的）就是应该承担着对时代的责任感、对民族的责任感。我也深知我们现在困难还很多，问题还很大，比如腐败问题、贫富差距问题、自然环境恶化问题、生态不平衡问题等，但是有一点，我觉得我们民族经历了百年苦难之后，现在正走在我们这个民族难得的"上行期"，我们的领导将其称之为"机遇期"，毫无疑问，我们目前正在不断上行。目前的经济下行并不能影响整个上行的趋势，整个的民族是在不断地上行，这就是我的认识。我觉得上行是需要支撑的，首先是需要这个时代的知识分子、知识者用他们的学术来支撑，来启迪和影响一代人，甚至几代人的头脑。恩格斯在自然辩证法的导言和在《反杜林论》的序言中都提到，那个时代的非常伟大的巨人用他们的思想影响了一代人的头脑。所以我觉得我们举办这样的会议是很有意义的，探讨这样的主题——"学术在社会建构中的作用"是很有必要的，毕竟社会的建构归根结底是人的建构，学术在人的建构当中有着至关重要的作用。

在各位专家的发言之中，我听出来了一种责任感，我听出来了一种居安思危的深深的忧虑，但是同时我也感受到了无限的希望。

◎

辑四

从泣血之作说起

　　《中国历史文化名人传》是由中国作家协会组织实施的一项国家文化建设工程。经反复论证和筛选，确定传主名单一百三十余位，都是中华文明史上的大师和巨匠。近日，第一套十本书已经付梓。

　　这十本书是：王充闾的《逍遥游——庄子传》、王兆军的《书圣之道——王羲之传》、郭启宏的《千秋词主——李煜传》、浦玉生的《草泽英雄梦——施耐庵传》、杜书瀛的《戏看人间——李渔传》、陈益的《心同山河——顾炎武传》、陈世旭的《孤独的绝唱——八大山人传》、周汝昌的《泣血红楼——曹雪芹传》、何香久的《旷代大儒——纪晓岚传》、徐刚的《烂漫饮冰子——梁启超传》。这十本书，还有其余已经定稿或正在修改的传记书稿，多可称为呕心沥血之作。

泣血之作

　　由周汝昌撰写的曹雪芹传，定名《泣血红楼》，极言《红楼梦》是曹雪芹用生命铸造的中国文化史上的一座不朽丰碑。脂砚斋说"芹为泪尽而逝"，曹雪芹也以"满纸荒唐言，一把辛酸泪。都云作者痴，谁解其中味?"的诗自评。

　　周汝昌生于1918年，他把自己毕生的心血，都奉献给《红楼梦》和曹雪芹研究，出版六十余部著作。年轻时候，他就立志要写一部曹雪芹传。在着手写作《泣血红楼》之前，他已先后出版了五种曹雪芹的传记著作。这本《泣血红楼》是他专门为《中国历史文化名人传》丛书撰写的，直到2012年5月，他以九十五岁高龄长逝，书稿还没有最终改定。后续工作，由做了他三十余年专职助手的女儿周伦玲编订完成。《泣血红楼》

细腻凝练，且笔端常带感情，可以说是周汝昌父女两代人的泣血之作。

诗人、编辑家韩作荣所写的李白传，头一天把稿子交到编委会，第二天就住进了协和医院，第三天便传来他辞世的噩耗，说他殚精竭虑，以命写书，也不为过。他是在李白传的写作上，为自己作为诗人、诗评家的生命，画上了一个浑圆的句号。又是一部泣血之作！

一切优秀的文艺作品，都是作家艺术家把自己的生命对象化的结果，都是他们生命存在的一种方式。所以，好的文学作品，都是作家用他们的苦乐、磨难以及生命换来的。刘勰所谓"蚌病成珠"，讲的正是这个道理。这是一条看起来有点残酷的铁则，古今中外，概莫能外。文学传记的写作，亦是如此。从这个意义上讲，已出的十本传记，还有后续的百部以上的同一丛书的传记，都要求作家呕心沥血，因为，只有是泣血之作，才可能成为传世之作。

专家们审定书稿也殊为不易。故宫博物院前院长、"故宫学"创建者、鲁迅研究会会长郑欣淼，审定书稿时查对原著，查对相关著述，发现多处重大缺陷与问题。他的审读意见，写得尖锐、周详、切中要害，为编委会和其他专家做出了表率。文学专家田珍颖审读两部书稿，大到布局、构思，小到字句、细节，都提出了非常具体、非常细致的意见和建议，供作者修改时参考，真可谓一丝不苟。有些书稿，进入了编辑出版过程，还根据责编的意见，进行着认真的、大的修改。有的责编，在最后一道关口，严格把关，向作者及编委会提出有理有据、颇见学术水平的重要修改意见。他们也都把自己的生命对象化到为读者、为丛书质量负责的事业中来了。

自具风格

《中国历史文化名人传》丛书是非虚构型文学传记。这决定了它的两个基本特点：一个是它的文学性，一个是它的纪实性。

从文学性来说，已出的十本传记，都注重传主和相关人物的性格塑造，注重人物命运的展示、细节的描绘和对内心生活的逼近。这有别于学者的研究型人物传记。

既是文学创作，当然要讲究文采；要注意情节性、故事性、趣味性；注意叙事的深入浅出，要有曲径通幽之妙，让读者爱看、想看，到手就放不下。这也正是我对这套丛书的期望：一定要把作者的心性和风格，把自己的生命带进书中。在逼近传主心灵的同时，产生思想和情感的共振，在这共振中激活传主生存时代的文化情境，这才能写出我们心目中的鲜活的、有血有肉的传主。从已出的成果看，作家们正是这样做的。如写《庄子传》的王充闾，写《王羲之传》的王兆军，写《八大山人传》的陈世旭，还有写《梁启超传》的徐刚等，他们都是形成了成熟艺术风格的作家，他们也能把自己的风格带进各自的传记写作中来。读他们的这些传记新作，单以风格而论，相信细心的读者肯定会产生"似曾相识燕归来"的感悟。

但文学传记毕竟是传记，写的是文化史上实有的人和事，在这一点上，有别于小说、戏剧、电影、电视剧的虚构性。因此，必须先通过文史专家的把关和挑剔。传记文学不能没有艺术的想象，但必须杜绝主观的臆想，杜绝凭空捏造。这一点是底线。

力追前贤

从已出的十本传记来看，基本达到了学术界目前有关传主研究所取得的成果与水准，并且部分领域有所拓进。以《泣血红楼》而论，不仅在体制与规模上超越了周汝昌此前写的所有曹雪芹的传记，而且在曹家先祖历史溯源的考据上也有新的发现与收获。

郭启宏是著名的剧作家，以历史剧创作如《李白》《天之骄子》《知己》等在剧坛文苑享有盛誉，而且他还是李煜研究学者，以李煜为题材的昆曲剧作《南唐遗事》被称为新时期"四大悲剧"之一。这次他写《千秋词主——李煜传》，可以说从他所熟悉的虚构艺术领域，迈入了新的非虚构的传记文学领域，是他自己创作生涯的一次突破。他重新研读并以神来之笔激活了那个既是亡国之君，又是千秋词主、词国冤魁的李煜的相关史料，活脱脱塑造出传主的性格、个性和他充满矛盾的悲剧内心。传记中的李煜，是郭启宏笔底独特的"这一个"。至于整部传记情节上的大开大阖，文笔上的光昌流丽，则近乎让人目不暇接。

其余如王充闾的《逍遥游——庄子传》的情见情致，理有理趣；徐刚以诗人情怀与满含深情的笔墨，在已出两种他自己的梁启超传之后，重新通读《饮冰室合集》，写出新的《烂漫饮冰子——梁启超传》，可说进入了新的境界；杜书瀛是学者、理论家，散文也写得很可看，他的《戏看人间——李渔传》厚积薄发，综合了他作为李渔研究权威的毕生收获与心得，是一部很有学术含量的文学传记。何香久是纪晓岚研究领域的实力派，他写的《旷代大儒——纪晓岚传》迥异于坊间流行的各种各样的所谓"戏说"，能够反映这个领域所达到的较高的学术水平。

未若文章之不朽

——序《现象环与中国古代美学思想——栾勋遗文集》

六年前，栾勋是抱着无限遗憾离开这个世界的，他心有不甘。学智在纪念文章中，把他的遗憾概括为三：死的遗憾、生的遗憾和学术的遗憾。他的朋友、同事和学生，在回忆他的文字中，也多有或深或浅涉及这些遗憾的，大都不胜怅惜。

栾勋既是我的同事，又是我的老友，相交相知四十余年。在"文革"及其前后的那些风急浪高的特殊年代，我们曾风雨同舟，共过患难。他以他的智慧、谋略，特别是以他人格的刚劲和勇毅，给过我许多帮助，使我敢于直面邪恶的袭来，不惮于前行。

他生前曾多次提到，要把他的学术论文编一个集子；编好后，希望我能为他写一篇序。我说，好的，等你编好了，出了清样，我就动手。他一次一次说，我一次一次应允，直到住了医院，辗转病榻之上，也还念念不忘此事。我知道，对于一个学者来说，他的学术研究及其成果，就是他的生命存在的方式。栾勋更是如此，我了解他。然而由于种种原因，这出版学术论文集的事情，在他艰难竭蹶的生命中，始终仅仅只能是一个愿望。

在栾勋过世三周年以后，汤学智来和我商量，还是要千方百计地把栾勋生前想编、想出的学术论文集编出来、印出来，以告慰他的在天之灵。我们约定，书由他来编，书名为《栾勋遗文集》，序由我来写。

学智编辑遗文集，是不辞劳顿、全力以赴、很费了心思的。在他的努力下，文集不仅收录了著者已发和未发的全部论文，还增加了三方面内容：一是难得一见的诗文三篇；二是独具特色的读书笔记摘编（由对古代文论深有研究的彭亚非从著者近四十本笔记中遴选、辑录、整理、归类、注释）；三是情理并茂的纪念栾勋文集（作为附录）。编好之后，他又找有关领导支持，并申请出版资助。直到一切都有了头绪，要与出版社签出版协议了，他才催我在不影响健康的前提下尽快将序写出。本来一年之前，当遗文集已编好时，学智便将目录送我，但我因重病缠身，大有自顾不暇之势。现在病情已得到有效控制，才可以动笔了。

遗文集包含了栾勋一生所写的全部重要学术论文，可以见出他所涉及的领域、他的学术风格和他在中国古代文论及中国古代美学研究上所达到的水平与高度。更重要的是，可以见出他的为人、才力和学力。

遗文集取名《现象环与中国古代美学思想》，是以集中的一篇论文的标题做书名的。这篇论文写成于上世纪80年代。稿子给我看时，我眼前为之一亮。我说，老栾，你真的上路了，走上了真正属于自己的既不同于先行者更有别于同辈人的学术道路。这篇论文视野开阔，逻辑精严，论证周密、集中，且行文清劲、畅达，不是就美学谈美学，而是紧扣现象环的切入点与聚焦点，从广袤的哲学史、思想史和文化史的渊薮中勾玄提要，成一家之言。我那时正主管《文学评论》的事，力主发表他这篇论文。文章发表后在学术界产生了不小的影响，为后来学人所师法。

作为栾勋辅导过的学生，吴予敏的回忆文章对栾勋在中国古代美学和古代文论研究中的成就，作了比较全面、比较准确的评述。他曾邀请栾勋到他执教的深圳大学，系统地讲述了自己"三环"（思想环、宇宙环、现象环）、"三论"（两端论、中和论、神秘论）的学术思想与构架。予敏认为，栾勋对中国古代美学研究的主要贡献有三点：用"两端论"取代了"矛盾论"；试图以对中国古代美学的"环论"概括取代"循环论"；提出"以人为中轴"的生命哲学，将人提到与"道"相合的境界，以取代过去对道的本体做片面物质化或精神化的解释。

栾勋之所以能在中国古代文论和中国古代美学的研究中提出属于他自己的见解，体现出独特的学术风格，我以为有以下几点值得注意：

其一，他的学术研究对象虽然属于古代，但不泥古，不食古不化，不跟在古人和前人的后面亦步亦趋。从他的提出问题、展开论述和得出最终的学术结论来看，他都是始终立足于现实的历史环境的。当代的历史生活，是他获得学术灵感的沃土。读他的论著，你能感受到一个现代知识分子的那颗用世之心的跳动。不错，他的文章有书卷气，但却没有冬烘气，更没有当时流行的社论式的八股腔调。

其二，他是主张厚积薄发的，不轻易动笔，更不轻易出手。总要尽可能充分地占有资料，经过充分地思考与辨析，才提出问题，寻找切入点，理清相关的内在逻辑关系，总之是差不多烂熟于心了，这才下手。作为学术研究的准备，他认真地做了大量的阅读笔记，他以此积累材料，也以此积累思想。他的读书笔记，绝对可以说是"等身"。编者之所以在遗文集中特意撷取了一部分读书笔记，就是为了展示他严谨的治学精神。当然，这也只能是一斑窥豹。

其三，栾勋有极好的中国哲学史、思想史和文化史的素养，否则就很难驾驭"三环"、"三论"这样的大题目，并且做到出经入史、议论风生、一气灌注。他探讨的，当然是中国古代美学和古代文论的问题，但他绝不是就美学论美学、就文论谈文论，而是把问题放在更为广阔的哲学史、思想史和文化史的大背景下来定位的。这就使他的论著显出浩荡的大气度、大气概，常能见人所未见，道人所未道。

其四，他对先秦诸子如孔子、孟子、墨子、老子、庄子、韩非子的美学思想或文学思想的研究，不是仅就其有关美学、文学的专论，就事论事，敷衍成篇，而是把他们的美学思想或文学思想，放在他们各自的总体思想体系和人生经历中，进行细致的考察与评估。就是说，侧重点虽在美学或文学，但是一定要顾及他们的全人和全部的著作。他在学术研究中，始终遵循了"知人论世"的原则，正像他在学术与现实的关系中认定"经世致用"的宗旨一样。

其五，栾勋的论著有他自己行文的特色，这源于他的主体人格，所谓"各师成心，其异如面"。他的文风清刚简约，立论明断而坚劲，无拖泥带水，不钝刀子割肉，从不模棱两可。他的性格很硬，无论遇到怎样的困顿和挫折，他都不肯低头认输。生活上如此，学术上也如此。

以上五端只是我在与他几十年的交往中感受到的，自然不无以偏概全之嫌。好在遗文集中收入他《中国古代文论的研究方法问题》和《学人的知识结构与中国古代文论研究》两篇论文，读者不妨仔细翻阅。那是他一生学术研究的经验总结，他所讲的，正是他所做的。这有他的学术成果来证明。他最不齿的是在学术研究上搞花拳绣腿的一套，欺世盗名，贻误后学。

作为一篇为故去多年的老友的遗文集撰写的序文，到了该收煞的时候了。我的眼前又浮现出他与命运抗争、不服软不言败的坚强而又高傲的身影。这高傲，自然也很带了几分悲怆的色彩。

放在本书卷首的诗，是栾勋2003年12月10日上午雪后偶有所感而写成的，可以作为他的诗体独白、自画像和心灵"天问"来看。其悒郁不平之气，可谓溢于言表。

虽说是"偶感"，其实却久积心头。那证明，便是他此前写的两副对联和一首《断章》：

对联一

朝览东原思野马

夕观西岭看低鹰

对联二

满面浮尘君莫笑

一身浩气我无亏

断章

我有太多的苦恼，

那多半缘于我的骄傲；

然而集中所有的苦恼，

敌不过我的一个骄傲。

骄傲源于我的自豪，

自豪是历史的笙箫。

见鬼去吧，

自豪蔑视卑怯，

那一切一切的苦恼！

然而，栾勋的遗著终于要付梓面世了。年寿有时而尽，未若文章之不朽也。文章在，书在，人就仍然活着。这无论对于高傲的逝者，还是对于苟活的生者，都是一种慰藉。

追怀文学的献身者

——序《路遥纪念集》

　　今年是路遥去世十五周年，人民文学出版杜在出版了一本《路遥评论集》之后，还要再出版一本《路遥纪念集》。人民文学出版社，是新中国成立以来文学领域的功勋出版社，权威出版社，如此隆重地纪念一位英年早逝的当代作家，并不多见。这也证明了路遥生前贡献的巨大，反映了他在今天读者心目中的地位。

　　《路遥纪念集》是路遥研究会和延安大学文学研究所具体策划，由马一夫、厚夫和宋学成主编的。上个月，在书稿打出清样之后，主编和出版社的责编邀我作序，并将有关资料送到我家。我知道，他们这是对我的尊重和高抬，并不是我有多么高的水平，堪当此任。但是还是一口答应下来。这固然因为用我们家乡的话来说，不能"不识抬举"，另外，也还因为：其一，路遥是我家乡的作家，是黄土地的儿子，是父老乡亲的骄傲；其二，我特别喜欢路遥的作品，对他的人格和他所坚守的，追求的人生理念及现实主义的方向，有一种出自内心的共鸣；其三，延安大学是路遥的母校，已经建成为路遥研究基地。上一世纪50年代延安大学组建时，我的几位同窗，也是要好的朋友，去做草创工作，筹建中文系，后来便留下来工作，直到退休。他们都是路遥的老师，路遥弃世后，他们也都体验过"白发人送黑发人"的悲怆。另外，我自80年代中便应聘兼任延安大学的教职，那时路遥已经成名。因此，无论从我与他的中文系老师们的友谊来说，还是从我作为多年延大兼职教师的身份来说，我都有责任，有义务为他的纪念集写序，不能推辞，何况，也确实有许多话要说。

一

我与路遥的个人交往并不多。知道他，是在80年代初。那正是文学提领风骚，产生轰动效应的特殊时期，路遥也因其《人生》的问世而名满天下。看了《人生》，我颇为惊异于作者观察生活的深致，视界的开阔，笔力的沉着与大气，为秦地涌现出这样一位潜力巨大的年轻作家而感到由衷的欣慰。家母健在时，我每年都要回陕地省视。只要到西安，母校西北大学和建国路作协是必去的。到作协，则一定到《延河》编辑部看看。对《延河》，我有一种特殊的感情，我的第一篇当代文学研究论文就是在这里发表的，她是真正意义上的我的"母刊"。初次见路遥，就是在《延河》编辑部，人家给我介绍："这位就是路遥，小说组组长，《人生》作者"。他个头不高，敦实，属于如巴尔扎克那样的精力充沛的麻袋样体型。还有几次，在西安作协的院子里碰到，握手，问好，没有深谈过。1991年春天，路遥的《平凡的世界》获第三届茅盾文学奖，并且荣登榜首。路遥来京领奖后在前三门大街请评论家朱寨、蔡葵，还有多位在京的陕西文学界乡党吃饭。那家餐馆不大，在台基厂的路南，是那一带有点名气的餐叙聚会场所。路遥很高兴，但却没有明显得意神色，也不张扬。大家都向他表示祝贺。陕西乡党们特别热情，说他首获茅盾文学奖，为家乡争了光。一个个表现得比自己获奖还上劲，路遥很感动，抱拳相谢；特别对作为评委的朱寨、蔡葵，表示了真诚的感谢，谢过他们的全力扶持。朱寨是当代文学界的前辈，他说，还是路遥的作品写得扎实、过硬，有眼光、负责任的评委，是不可能不投他一票的。朱寨本人出身于一个山东贫苦的农家。抗战初期参加革命，奔赴延安，在桥儿沟的鲁艺文学系与冯牧、贺敬之同学，是何其芳的高足之一。他还做过桥儿沟的副乡长。1945的随军赴东北开辟根据地，以政委身份，做了黑龙江省甘南县的第二任县委书记，勤政爱民，人称"朱政委"，至今为那里的老百姓所系念。所以，他对从陕北清涧山圪崂的贫苦农家奋斗出来的路遥，对于路遥笔下为改变自己命运而进行悲剧性奋斗的年轻的高加林、孙少平、孙少安们，抱有特殊的感情。他对《平凡的世界》的肯定，在评奖中所起的作用，是举足轻重的。

不想那次餐叙，竟是最后一次见到路遥了。他正经历着人生的和艺术的高峰期，可惜为时过于短暂。次年，便有他肝病住院的消息，不久便传来文星陨落的噩耗。天妒才能，我只能喟然长叹，悲恸不已。现在为他的纪念集写序，虽然光阴流转，已是十五年后，但当年的这种意绪，依然萦绕在心头，挥之不去。

二

我从头到尾仔细阅读了《路遥纪念集》的全部七十三篇文章。这虽然如编者所言，只是一个选本，但因为资料搜求上用力颇勤，故作者面广，代表性强，是路遥研究的一项很有价值的基础性工作。

在中国传统的文学批评中，一向很讲究"知人论世"。这与儒者重视人格的修养，强调积极用世的观念，经世致用的文风，一句话，强调入世的精神是联系在一起的。所以，知其人而评其文，把人品和文品统一起来观察和思考，成为千古以来文学批评的通则，也是最有价值的理论传承。鲁迅继承和发扬了这一传统，认为文学作品在真实地反映客观事象，描写社会的众生相的同时，也表现着作家的主体人格。在文学批评上，他是"五四"那一代作家中强调人格强调得最多的人。他一向主张，评价作家一定要顾及他的全人和全部创作。路遥积极入世，秉持严格的现实主义艺术原则，有坚强的主体人格意识，把自己的整个生命都对象化到他的文学创作活动中去了。他的作品，就是他的生命存在的方式。因此，要准确评价他的创作，就必须了解他的为人，他的生命历程，他的人格，而《路遥纪念集》为研究者和普通读者提供的，正是这方面的资料。

七十三篇纪念文章的作者，涵盖面极广，有路遥的文友，包括陕西的和全国各地的老、中、青几代作家、评论家；有路遥的同学和朋友，他们在社会上处于不同的界别；有路遥的亲属，如他的弟弟王天乐；还有路遥的领导等。他们都是路遥作品热情的读者，都与路遥有过直接的接触。他们的纪念文字，各从不同的角度，记录了自己与路遥交往的故事，留下了许多珍贵的鲜为人知的资料，还有不少生动、具体的细节，合起来，可以作为多人书写的路遥传记读。然而，这些文字又不是纯客观地书写，而是在路遥早逝后出于怀念，出于惋惜，或出于崇敬，出于爱戴的追忆性文字，故多带哀痛的情感色彩。这就是说，《路遥纪念集》为我们所提供的传记材料，是从多棱多面的心灵镜体上见出的，它在给予我们有关路遥本人的诸多传记性资料的同时，还提供了这个与他有过直接交往的特殊人群，特殊接受者对他为人和创作的评价。

读了《路遥纪念集》中这些满含真情，杂着泪痕的文字，一个活生生的，有血有肉的路遥，便站到了我们的面前。他的为人，像他的作品一样，给活着的人，给万千读者提供着人生的和艺术的启迪与哲思，而给我留下深刻印象，带来巨大冲击与震撼，促我向上，催我自强的，则是以下诸端：

其一，路遥的人生经历和创作生涯，悲剧性地印证了刘勰在《文心雕龙》中提出的那条残酷的规律："蚌病成珠"。即，好的文章，都是由作者所经历，所体验的苦难凝练升华而成。这条规律，在上世纪80年代初由被称为"文化昆仑"的钱钟书先生作了淋漓尽致的经典性发挥，为左祸弥天和十年"文革"浩劫后文学创作和复苏与繁荣，为理论批评对新起的伤痕文学和反思文学的阐释，提供了学理的支持与武装。自古欢娱之辞难工，路遥有一个苦难和饥寒的童年，青少年时代也坎坷多难。苦难给了他磨炼，铸造了他的性格，也成为他创作灵感和人生动力的最初的源泉。苦难给了他才名，也正是苦难结束了他的生命。

其二，作为生命的个体，作为人，路遥具有坚毅的性格和超乎常人的意志力。这种坚毅，一是源于他的故乡陕北黄土高原上艰苦的生存条件所形成的农民吃苦耐劳的传统；二是源于苦难生活的锤炼；三是源于他自己和他们那一代有知识的陕北农家子弟，走出贫困，走向富裕，走向现代文明，进入更高的人生境界，在更高的层次上实现自我的强烈愿望和理想；四是源于他所自觉到的对故乡，故乡人民，乃至对国家和民族所承担的责任。

其三，路遥具有开阔的视野，宏大的胸襟，是一位思想者。国运民瘼，五洲风云，都是他所关注的。他是在清晰的历史坐标上，把握自己的行动方略和笔下人物的命运的。平常每到一处，他首先如饥似渴寻找阅读的就是《参考消息》；对于国家大事、国际动态，大到形势，小到事件，他总能提出自己的分析与判断，乐此不疲。许多纪念文章都追忆了他在这方面的热情，细节与场景。不少朋友甚至认为，他具有许多可贵的政治家的气质与品格，只是天不作美，际遇不佳而已。不得政治人物的风云际会，未能立功于政坛，退而得其次，乃以立言而铸造生命的辉煌。史家讲才、学、识，路遥是有识的作家。以识统率才、学。这识，是指历史见识，而处于历史见识核心的，则是他的政治见识。这也是他为写作《平凡的世界》作准备，要把十多年间的报纸连日研究，进行排比，并做详细笔记的原因。他也因此在对历史脉搏与人物命运的走向的把握上高出许多同辈作家。

其四，路遥在他的创作实践中，始终不渝地坚守了经典现实主义的立场。几乎所有纪念文章都从不同角度记叙或印证了这一立场。他是农民的儿子，陕北那一块高天厚土的儿子。那里属秦之上郡，秦地民风尚实，传承久远。他视为导师和先辈，又是他的陕北老乡的柳青，就是上一世纪我国现实主义文学的大师、宗师，路遥在文脉上，可以说与他有着直接的承传关系。在我看来，陕西有一个以柳青的名字为标识的20世纪的文学现实主义风格流派。这个流派有鲜明的地域文化特色，有清晰的艺术传承，都对生活在周秦故地的农民的历史命运有浓得化解不开的牵系，有真实得让人战栗的历史描述。路遥和陈忠实则是这个流派在柳青身后最杰出的代表。柳青写了世纪中期四五十年代陕北的、和关中腹地农民的历史命运；路遥书写的则是世纪中后期陕北农民，特别是他们的子弟的历史命运；陈忠实却以更为开放的大文化的眼光，回叙了世纪前五十年白鹿原上农民的历史命运。这个流派的成就，可以反映上一世纪中国长篇小说创作所达到的最高水平。小说是假定的艺术，虚构的艺术，但却需要小说家绝对的真诚，路遥正是如此，他的现实主义的伟力，一在全身心真诚的、无保留地投入，二在对描写对象的尊重，笔下的人物、细节、语言、心理活动等，都是他亲见过、体验过、深思过的，都是曾有的实事的提炼，或会有的实情的合乎生活逻辑的演绎。他写了苦难，更写了奋进与坚持。他的现实主义是给人以理想、以希望、以力量的现实主义，有他自己在。

其五，路遥是极为罕见的文学事业的献身者、殉职者。他常引柳青"文学是愚人的事业"的名言勉励文学的爱好者，也以此自策、自励。不少纪念他的文章都很生动地谈到了这一点。他常劝一些文友，别把身体看得那么重，别太在乎自己的身体。他自己正是这样做的，他以"像牛一样劳作，像土地一样奉献"为座右铭。然而牛要吃草，要休息，土地也需要施肥，需要休耕。而他却不注意营养，不注意休息，饥一顿饱一顿，即使在《平凡的世界》写作最较劲的高强度的劳动中，人们也常看到他只是一手掐俩馒头，一手捏一根生葱，对付着塞饱肚子拉倒。长期地、超负荷地写作，严重透支和损毁了他的健康。知道患病之后，不仅没有休息、就医、调养，反而强化了写作劳动，加速了写作进程，说是要记取《创业史》没有写完的遗憾。然而《平凡的世界》，以及接着的《早晨从中午开始》，的确耗尽了他的生命。他是在登上文学的一个新的高地，赢得了胜利之后，像战士那样，手握着战旗倒下的。他是用生命铸造了自己的文学的辉煌，用牺牲完成了在人类文学事业的无限攀登中，世代接力中，属于自己的一棒。他的作品，他的人格，就是一面文学的战旗。

相信人们一定能从《路遥纪念集》的阅读中得到更多的启迪，人生的和艺术的。

三

我很欣赏路遥的同窗、同乡、朋友，也是《路遥文集》的责任编辑陈泽顺在《重读路遥》里对路遥所做的评价："超越了死亡，他改变了人生的结局。他从无中找到了有，在死亡中得到了生，在终结中找到了开始"。泽顺的文章，写于路遥离世的次年，距今也快十五年了。十五年来路遥作品的阅读史，有力地证明了他的判断。《平凡的世界》至今仍是青年大学生中最受欢迎，阅读范围最广的中国当代长篇小说，它已是出版社的畅销书，每年印刷，长印不衰。作家的生命，不以其存在的生理年龄为限。他的作品，就是他生命存在的方式，只要这作品还在流传，还在被万千读者所阅读，还在实现着与阅读者心灵的沟通与交流，他就仍然活着，仍然有着蓬勃的生命力，路遥正是这样。泽顺称路遥为"用生命点燃精神之火的人"。路遥不仅点燃了自己的精神之火，而且将这火遍传人间，使读他作品的人一起被点燃，特别是一代又一代的年轻读者。

路遥家乡人并没有忘记这个为他们争了光，让他们引以为自豪的儿子。叶广芩在《清涧路上》写到的那块立在公路侧旁非常显眼地镌刻了"路遥故里"四个遒劲大字的高碑，我是2002年返陕，随北京陕籍作家回乡团北上榆林时看到的。便与同车的王巨才谈起路遥的话题。巨才是陕北人，又长期在陕北，特别是延安做领导工作，后来调省上做宣传部部长，主管文教宣传和意识形态工作。一路上听他讲了许多路遥的故事，使我对于作品之外的路遥，有了较多的了解，知道了他的某些颇有特点的出身、行状和性格。自延安南下壶口时，又得以与曹谷溪同行，他被认为是路遥走上文学道路的启蒙老师，多年保持了与路遥在师友之间的关系。他与巨才，都是给过路遥帮助和支持的人。他也给我介绍了不少路遥青少年时代的遗闻逸事，谷溪的坦荡、爽直，给我留下了极深的印象。

路遥的母校延安大学，也是以他们培养的这颗文坛巨星而备感光荣。这本《路遥纪念集》编委会的主任申沛昌，就是当年力排众议把路遥招进延安大学的伯乐，如果不是他的慧眼，他的坚定，识路遥于草野之中，让路遥走进高等学府，接受科班的文学教育，那么路遥的人生就会是别样的。路遥的精神，是陕北黄土高原的文化精神，是延安精神，延安大学培育、熏陶、铸造出来的。延安大学把路遥的灵柩自三兆迁回学校东南侧的文汇山上安葬，就是一种象征。那是日出的方向，让路遥永远从那里眺望母校的校园。

去年清明节，我随中华文学基金会和一批陕籍文友，返回延安大学，为路遥在校园和文汇山上的花岗石雕像揭幕，并祭扫如仪。当时，我感受最深的就是：路遥仍然活着，活在延安大学，活在陕北，活在一代又一代青年学子的心里。他的性格，就是陕北人最可宝贵的性格，他的坚毅奋进，永不言输的形象，就是黄土高原的形象，就是本世纪正在重新崛起的中华民族的形象。

感谢本书的编者和出版杜责编给我这样的机会，使我有机会讲了以上的话，以寄托我的追念与哀思。

流派开山之作

——柳青《创业史》重印本序

柳青的《创业史》是上一世纪中国文学史上的名作。作者原计划写四部，由于种种原因，没有最终写完。第一部相对完整，初版于1960年。出版后，以其生活容量和艺术容量的厚重独特，引起了文艺界和广大读者的广泛关注，产生了深远的影响。第二部是未完成稿，只有不到三分之二的篇幅做过了修改加工。第三、第四部未曾动笔。因此，人们对《创业史》的评价，主要以第一部为对象，一般很少涉及第二部。

读《创业史》第一部时，我正在北京做研究生。我受到了巨大的心灵的震撼，书中人物的命运纠缠着我，使我陷入了沉思，一时兴感云屯，不能自已。在奔涌的思想浪涛的推拥下，我写成了《论〈创业史〉的艺术方法》，交《延河》发表。这是我的第一篇当代文艺批评文章，也是迄今延续四十五年的我的文艺批评生涯的起点。因此，当我提笔为新版《创业史》写序时，真是感触良多。

一

今年寒食节的那天，我与北京和陕西的一批文友们去为柳青扫墓，祭拜施仪，表达我们对这位前辈语言艺术大师的怀念与哀思。长安县的乡党要留言，我写了"三秦师表，一代文宗"八字。这八个字，大致能反映我对柳青为人为文，以及他为陕西和全国文学事业做贡献的评价。人有生死，但只要著作行世，他就永远活着。

《创业史》是柳青小说创作所达到的最高成就，也是他个人创作生涯的终结。正是这部作品，决定了上一世纪他在中国当代文学史上第一流作家的地位。当时的长篇小说，在文坛上有"三红'一创'"之说，"三红"

指《红岩》（罗广斌、杨益言著）、《红日》（吴强著）、《红旗谱》（梁斌著）；"一创"则指《创业史》。四部长篇，各有特色，各见短长，但综合看，《创业史》成就最高。因此，他不仅是陕西最有影响的作家，且也是全国最有影响的作家之一。

《创业史》是以50年代初期关中地区腹部农村的合作化为题材的作品。我国的农业合作化，由于指导思想上左的倾向长期居于主导地位、统治地位，而且愈往后愈严重，致使全国总人口80%以上的农民长期无法真正摆脱贫困，过上富裕的日子。再加上阶级斗争扩大化流毒甚广，造成了族群分裂，人人自危、相互戒备的局面。到了"文革"年代，更是农村凋敝，农业濒临崩溃的边缘，农民苦不堪言。党的十一届三中全会之后，农村广泛实行了联产承包责任制，把农民本应该有的生产经营的自主权，重新交还到农民手中，让农民重新掌握了自己的命运。

在结束了长达十年的"文革"活动之后，拨乱反正和思想解放的潮流中，中国的文化思想界开始了历史的反思。它以"反思文学"为最初的契机，遂拓展了反思的领域。如果20世纪80年代初形成高潮的反思文学，更多地侧重于从政治角度看问题的话，那么，延续到本世纪初的反思潮流，则已经是视野更广的文化反思了。

早在反思文学潮流中，就有相当数量的农村题材的作品从政治上揭示了左倾错误对人的心灵的残害和对人的命运的扭曲。进入学术文化领域的反思，表现在文学上则是写文学史，包括重写当代文学史的任务的提出与实践，还有对具体作家作品的重新评价。于是，以农业合作化为题材并且产生了巨大影响的《创业史》，自然而然地会进入当代理论批评家和文学史家文化反思的视野，成为学术反思的对象。

任何一个作家，包括那些光照千秋的大师和巨匠，都不可能超离他所生存的那个具体的历史环境所造成的局限。柳青当然也不例外。站在世纪之交人们所达到的认识高度，重新评价四十六年前柳青初次面世的《创业史》，给以历史的阐释，实事求是地评论其思想上和艺术上的成败得失，指出哪些地方是柳青的贡献与优长，哪些东西具有恒久的魅力与价值，但也不回避时代的和他个人的认识所带来的局限，这无论对于仍有兴趣阅读这部作品的读者，还是对于柳青的研究者，都是有意义的。

在《论〈创业史〉的艺术方法》一文里，我一字未提《创业史》所可能有的历史局限和思想局限，一则因为我在阅读中所体验的主要是审美的满足和思想的共鸣，而对素芳命运的分析，也多半是出于对姚文元的极左非难的不满与反驳；二则因为我当时只有二十岁刚出头的年纪，我的学历、阅历和思想水平都不足以支撑我具备哪怕是稍许超越柳青的眼光，何况那时柳青作为前辈作家，在我的心目中是很高、很大的；三则因为我在当时作为读者，与作者处于同一的社会环境下，作者不可能完全超越那个环境，而我所受到的环境的制约只会比他更大。因此，今天在文化反思的大的背景之下，重新审视《创业史》，进一步论定其价值与意义，同时也就包含了对我自己那篇文章的反思与补充。由于《创业史》处理的农村合作化运动题材的特殊性，以及作者对这一运动所持立场的确定性，就使我们在重新评价这部作品时不能不正视其历史的局限性，而且为了便于论证其价值和意义，我们不得不先从局限性说起。

那么，《创业史》的历史局限到底表现在哪些方面呢？出现这些局限性的原因在什么地方呢？我们今天应该如何客观地、实事求是地看待这些局限性呢？这些问题都是无法回避的。

《创业史》第一部的故事，始于1953年的春天，止于同年的冬天，满打满算也就一年光景。以蛤蟆滩的情况而论，还属于前合作化的互助组时期；正式合作建社，建立起以梁生宝为主任的带有示范性的灯塔农业生产合作社，则是第二部的内容。第一部虽未建社，但建社的政策准备、组织准备、宣传舆论准备都已做好。就是说，蛤蟆滩作为全国农业合作化大局中的小局，在柳青笔下，建社的事，已经是大势所趋，箭在弦上。但我们也看到，这场运动并非完全出于农民的自发自愿的要求，而是自上而下的路线和政策的贯彻。后来，农业合作化运动中的冒进更加严重了，到高级社，到人民公社，搞完脱离实际的"一大二公"，搞大食堂、搞大炼钢铁、搞"大跃进"，直到农业凋敝，民不聊生，灾祸频发。闹到70年代末，绵延差不多四分之一个世纪的左的农业路线和政策，才从根本上得到了纠正，这被称为对农民的第二次解放。历史的实践证实，左倾模式的农业合作化的那一套是错误的，行不通的。然而，这种错误在事情发生的当初，并没有被多数人认识到，作为当事人的农民认识不到，指导运动的领导人认识不到，做具体工作的干部认识不到，作家也认识不到。这就是历史的局限。可以说，当时以农业合作化作为题材并加以正面描写的作品，都无例外地存在着这方面的局限。有影响的长篇小说，除了《创业史》，还有赵树理的《三里湾》，周立波的《山乡巨变》等，都存在着这种并非完全出于个人原因的历史的局限。这当然是很带悲剧性的。

这是题材本身，或历史进程本身所带来的局限性。除此之外，当然还有作家本人的局限性。包括小说在内的文艺作品，都是作家创造的产物，即使以客观描绘见长的现实主义作家的作品，都并不就是客观现实本身。作家的立场、倾向，都会或隐或显地投射到作品中去。柳青是一位党员作家，从《种谷记》到《铜墙铁壁》，到《创业史》，他都是自觉地"站在党性和党的政策的立场"从事写作的。他从未隐晦自己的政治倾向性。对于他笔下的人物和事件，虽然他并不处处直接说出自己的倾向，但是通过细节，通过人物的心理活动，通过人物彼此关系的撞击与映衬，还是不难看出作者明确的爱恨褒贬的情感态度的。正因为作者的这种党性和党的政策的明确而坚定的立场，使他不可能对当时自上而下贯彻的左倾路线提出异议，他没有别的选择。本来，同一题材，如果秉持不同的态度，是可以达到不同的效果的。比如以今天人们所达到的认识水平去处理《创业史》的题材，做历史的、文化的反思，那就会是另外的样子了。事实上，在新时期以来，特别是90年代以后的不少反思性的农村题材的作品中，也都涉及柳青《创业史》描写的那个时段的农业合作化的历史。从他做主体来说，这些作品都多少克服了柳青当年难以避免的局限，然而，在艺术上和作品的总体价值上，是否就一定超过了或高于柳青的《创业史》，其实是很难说的。因为艺术创作，特别是如柳青《创业史》这样的以现实主义为主要特色的作品，其意义和价值的论定，是非常复杂的，必须进行细致的分析与评估。

二

尽管《创业史》存在着题材本身所必然带来的历史局限和作家本人政治立场、政治倾向的局限，但是因为柳青在创作原则上忠实地贯彻了现实主义的创作方法，就使他在艺术图卷的展示上坚持了从生活出发而不是从既定的理念出发、从政策条文出发的相对客观的立场。这当然在某些重要的地方，会形成与他的政治立场和政治倾向的矛盾，而正是由于这些矛盾的存在，就使得《创业史》即便从今天的眼光看来，也仍然有其认识的价值。

为了能够更好地深入生活，了解农民，柳青把家安在西安南郊长安县的皇甫村。他不仅在县上兼了一定的领导职务，而且把自己简直变成了农民中的一员，与他们同甘苦，共忧乐。因此，他对农民有了很深的感情。他了解他们，了解他们的利益，他们不同的行为方式，他关心他们的命运，包括他们的心里隐曲。因为他描写的是他所熟悉的生活，而不是无中生有的杜撰，因此，尽管他的政治立场和政治倾向存在着历史的局限，但由于提供的是生动的、具体的生活场景，是由许多细节与形象组成的艺术画面，从而具备了一定的认识价值，使得我们能够抛开作者的政治倾向，换一个角度作出我们的分析，得出我们自己的结论。

我们在前面说了，《创业史》涉及的是前合作化时期的农村生活。土地改革完成了，蛤蟆滩的庄稼人都在谋划着奔向各自的富裕，原先的富裕户想更富裕，分田户由于劳动力多少的不同，经营能力和经营智慧的差异，家底厚薄和是否遇到灾病等的不同，出现了最初的分化。为了解决困难户、缺劳力户耕作和口粮问题，蛤蟆滩富裕的庄稼人和不富裕乃至贫穷的庄稼人，态度各不相同，但是硬任务不能含糊，于是便有了错综复杂的矛盾与斗争。应该说，柳青真实地提供了当时农村生活的情景：领导怎么样想，贯彻了怎样的政策，庄稼人怎么想，作家怎样想，大家各自处于怎样的生活状态，都是清楚的。如果今天来写当时的蛤蟆滩，人们在价值判断和选择上，可能会与柳青在《创业史》中所提供的画面，有所区别。

但从根本上说，并不能证明柳青作为参与者、过来人所描写的生活图景及其细节就是不真实的，没有价值的。其实，就是作品中的左的政治扭转和左的政治倾向，也何尝不是当时确实存在的真实状况。即使当我们的认识有了新的提高，当我们的价值标准发生了变化，《创业史》所提供的现实主义的画卷，仍然具有历史的、文化的和社会学的价值与意义。

我所说的《创业史》至今仍具有的认识价值，一方面固然是柳青以现实主义为主的艺术创作方法必然会产生的追求。关于史诗效果的追求，我当年在拙文《论〈创业史〉的艺术方法》中已有比较详尽的发挥，不再赘述。关于史的真实，我倒想稍作补充。在中国传统文化中，一向重史文，史家更看重秉笔直书的品格，不为尊者、贤者、亲者讳，亦不以史家本人的好恶而枉史。柳青固然有本人的不加隐讳的好恶，但他既然追求史的品格，以史自命，以史笔自许，他就会遵从史家的书写原则，崇尚真实。何况他所贯彻的现实主义方法，其核心精神就是按生活的本来样子反映生活。按照柳青的最初设想，他是要用四部《创业史》记录一个阶段中国农民创业的历史行程的，同时也记录他们的心路历程。然而，在他生存的年代，特别是他在"文革"年代所经历的家破人亡的苦难中，他根本不可能最终完成这样的宏愿。他不甘心半途而废，却又不得不半途而废。

不过值得庆幸的是，《创业史》第一部只写了一年，而第二部也才写到过年的开春，灯塔农业生产合作社刚刚建立。左的政策指导思想虽说趋势已成，但毕竟蛤蟆滩还没有发展到黑云压城城欲摧的程度，这也是柳青能够对他笔下的人物做心理上、性格上较为细致地展开的原因。而正是这种展开，才使《创业史》仍然不失为一部具有认识价值和恒久的艺术价值的重要作品。

关于《创业史》的认识价值，我想可以概括为这样几点：一、当时的农业合作化运动并非完全出于农业经济发展本身的需要，它是上级的决定，是根据上面的政策，通过党和各级农村政权向下贯彻的；二、蛤蟆滩有相当多的人不愿搞合作社，富农姚士杰反对合作化自不必说，富裕中农郭世富、郭二老汉一家、梁大老汉和他的儿子梁生禄一家都不乐意入社，代表主任郭振山不愿入社，就是梁生宝的老爹梁三老汉，最初也是一千个、一万个不情愿入社，再加上本身根本说不上多么富裕的孙水嘴，在蛤蟆滩自觉自愿跟着梁生宝去闹合作化的人，实际上是少数；三、土地改革时蛤蟆滩无地、少地的庄稼人刚把土地从杨大剥皮、吕二细鬼手里分回来，兴奋劲还没有过去，做庄稼院主人的梦还没有醒来，甚至土地所有证揣在怀里还没有暖热，土地就又要入社，牲口也要合槽，他们当然不情愿。这实际上是一次在农业合作化、集体化的政策下对劳动农民的一次新的剥夺，不仅是农民的自主经营权，而且他们的所有权、他们对自己劳动成果的支配权，都剥夺了。后来中国农村的历史发展，证明了农民成了真正意义上的无产者，证明了这种剥夺会造成多么严重的灾难性后果。在《创业史》中，无论柳青的初衷如何，倾向如何，他都向我们提示了这一剥夺过程在最初阶段对劳动农民的伤害，活现了他们心灵痛苦的历程。这是被作者的政治倾向遮蔽了的另一面，它也是史，而且是存在着的悲情的历史。

三

从正面谈，《创业史》也确实突出了蕴藏在中国农民心灵深处的极其顽强的创业意识和创业精神，这是一种伟大的民族文化精神。勤劳、节俭、强韧，百折不挠，锲而不舍，开拓进取，失败了重来，跌倒了重新站起的奔向富裕的劲头，就是这种精神的内涵。在《创业史》的题叙里，即在全书的序章里，柳青以极简括的笔墨，极高的概括力，突出地强调了这种精神。

梁三的爷爷在他小的时候用担笼把他挑到蛤蟆滩来，他的爹，靠了自己累死累活的劳动，在他们落脚的地方，居然盖起了三间瓦房的正屋，还给梁三娶了媳妇，抱着希望儿子以此为起步，创立更大家业的心愿告别了人间，老爹是使尽了最后一点力气离开的。但梁三命运不济，接连死了两头牛，连媳妇也得产后风甩手而去。他的创业美梦不仅没有做成，而且连他爹留下的三间瓦屋也拆掉卖了，剩下光棍一条。虽说家败人亡，但梁三也仅仅是把他创业的念头撂在了心底。一旦在1929年年馑的逃荒的饥民中，把宝娃母子领回农村，他的从父辈那里承继下来的创业的希望又复生了，他的脸上露出"自负的笑容"。这笑容无异于明明白白地向人们宣布："当成我梁三这一辈子就算完了吗？我还要创家立业哩！"然而，十年过去了，倔强得脖子铁硬的梁三已经五十开外年纪，项背上被扁担压出了死肉疙瘩，腰也累弯了，家业仍然没有创起来。又一个十年，梁生宝开始长大成人，他从继父梁三老汉手里接过创家立业的接力棒，以比其父大百倍的劲头和魄力，开始了梁家第三轮的创业历程。他竟然花五块钢洋的工钱买了吕老二的黄牛犊，这个决定甚至让梁三老汉惊得目瞪口呆，很是反对了一气。小牛养成了大牛，生宝一次从吕老二那里租来了十八亩稻地。虽然父子二人和全家人辛苦一年所剩无几，但是这并未让生宝气馁，他相信苦几年一定会好起来。然而，祸从天降，生宝被拉了壮丁。梁三老汉为了赎人，卖掉了大黄牛，退还了十八亩租来的稻田。为了躲避抓丁，生宝逃进了终南山，靠下苦打工挣点钱捎回家，以维持一家人半饥半饱的生活。梁家的创业奋斗，再一次失败。

虽然梁家人从此谁也不再提创业的事了，但火种仍深埋在梁家父子两代人的心里。全国解放，土地改革，翻了身，分了田，梁三老汉怎么也不敢相信这是真的。于是创业的梦想，奔向富裕的梦想，做"三亩地，瓦房院的长者"的梦想，比以往任何时候都要强烈得多地在梁三老汉的心里燃烧起来。他老了，但他希望儿子梁生宝去实现这个梁家世代的梦想。然而，梁生宝入了党，变成了党的人，他要按照党的政策和路线，用农业合作化、集体化的办法，去实现另一种形态的创业。父子二人想不到一处，用柳青写在题叙末尾的话来讲："于是梁三老汉草棚院里的矛盾和统一，与下堡乡第五村（即蛤蟆滩）的矛盾和统一，在社会主义革命的头几年里纠缠在一起，就构成了这部'生活故事'的内容。"

在题叙里，实写的只是梁家三代的创业经历，但实际上它有非常深刻的意义，它象征了中国劳动人民千百年来的创业经历和心路历程。按照柳青的本意，梁三老汉为代表的单门独户的创业之路是走不通的，只能满腔热情地寄希望于以梁生宝为代表的一代新人。然而，梁生宝所代表的那种模式的以"一大二公"的人民公社为其最完备的表现形态的创业道路，被实践证明是错误的，中国农民为此付出了沉痛的代价。悲剧在于作家本人把他的同情给予了注定会失败的方面。但，创业的精神是永存的，有价值的。今天看来，无论是在梁三老汉的庄稼院，还是在蛤蟆滩，所谓"矛盾"，其实都是方法和道路层面的；而"统一"，则在这种顽强的、生生不息的，甚至不为接连几代人的失败所泯没的奔向幸福与富裕的创业精神。柳青发现了它，艺术地开掘了它，凸显和高举了它，这是《创业史》的贡献。这是我们民族繁衍生息，生生不灭，绵延五千余年的法宝。如今，国家富强，民族振兴，尤其需要这种精神。我们说，《创业史》具有恒久的价值，这也是重要的根据之一。

顽强地奔向富裕的创业精神，不仅在梁家草棚院里几代人的身上有体现，而且在蛤蟆滩的其他人物身上也有体现。在柳青的笔下，姚世杰为富不仁，扮演着反派人物的角色，他家的富裕是暴富，是发了一笔横财的结果，我们姑置勿论。其他的富裕中农郭世富、梁生禄父子、郭振山兄弟、郭二老汉一家，也包括跟上梁生宝闹事的高增福、小欢喜等，也都以不同方式表现出这种精神。这是推动人物行动并作出这样或那样选择的内在根据与动力。

历来评论家和研究家的看法，多以梁三老汉为《创业史》写得最成功的人物形象，我以前虽然没有明确这样讲过，但心里也持这种看法。为写这篇序言，重读《创业史》，更加坚定了我们的这种看法。与梁三老汉相比，梁生宝的形象，并不十分成功，尽管作者花在他身上的笔墨，远比梁三老汉多得多。

题叙结束，梁三老汉的形象，也就基本上立了起来。他善良、好心眼，又有些倔强。他朴实、热爱土地，愿意通过自己诚实的劳作，使自己的家道兴旺起来，有自己的耕地，自己的耕畜，自己的瓦房院。他古板、正直，爱自己的家，疼孩子。但他也有农民的源于小农经济的狭隘眼界，有其性格的弱点。作者通过他与其他人物的关系，通过深入而细微的心理描绘，立体地，而不是平面地展现出这个人物独特的性格特点。而且在以后的《创业史》故事的展开和情节的发展中，梁三老汉都是按照自己的性格逻辑行动着，发表着这样那样的看法，表示着自己的态度。他不无讥讽地称自己的儿子为"梁伟人"、"梁老爷";对于徐寡妇的女儿改霞很看不上眼,不仅反对儿子和她好,甚至也不让女儿秀兰和她扯拉,原因仅仅是因为改霞反对包办婚姻退了婚;在郭世富盖房上梁的热闹场合,许多人物都从他眼中见出:如姚世杰、郭世富、孙水嘴、郭振山、郭二老汉等,观察和交流,形成了他与这些人物的一种双向的互动,使梁三老汉可爱的性格更加突出,更加鲜明。

应该说,在题叙的后半部,梁生宝的性格还是很写出了一些特色,但是在进入正文以后,除了到郭县买稻种的一些细节,如节约、舍不得买饭,只要人家面汤喝,抖开纸包拿钱等能给人留下较深印象外,其他描写,都很一般。作者是用写英雄人物的规格,把梁生宝放在最主要的主人公的地位上落墨的。然而,用力越大,越写得不鲜活,甚至不无概念化的毛病。当时,北京大学的严家炎写文章肯定了梁三老汉的形象的成功,指出了梁生宝形象的不成功,惹得柳青异常生气,专门写了文章反驳了严家炎,为自己辩护。事过四十多年后,重新看这场争论,实事求是讲,严家炎是对的。但柳青为自己辩护是可以理解的。因为当时文坛上左风甚炽,正在批提倡写"不好不坏,亦好亦坏,中不溜儿的芸芸众生"的所谓"中间人物论",而写英雄人物,则被作为政治问题来看待。梁三老汉恰好属于"中间人物"。作家把中间人物写得很成功,英雄人物却写得黯然失色,这并非无关紧要。所以柳青拍案而起,厉声抗争。其实,如果在正常的文化环境下,一个读者,哪怕是如严家炎这样的专家读者,说你作品中的一个形象好得不得了,另一个形象则不怎么样,他不喜欢,你完全可以平静对待,也可以一笑置之,悉听尊便,自己根本用不着发那么大的火。当然,在我看来,在梁生宝形象的塑造上柳青还是下了很大工夫的,在梁生宝身上也有许多在今天看来仍然很可贵的品格,如节俭、勤劳,公而忘私,也包括他敢于开拓进取的顽强创业上的必然成功。

四

柳青《创业史》在艺术上的最大成功,在于他为我们提供了一个丰富多彩、性格特点突出、鲜明的人物画廊。与人物性格的成功塑造同时，作家也为后来者提供了非常可贵的现实主义人物描写经验。

读完作品，闭上眼睛，你就会看到梁三老汉、郭世富、郭振山、改霞、素芳、王二杠、高增宝、栓栓、欢喜、任老四、姚士杰、孙水嘴等形象在自己眼前一个个活起来。

我在《论〈创业史〉的艺术方法》里，重点分析了素芳的形象，还有与素芳相关的王二杠等。我对素芳命运的预断，很得柳青生前的首肯，他向许多访问他的人推荐过这篇文章。而我在60年代初，第一次在西安人民大厦拜见他，并且见到了他后来在"文革"中因为不堪凌辱而投井自杀的夫人，就是在他看了我的这篇文章之后，我们有了共同的话题。在本文的前一部分，我们又比照地谈了梁三老汉的形象和梁生宝的形象。除了这些形象，《创业史》中，可以拿来分析的形象还有一些，但我不想面面俱到地对每一个形象都拿来评说一通，那会吃力不讨好。我只想作为举例，稍稍深入地分析一下郭振山形象和徐改霞的形象，并且对这两个人物的典型意义提出自己的看法。

郭振山是《创业史》中性格比较复杂的人物，作者对他的态度也是很矛盾的。按照阶级成分，郭振山在解放前应该属于贫农。在土改中，他是蛤蟆滩的领袖人物，红脸膛，络腮胡，个头高大，嗓音洪亮，他一声大吼，就会吓得杨家、吕家的地主两腿发抖屁滚尿流。早在解放以前，他就是蛤蟆滩唯一敢于和身体强壮而又心眼狠毒的姚士杰相互扯着领口打架斗狠的人。土改后，姚士杰对于郭振山更是惧怕三分，见面躲着走，虽然心里并不服。由于土改中的突出表现，他在村里有很高的威望。郭振山早在1949年就入了党。梁生宝出道之前，他是代表主任。用梁三老汉的话说，梁生宝也是被郭振山"拉进党里头"的。郭振山脑子好，记忆力强，能说会道，会算计。解放前，因为家大口多，他还卖过瓦盆，走街串乡，赚点钱贴补家用。他能说得本不打算买他瓦盆的妇女们回家拿钱买他瓦盆，而且会心悦诚服地认为只有这一天在这里买了他的瓦盆最合算。

当郭振山"拉"梁生宝进党的时候，他和生宝的关系，是带有师徒性质的。但后来生宝受到重用，他则多少被冷落，他心里不服。虽然二人不曾当面鼓对面锣地冲突，但那关系已经带有竞争的性质，他在政治上明显地处于劣势。按照当时在合作化问题上的路线，而郭振山则是农村自发的资本主义倾向在党内的代表人物。他在村里合作化的问题上，代表的是那种畏首畏尾，前怕狼，后怕虎的小脚女人式的落后保守的右倾路线。他的上级领导这样看他，作者柳青也这样派定他的角色。在郭振山的形象的塑造上，最能见出柳青本人在落墨时多少有些游移不定的矛盾心态，能够见出他必须持有政治态度与现实主义艺术方法，与生活本身的逻辑冲突。柳青是忠实于生活本身的逻辑的，也没有最终违背由生活所决定的人物性格的逻辑。这就使郭振山这个人物的客观意义远大于作者的主观意图，用卢卡奇的理论来说，就是现实主义的方法往往能够修正作家世界观上的偏颇，在郭振山这个艺术形象的客观意义中，我们再次看到了一则"现实主义胜利"的艺术实证。郭振山有能耐、有魄力、有智慧、会算计，是庄稼人里的能人。他是共产党政权的获益者，入党、当干部、分田地，属于土改以后先富起来的那一部分人。靠了自己的能力和谋划，加上他和弟弟的勤劳，舍得力，下得苦，他买了地，在窑场入过股（后来由于怕党内批判而改入股为购买），而且买了价钱适合的木料，要跟在门中叔父富裕中农郭世富的后面盖房了。他的理想是在土改以后过几天庄稼人自由竞争的好日子。柳青没有点明，但实际上郭振山的近期目标他是打心底里佩服的。他想走的路，想过的日子与郭振山倒是更接近些。郭振山与梁生宝，即与他的上级领导的不同，并不在于要不要创业致富，要不要有开拓进取的创业精神，而在于要通过什么方式去创业，去奔向幸福。正确的做法，不是通过那种合作化的方法，先把郭世富、郭庆喜、梁生禄、郭振山的水平硬拉到高增福、任老四的水平，而是要把高增福、任老四们的水平，提高到郭世富、郭振山的水平。这就必须让一部分人如郭振山、梁三老汉等先富起来，在不降低他们的生活水平的前提下，带动贫困户最终走向共同富裕。把高的生活水平，强行与贫困户拉扯平，实际上就是对并非靠剥削致富的人们的剥夺，靠这种办法去达到共同富裕，只能是缘木求鱼，南辕北辙，其结果是大家一起穷，谁也别想冒尖。在按领导意图和脱离实际的政策指导下实行的梁生宝式的"合作"，是几十年间中国农村贫困，农业生产落后的最主要的原因。

党的十一届三中全会以后，纠正了绵延二十余年的左的农业政策，实行了以联产承包责任制为主的新的农业政策，而且承包权和土地使用权三十年不变，这其实就是与梁生宝们不同的郭振山和梁三老汉们在50年代初就希望的。

还应该提到的是，郭振山有远较梁生宝以及乡党支部书记卢明昌等开阔得多的文化眼光。他利用自己掌权的有利地位，让村里有钱的人出资办了学校，生宝的妹子秀兰和徐寡妇的女儿改霞就是到这所小学上学的年龄大的女子。他认为，庄稼人必须有文化。他不仅把改霞从封闭的徐寡妇的家里引出来，让她参加农村工作，参加青年团，而且劝她去上学，帮助她解除了包办的封建婚约；在她因年龄偏大而想退学时，也是他劝她坚持下去。从一定意义上我们甚至可以称他为改霞的教父。

改霞是柳青特别偏爱的一个人物。她接受了郭振山对她的人生指导，无论碰到什么难事，她都愿意找这位代表主任去商量、讨论。郭振山一心想要她多学点文化，鼓励她走出农村，进城去做纱厂的女工或其他工作。郭振山与她的关系是纯洁的，看不出来，也分析不出来有什么私心和邪念。他委婉地表示了不赞成她与梁生宝好。他不赞成她围着锅台转，结婚、生孩子，了此一生。他开导改霞，外面的世界大得很，国家要建设，正在用人，勉励改霞也应该有男人一样的志气，出去干，闯世界。

但改霞解除婚约后因为工作等原因，和梁生宝接触多，她深爱着这个朴实、厚道而又性格耿直的年轻人。生宝可怜的童养媳死后，改霞完全可以和他相爱。于是改霞在教父郭振山要她进城工作和她对梁生宝的爱之间艰难地摇摆着、矛盾着，因为如果与相爱的生宝确定关系，她就得留在农村。她面临着两难的人生道路的选择。尽管，改霞离开蛤蟆滩是牵肠挂肚的，但平心而论，郭振山要她走的路，对她来说，是唯一正确的路，如果与梁生宝成家，她就很难不重复向来农村妇女的共同命运。

改霞是一位美丽、纯真的姑娘，柳青在《创业史》第一部很想把她作为女主人公来写。但是，她不可能成为梁生宝的妻室，柳青只能让她这只出生在蛤蟆滩的金凤凰飞到更广阔的天地中去。改霞终于在郭振山的支持下进了城，这是她唯一正确的选择。

四五十年后的今天，中国出现了成千上万的农民进城务工的历史潮流。这股潮流不仅改变着农村的面貌，促进着农民社会身份的变化，而且成为国家发展的动力。当年的郭振山是最早感受到这一历史趋势的农民，假若他活在今天，就会成为一个出色的农民企业家。可惜他生不逢时。连柳青，也只能把他放在合作化的对面来安置，让他扮演委屈他的不光彩的角色，他一定会对左的一套奉行阳奉阴违策略，而在改革开放之后大展宏图。那他就很可能成为蛤蟆滩和关中渭河平原上的吴仁宝式人物也说不定。我想，这是我这次重读《创业史》的最大发现之一。但我的发现不是凭空的，想当然的。感谢柳青为我们留下了郭振山这样复杂的人物形象，使我能作出他始料未及的这种发现与分析。

本来，我还想就地域文化和语言，特别是关中方言提升为文学语言的问题也谈谈柳青在《创业史》中的贡献。但是，篇幅所限，只好割爱。

柳青对陕西的后辈作家的影响是巨大的，从茅盾文学奖得主路遥的《平凡的世界》和陈忠实的《白鹿原》里，都不难发现这种影响的痕迹。而他们对柳青的学习，也都是自觉的。我以为，三秦故地已经存在着一个以柳青、路遥、陈忠实为代表的、地域文化特色鲜明的现实主义文学流派。这个流派有大致相近的文学理念和审美追求，然而又有各自成熟的个人风格，互不雷同。后继者对先行者有所承续，又能在先行者止步的地方向更高处攀升，因而生气磅礴。柳青无疑是这个文学流派当之无愧的开山者。他既是这个流派的奠基者，开宗立派者，更是为这个流派提供文学理念、美学取向的思想者和成功的实践者，那实践的结晶便是摆在读者眼前的《创业史》。这个诞生于三秦故地的文学流派，由柳青、路遥、陈忠实三根巨柱支撑着，若典丽厚重的古鼎。它的成就能够反映上一世纪中国小说创作所达到的最高水平，至今国内还没有任何一地域小说流派的综合实力能够超越它。

流派承续，文脉不断，后继有人。柳青仍然活着，《创业史》不会被遗忘。

情欲和子嗣

——从莫泊桑的《一个女雇工的故事》想到的

"饮食男女,人之大欲存焉。"这是中国人的一条古训,也有说:"饮食男女,人之常情"的,意思差不多。"饮食",要解决的是个体生命得以存活,得以保持正常运行的能源供应问题;"男女",要解决的则是子嗣问题,传宗接代问题,即族类的再生产问题。它们都涉及人的基本欲望:饮食涉及的是食欲,男女涉及的是情欲。人要生存,要发展,就不可能没有这些本能的要求和欲望。它们也是现在正被我们这个星球上的各色人等喊得震天响的人性、人权之类口号的题中应有之义。初刊于1881年莫泊桑的《一个女雇工的故事》,无疑是一篇可以从不同角度解读的力作。作品中精雕细刻的客观描写和丰富而又传神的细节,为读者提供了一帧极其真实的上一世纪下半叶法国乡村生活的风情画卷;它又是立体的,甚至多少带有那么一点原生形态的特点,所以立场不同,经历不同,阅读情境不同的读者,便有可能产生不同的联想,或取不同的视角,获得不同的领悟。比如,阶级论者可以从中看出农庄主人对女雇工的残酷压迫与剥削,而长工雅克对萝丝的"始乱终弃"根本不是作为农村无产者的雇农本来会有的负责态度,倒是很有几分流氓无产者的味道;女权论者可以对女主人公软弱与妥协"哀其不幸,怒其不争",抗议男人们的强暴、自私和不负责任;弗洛伊德论者则不妨对里面的三个主要人物分别作出不同的性心理分析,等等。

不过,我感兴趣的却主要是情欲和子嗣问题。就情欲问题而言,可能与人性论者,与弗洛伊德论者为邻,乃至交叉;就子嗣问题而言,则可能更复杂一些。情欲在这个作品中是人物命运和故事情节向前发展的重要动力之一。作家从萝丝的春心萌动写起,引出了她和长工雅克的一段没有到头的恋情。两个人都是在情欲的驱动下而接近、而相爱、而幽会的。农庄主和萝丝结婚，也同样是受着情欲的驱动，这从他强暴地占有萝丝的那个晚上，看得尤为明显。

在莫泊桑看来，情欲本身并不就是一种罪恶、而是人性的一部分。人性有其自然属性的一面，更有其社会属性的一面。但莫泊桑没有作这种科学的区分，他似乎更注意人物情欲的自然属性的一面。用鸡群的交配暗喻少女的怀春，便是明证。不过，对于情欲驱使下的人物的行为及其后果，作家最终还是充分地写出了它们的社会属性和社会意义。

萝丝由于情欲的驱动而春心荡漾，继而感到体内某种东西的苏醒。但是她对雅克纯粹的生物性情欲需求却采取了坚拒的态度，打得这个迫不及待的家伙口鼻流血。她要保卫自己少女的尊严和纯洁，不允许别人随便加以亵渎。只这一打，便把情欲提升到了爱情的档次。在这里，起作用的是人物在道德上的自律。如果说情欲的最初萌动很难排除生物的生理因素，那么道德的自律则显然是社会行为的规范在起作用了。这就有了社会意义。后来她和雅克相爱了。这在她，至少是真诚的、毫无保留的。她怀孕了，雅克怕负责任弃她而去，杳无音讯。而她，仍在痴心地、痛苦地期待着，于是便形成一种人格上的反差与对照。这一点也不是仅仅靠情欲的生物属性能够说得清楚的。对于萝丝的命运，莫泊桑无疑是充满同情的。而这种同情的出发点，也主要是社会的。据说，屠格涅夫很喜欢莫泊桑的这篇作品，特意推荐给托尔斯泰看。但托尔斯泰看后却大不以为然，说是"由于作者对事物的不正确的态度尤其不喜欢它。作者很明显的把他所描写的劳动人民看成为仅仅是畜类，超不出性爱和母爱"。他还得出结论说："不了解劳动人民的生活和利益，以及把他们看作只是受肉欲、恶、自私所驱使的半人半畜的人物，这是大多数法国最新作家，包括莫泊桑在内的主要缺点之一。"作为托尔斯泰主义的奠基人，他是道德上的自我完善的狂热的鼓吹者。他很重视艺术作品的纯净的道德感。在这一方面，他也确实比莫泊桑更见优雅，更注意画面的干净。但是他的指责也不无偏颇。不错，莫泊桑在这篇作品中的确写到了情欲，写到了情欲生物性的层面；写到了人的本能的生理要求。但在总体上他所提供给读者的还是一幅社会人生的历史图景。说他的描写是"发乎情，止乎礼仪"，也许评价高了些，但无论如何应该承认他还是有所节制的，说不上有什么过于污秽的笔墨。

情欲是人性的一部分，作为本能，它也推动和影响着人的行为。以写人和人的心理为主的文学作品，不可能回避它，无视它，不写情欲，就不可能写出完整的人生。但情欲多半属于非理性的领域，属于本能的领域，是人性中带有一定盲目性和黑暗性的机制。在人的生命活动中，它受着理性的约束与制衡，否则，就会出乱子。在艺术创作中也一样，情欲描写既不可以没有节制，更不可以放纵。就是说，也不能没有理性的长堤与轨道。这种长堤与轨道主要是指，一切艺术描写都应该有益于世道人心，而不是相反，这既是操觚者的一条职业道德原则，也是一条必须遵循的美学原则。破坏了它，不仅有损于作家自己的人格，而且必然会破坏作品本来应该有的善和美。

从这一点上看，托尔斯泰对莫泊桑的批评尽管不无过分之处，但作为一种提醒，却是有价值的，必要的。时下，中国文坛上确有了些作者，出于种种非文学的考虑，甚至仅仅为了赚几个钱，而去迎合读者的低级趣味。他们在情欲的描写上不加节制，或"撒胡椒粉"，不论有无必要，都要来那么一段；或搞噱头，吊胃口，以广招徕；更有甚者，则等而下之，时涉淫秽。这是一种媚俗的恶劣倾向，有害于世道人心，有背于艺术的崇高使命，不是人性开掘和情欲描写的正道。对于这些作者，倒是得用托尔斯泰的话加以提醒。

萝丝生下了她和雅克的孩子，这是他们那一段恋情的后果。因为没有正式的婚姻关系，孩子是不合法的，属于私生子。这给做了母亲的萝丝带来极大的困难，她既爱自己的儿子，又迫于舆论，迫于周围环境可能产生的压力，而不敢公开承认这个儿子。她的母爱，正是在这样的艰难条件下强烈地表现出来的。这种母爱在她身上尽管有其特殊的表现形态，但实在是一种共同的人性。人类正因为有了这种爱，或首先因为有了这种爱，才得以一代一代地繁衍下来。萝丝的母爱当然也包含了子嗣问题，但却远不像后来成了她丈夫的农庄主那么自觉，思路也很不同。

农庄主是有产者，他对子嗣问题的考虑，除了人性之常以外，还有非常现实的利害权衡，即他所拥有的财产的继承问题。他娶萝丝为妻，是续弦，很像中国人的丫环收房。倘若不是因为他的性无能而无法生子，即使法国人的贞操节烈观念不像中国人那么强烈，萝丝也会因为她和雅克的那个名不正言不顺的私生子而遇到极大的麻烦。莫泊桑总算给他笔下的人物设想了一个大团圆的结局，这是他的好心，当然也很可能是他的局限。

理想、英雄、操守和胸襟

——"未成年人思想道德建设文学读本"丛书出版感言

文学在青少年思想道德建设中是起着伟大的、不可低估的作用的。人民文学出版社、中国青年出版社和解放军出版社联手编辑出版"未成年人思想道德建设文学读本"丛书，选收了半个多世纪以来在几代人中产生了巨大影响，流传范围极广的十三部作品，介绍给今天的青少年读者和他们的师长。从这些作品我想到了几个"关键词"：理想、英雄、操守、胸襟。

人是需要有点理想的。收在《革命烈士诗抄》里夏明翰的《就义诗》"砍头不要紧，只要主义真。杀了夏明翰，还有后来人"里的"主义"，就是社会的和政治的理想。前仆后继，奋斗牺牲，在刑场、沙场流尽最后一滴血的烈士们，都是自觉地为理想献身的。在今天，当我们进行新的思想道德建设时，仍然需要这套丛书中辉映着的理想光辉。

这套丛书中鼓荡着非常可贵的革命英雄主义的精神。无论是"铁肩担道义，妙手著文章"的李大钊；还是清贫自守、力而行之的方志敏；还有许多共产党人都是英雄。正是有这些人做脊梁，中国的革命才从星星之火，发展为燎原之势。今天我们的国家和民族正经历着新的崛起，机遇和挑战并存，我们需要新时代的脊梁和英雄。

中国人是讲道德、重操守的民族。历史上不乏杀身成仁、舍生取义、舍身求法、拼命硬干的义士仁人。刘少奇在《论共产党员的修养》中引用了孟夫子"富贵不能淫，贫贱不能移，威武不能屈"的话来倡导共产党人的操守。在《星火燎原》《革命烈士诗抄》里，都无不表现了这种操守。它是中华民族传统美德在那一代共产党人身上的辉煌表现。英雄人物是个人操守的楷模，他们的操守主要表现为对理想的坚持，在任何情况下，都决不放弃原则，不苟且偷生。在当今复杂的社会环境里，坚持个人操守、洁身自好，其实是非常难的。

胸襟是指开阔的眼界，宏大的文化视野，不凡的见识。司马迁所说的"究天人之际，通古今之变，成一家之言"，表现的既是一种胸襟，更是一种史家的史识。自古文风连着国运。中华民族是伟大的民族，中国是伟大的国家，并且越来越富强昌盛，我们的人民应当有大国的襟怀，我们的文学应该有大国气象。从个人的道德建设上来看，胸襟又是和理想、操守联系在一起的。这套丛书的作者或主人公，大都表现了一种博大的襟怀。

"未成年人思想道德建设文学读本"十三种：《可爱的中国》、《谁是最可爱的人》、《星火燎原》（选本）、《红旗飘飘》（选本）、《革命烈士诗抄》、《林海雪原》、《红岩》、《雷锋的故事》、《轮椅上的梦》、《中国姑娘》、《钢铁是怎样炼成的》、《我的大学》、《绞刑架下的报告》。

◎

辑五

我和骊山老君庙

　　记得小时候在县城念小学，到小操场做早操或上体育课，抬起头来南望城外高耸的骊山，第一眼看到的就是山头上的老君庙。但这必须是在晴天；雨雪天，山上云遮雾罩，便什么也看不见了。

　　那是上一世纪的40年代初，县政府所在的地方，即县治所在，叫骊山镇。我们的学校叫"骊山第一中正国民小学"，简称"骊一校"。但县城的人并不这样叫，而叫书院门小学，以与小东门外当时叫做中正中学的县中相区别。

　　从我们学校上老君庙，有三条路好走。一条是，从学校出来，过县法院，上一个黄土慢坡，出小东门，沿寺沟西侧的"鸡踏架"攀爬上去。这条路非常险峻，之所以叫"鸡踏架"，就是因为从石瓮寺沟底，西上老君庙，走的几乎全是危岩峭壁，小径逼仄曲折，须手足并用，稍有疏失，滚沟下去，就小命难保了。所以，学校的老师和家里的大人，都告诫娃们，不要走这条路上山，太危险了。事实上，即使成年人，也少有走这里上老君庙的。因为鸡有翅膀，踏架有闪失，飞下来什么事也没有；人不一样，不会飞，踏不上架，事就大了。反正在我的记忆里，没有任何一次上老君庙是走鸡踏架。倒是从另外的路上去，出于小娃们的好奇，也不无男娃的冒险冲动，从这里有惊无险地下来过两次，还被家里人臭骂一顿，差一点罚跪挨打。

　　上老君庙的正路，是经南大街，出南门的瓮城。临潼县城的南门，瓮城内门是正南正北开的，但出瓮城的门，则朝着正西，不正对不远处的南山北坡。出瓮城，趄向正南，是大路，大约五六十米，是一个漆成黑色的木质硕大牌坊，北向匾额书"襟山带河"，南向书"大地阳春"。我们家乡人把牌坊不叫牌坊，而叫牌楼，不论石质，还是木质。这个木质牌坊，人们都叫它"大地阳春牌楼"，是县城，特别是南门外的一处重要的地标。

紧靠大地阳春牌楼的南侧，便是一个交叉路口。有一条东西向的公路，自东城墙外绕过来，此路东通新丰、渭南、潼关，西去斜口、灞桥、西安。一过牌楼便与此东西向公路交叉的那条出南门瓮城的路，在这里岔开为两条：一条岔向东南，连接华清池，一条岔向西南。这岔向西南的路，绕过女塘子西侧，沿盘山路上行，经三元洞，长生殿遗址，便到了老君庙。这是上老君庙的大路，也是正路。我第一次跟大人上去，走的就是这条路。

第三条上老君庙的路，是我和小朋友们自己摸到的，是人们少走的捷径。从华清池大门进去，走后门出来，先上到虎扒石，即"双十二"事变时，老蒋从五间厅逃出来躲藏的地方，再沿一打柴人踩出的羊肠小道翻上去，过长生殿遗址不远，就是老君庙了。相对于"鸡踏架"，走这里放心多了。不用担惊受怕，也近便。

临潼县城南的这段骊山，称为绣岭。绣岭以石瓮沟为界，东侧为东绣岭，西侧为西绣岭。老君庙在西绣岭自下往上数的第一个山头上。再从这里往上数的第二个山头，则是老母殿；第三个山头称烽火台，传说是周幽王宠褒姒，烽火戏诸侯的地方。之所以称绣岭，是极言其美不胜收的意思。绣岭之称，始于何时，已不可考，但晚唐的诗人杜牧，在其《过华清宫绝句》中就已经有"长安回望绣成堆，山顶千门次第开"的名句。

老君庙坐北朝南，六十多年前，我们来这里玩时，山门外有两棵皂荚树，爬不上去，因为树杈枝干间有丛生的巨刺，扎人特疼。山门之上有"朝元阁"的砖雕匾额，不大，是楷书。四五岁时，父亲教我背诵《千家诗》，其中有一首宋代诗人杜常的七言绝句《题华清宫》："行尽江南数十程，晓风残月入华清。朝元阁上西风急，都入长杨作雨声。"后来随父亲上骊山，他指着这块砖刻匾额告诉我，"你背的那首诗里所说的朝元阁，就是这里，就是这个老君庙。"

在小孩子的眼里，对于屋舍殿宇的感觉，都比实际上大得多。因为作为自我参照的身体小。比如，小时候总觉得外爷家的上房特别大，台阶特别高，但长大以后再看，却原来并不高大。即便如此，在我儿时的记忆里，这座老君庙，也是很有些低小寒伧的。山门不高，门殿不大，只有后面的三间主殿和两厢的配殿稍大，但都不高，院子也不宽敞。围墙是夯土板筑，几经岁月的风剥雨蚀，低矮了。墙头上的枯草，在风中抖动，很是荒凉。殿宇破败，门窗年久失修，瓦缝间这里那里长着一种我们乡下人称为松塔塔的高可数寸的草本植物。偶尔见到过路的道人在此暂住，多数时候没有。当然更谈不上香火。这与第二个山头上的老母殿的建筑宏伟轩敞，暮鼓晨钟，香火旺盛，恰成鲜明对比。

记得正殿上有泥塑的老君像，发髻高绾，白须飘逸，慈眉善目，倒也塑得栩栩如生，一派仙风道骨。我的父亲迷信道教，对于这位太上老君，更是顶礼膜拜得无以复加。他自号嵒泉道人，要不是我们全家反对，尘缘未了，很可能早就出了家。他告诉我，别看这老君庙现在这样荒凉破烂，但在唐朝，可红火了。老君就是道家的老祖宗老聃，名李耳。孔子曾问道于他，说起来要算是孔圣人的老师。李氏虽建立了唐王朝，贵为天子，却不是魏晋以来讲究门第的大族巨室，如王、谢，所以要和老子攀亲，把家族世系往那里追溯，以高抬自家的尊贵血统，就不难理解了。据史书记载，唐高宗李治曾亲自临幸老君庙，祭拜如仪。回去以后，不仅降旨追奉老子为太上玄元皇帝，创建祠堂，而且设官管理，委派令、丞各一人。到了唐玄宗李隆基修华清宫，朝元阁，实际上是包括在宫城之内的。"七月七日长生殿，夜半无人私语时"所演绎的"在天愿作比翼鸟，在地愿为连理枝"的海誓山盟的故事，就发生在这附近的半山上。当时奉祀这位太上玄元皇帝的朝元阁，起着一种类似于太庙，即皇家祖祠或家庙的作用，想见那规模，肯定比现在要远为宏伟得多。

据说在李隆基天宝七年的十二月，玄元皇帝曾现身于朝元阁。玄宗得此消息大为高兴，即下旨改朝元阁为降圣观。另据清乾隆版的《临潼县志》记载，玄宗曾于梦中得玉，琢为玄元皇帝像以祀之。那像一直奉祀在朝元阁。后来被贪心的道士盗凿去双手。只好刻了木手安上。除双手外，县志还说，鼻子曾遭火损。这个老君玉雕像现存于陕西省博物馆，形象确如乾隆版县志所说。

有唐一代，特别是到了玄宗的开元，天宝年间，因为朝廷的重视和提倡，从京城到下面的州县，都要修道观，即玄元皇帝庙。朝廷的祭祀活动是非常隆重的。杜甫仕途蹭蹬，屡考不第，后来还是在天宝十年写了《三大礼赋》，即《朝献太清宫赋》《朝享太庙赋》和《有事于南郊赋》献上去，才得玄宗的青睐，有了一个从六品下的看兵器甲杖库的小官做。太清宫的主神，就是奉祀太上老君，即玄元皇帝。这种张扬的祭祀老君的活动，劳民伤财，被后世史家讥之为"淫祀"，即既滥且多的意思。所以，骊山上的这个朝元阁，只不过是普天之下为数众多的祀奉太上老君的宫观之一。不同在于，它在华清宫中，是皇家的。所以到了李唐王朝风光不再时，它的萧条以至败落，也就是很自然的了。

据清咸丰五年《重修朝元阁碑祀》上说，道光三十年秋天，阴雨连绵，大风刮倒了院子里的三棵老柏，庙宇损毁严重，主持报得县令批准，与四方里甲人等，卖掉三树，筹得资金，重修了大殿、献殿、山门，还新建了东西两厢的配殿。估计六十多年前我记得的老君庙的规制，就是那次大修后的样子。据新修的《临潼县志》记载，1958年县政府曾拨款维修过。如今也已过去半个多世纪了，骊山又是旅游胜地，作为一处胜迹，即使按照古建筑"修旧如旧"的原则，也不至于像上世纪40年代那样的荒凉破败了。

行笔至此，我又想到杜常那首《题华清宫》的绝句。记得我当年站在老君殿山门外，向西南方向望去，有一片不下数十亩的山白杨林子，山风吹过，潇潇作响，正好印证了杜常"朝元阁上西风急，都入长杨作雨声"的诗境。后世曾有注解，以长杨为长杨宫。但长杨宫远在西府，离华清宫少说也在一二百里之外，即使真有如雨之声，听得见吗？冬烘解诗，总要弄出些酸腐味来。但老君庙那一带的那些"长杨"，应该都还在吧？

虎情悠悠

按照十二生肖的排序，今年是戊寅虎年。从年前开始，虎的话题便日见其热，传媒上炒得沸沸扬扬，说可爱的，说威猛的，说可怕的，说濒危的，呼吁拯救的，借题作文的，不一而足。如今元宵节也已过去了几天，可这股热劲，仍未稍减。

这一阵，随着虎的话题的增温，虎的光辉形象，也出尽了风头。大小玩具店里，号码不一的绒虎，做得形相毕肖，斑纹、毛色、眼神，乃至长须，俱可夺真，一个个被放在显眼的位置，招徕顾客，销路都不错。虎题材的摄影，虎主题的绘画，印在年画上，台历、挂历上，也非常走俏。我的案头，就摆着一个报社朋友送的虎题材摄影台历，每月一帧，印制精美，或长啸于高山之中，或伏卧于深林之中，或独自蹲踞而生威，或背负幼虎而见慈：有很浓的虎情虎趣。伏案写作之余，凝眸观赏，令人神往。虎在东方人的文化观念中占有十分重要的地位，扮演着多种不同，甚至相反的角色：它既是人们崇拜的对象，神化的对象，又是人们畏惧的对象，是可怕的灾星；它既是审美的对象，又是邪恶的象征；它既可爱，又可用，又可杀。总之，在五千年中华文明的历史发展中，我们的列祖列宗们在观念上不断赋予它以多方面的文化内涵，可以说形成了一种很特殊的虎文化。

《周易》有"云从龙，风从虎"之说，显然是对于虎的威猛的神化，仿佛它能呼风唤雨。《本草集解》也说虎"声吼如雷，风从而生，百兽震恐"。《周易》是卜筮之书，神化老虎，自是情理中事，但《本草》是药学经典，属科学领域，也用神化的说法去加以解释，就未见得妥当了。不过倒也可以看出神化老虎的传统深入人心。还有一种传说，说老虎会算卦，遇到麻烦，就以爪画地，根据画痕的奇偶之数占卜吉凶。人学了这种法门，谓之"虎卜"，其实《周易》正是根据奇偶数的组合关系，而进行占卜的，革卦就有"大人虎变，其文炳也"的话，用"虎变"来说明王者的革命或改制，文章彪炳灿烂，一如虎的体貌雄姿。

虎成为中国人崇拜的对象和神化的对象，主要原因在于它雄强威猛的风姿和搏击进攻的性格。古书上说："虎，山兽之君也。"民间也称它为百兽之王，连它额头上的斑纹，也被附会为"王"字。

今年是我的本命年，六十年一轮回，又回到出生时的戊寅。老伴先买了一只小孩拳头大小的橘黄色绒布玩具乳虎送我，娇憨之态可掬，装在小塑料袋里，煞是可爱，虽然似乎敛尽了与生俱来的虎性，毫无威势之可言，但脑门上却还是顶了一个"王"字。后来，她又买了一只蜡烛虎，杏黄色，说是准备生日时为我点燃，据说点燃时会不断奏出"祝你生日快乐"的歌曲。此虎虽作蹲踞之状，却一样憨态可掬，看不出半点虎威，然而脑门上也画了触目的黑色"王"字。可见虎在人们的观念中一向是威风惯了的，即使变成玩具，成了观赏对象，可以置诸枕边、床头、桌畔、几上，甚至可以把玩于股掌之上，也还脱不尽称王称霸的旧痕。

正因为虎的威猛，所以善战之师被称为"虎旅"，勇敢的战将被称为"虎将"，古代发兵的符信叫虎符，清代有虎枪营，现代有猛虎团。与此相应，虎的形象也就成了勇敢、威风、强毅、进取的象征。盾牌有虎头之饰，雄关有虎牢之名；要塞有虎门之固，峡谷有虎跳之险；汉宫殿的瓦当头上，陵寝墓室的画像石上，常见生动流畅的腾跃之虎。"左青龙，右白虎，前朱雀，后玄武"，都有保卫、护持之义。有虎的威气镇着，心理上就会有很大的安全感。虎贲之名，始于周代，作勇士的称谓。汉代宫中卫队的将领，有虎贲中郎将，虎贲郎之类。猛将之勇，有如猛虎之奔逐群兽，宫馆由他们拱卫，还能不固若金汤、安如泰山吗？虎有尖牙利爪，且躯体庞大，最重可达二百九十公斤，搏击迅猛，挟风雷之势，蹲踞则威气凛然。敢犯者不多。根据现代科学测定，虎的平均寿命也就十一年左右，但古人不知，认为它能活一千岁，五百岁。所以也常把它看成寿考的象征，拿来给孩子取名。这就像知道龟鹤长寿而取名龟年、龟蒙、鹤龄一样。比如晋代大画家顾恺之，小名就叫虎头。唐高祖李渊的祖父，亦名虎。唐有天下，为避他的名讳，杭州的虎林改成了武林，卫戍宫掖的虎贲，也改成了武贲。不过，后世之以虎命名的，并未因此而稍减，反倒多起来，乡下人也不例外。以我们老何家而论，曾祖父以前，世代单传。到了祖父一辈，才人丁兴旺起来。祖父属虎，是老大，有四弟二妹，最小的弟弟也属虎，整整小他一轮。虽有二人肖虎，却无一人以虎为名。父亲一辈也是七人，只有三叔父属虎。祖父在为我的大伯父取名"松柏"，让这一代何家人扎稳长寿之根以后，似乎并没有忘记自己虎的属相。把我的父亲，即他的二儿子取名虎儿。老三、老四，也都接连以虎为名，叫虎生、虎玺。事不过三，何况老虎最多也就一胎三仔，所以到老五，改叫大鹏了。我也是兄弟姐妹七人。我像祖父一样，是老大，不仅是二门的老大，也是他的长孙。我和祖父同一属相，比他整整小四轮，最得他宠爱。与他不同的是，不是最小的弟弟属虎，而是最小的妹妹属虎，一个虎妞。三代之中，五人属虎，三人名虎，还不是虎的家族吗？而且，我也确实听别的人家称父亲七兄弟为"何家七只虎"。

其实，倒也不止我们老何家看重虎，把属虎和不属虎的孩子取名为虎。我们那一带的乡下人都一样，远村近镇，因虎而重名的很不少；叫这个，那个应的事，常会遇到。

我们关中乡下的风俗，每到冬天，特别是过年的时候，都要给三四岁以下的孩子做一顶虎头帽戴，做一双虎头鞋穿。一般都用上好的布料，以红、黑、蓝色为主，有钱人家则多用缎料。帽上、鞋上，除虎的眼、耳、鼻、口造型外，还绣了须、花，也有饰以缨珞，缀以银铃的，孩子学走、学跑，或大人抱着，只要一动，就不断发出丁零零的响声，很是好听。

戴这种虎头帽，穿这种虎头鞋，只要是幼儿，是不分男女的；虎妞、虎仔，一律平等。这种鞋帽，做工、绣工都极细致，从中可以看出年轻母亲们的心性、手艺和对子女无保留的爱。

照我看，这是关中服饰文化的一道很有特色的风景线。不难看出个中纯厚的民风，看出人们多么希望自己的后代个个都是虎虎有生气的小老虎。

这种地域服饰上的虎文化，可能不止关中，不止秦地，但我在别处，特别是在南方，确实很少见到。不过，哪怕是没有如我们关中那种类型的虎头帽和鞋，可地无分南北，人无分智愚，在把自己的孩子看做小老虎这一点上却是相近，乃至相通的。鲁迅生在浙江绍兴城内，说不上是典型的乡下人，他也把自己的儿子看做小老虎。他的《答客诮》说："无情未必真豪杰，怜子如何不丈夫。君看兴风狂啸者，回眸时看小於菟。"小於菟就是小老虎的意思，典出《左传》宣公四年，楚人"谓虎於菟"。

　　虎是大型猫科动物，分布在亚洲自北而南的广阔地域，动物学上分为八个亚种，其中以中国分布最广。从历史记载上看，虎的出没，在中国大部分地区，并不罕见。因为身形高大，生性猛恶，又常可见到，便有了一种人和虎之间的实实在在的关系。虎居山林，以生物链上其他动物为食时，人虎之间没有什么冲突；虎侵入人类聚居地攫食家畜时，便与人类有了利害冲突。虎一般很少伤人，但年老体衰的虎，伤残的虎，带幼崽的母虎会伤人。它要吃你，这时的冲突就是你死我活的。虎被捉来，放在笼子里让人看，这又是一种观赏关系；画家拿它画在纸上，诗人把它吟进诗篇，作家把它编入小说，演员把它搬上舞台，这又是一种审美关系。虎文化，就是在虎的种属的生存繁衍中，在与人类建立的各种直接、间接的关系中，逐步形成和发展起来的。没有虎，也就不会有虎文化。

　　地球当然是人类的家园，但也同时是包括虎在内的其他生物的家园。人类虽然一方面视它为威猛雄壮的象征，崇拜它，美化、神化它，甚至希望自己的子女一个个都像虎仔、虎妞。然而另一方面却视它为邪恶，为大敌，说什么"一山难容二虎"，而"养虎贻患"更成为除恶务尽的格言。于是便有了绵延数千年的官家的和平民的打虎运动。打虎、杀虎的事迹，史不绝书。孔子过泰山侧，对于一家三代死于虎而不肯离去的妇人，颇为同情，说过有名的"苛政猛于虎"的话。当时虽没有让他随侍的弟子立即去杀虎，但从以恶虎喻苛政来看，却显然已经暗藏了虎之该除的杀机。事实上，他对打虎的学问，也是颇有研究，并且知之甚详的。据说孔夫子有一次去登山野游，渴了，让子路去找水喝。子路找到了水，却碰上了虎，与虎进行了一场有你无我的打斗。他膂力过人，竟大获全胜，剪下虎尾，揣到怀里，取了水去见孔子，问道："上士杀虎如何？"孔子回答："上士杀虎持虎头。"又问:"中士杀虎如何?"答道:"中士捉耳。"再问:"下士杀虎如何?"孔子说:"捉虎尾。"子路便把虎尾巴掏出来扔掉了。其实孔子只是说这种杀法不地道,并不是说虎不该杀。

既然孔圣人都不反对杀虎,何况一般人,何况后世?康熙五十八年,这位颇以自己的武功自豪的皇帝从木兰围场回避暑山庄后,不无骄傲地说:"朕自幼至今,已用鸟枪弓矢获虎一百五十三只。"我不知道这是不是有史以来个人杀虎的最高纪录,反正别处未见过,虽然他有众多随从帮忙围猎,况有皇上的榜样在,今天你打一只,明天我打一只,于是虎类的濒危、灭绝,就在所难免了。时至今日,亚洲虎的七八个亚种,巴里虎、一里海虎早已绝迹,中国境内的东北虎、华南虎、孟加拉虎,也都濒危。如果有朝一日,大地再也没有了虎,中国绵延数千年的虎文化将何所凭附?何况一个物种的灭绝所带来的灾难性后果,要远比这深刻得多,可怕得多,真是该唱"虎殇"了!

今年是虎年,虎年伊始放映的电视连续剧《水浒传》颇得好评,但其中拍得甚为真切的武松打虎、李逵杀虎等,却不合时宜。打虎英雄们是作为正面形象,作为榜样被宣扬的,"榜样的力量是无穷的"。如果十二亿中国人都学武松、李逵、解珍、解宝的样,跟老虎过不去,那么包括野外的和动物园里的在内,总共不过几百只虎,还经得起打!还不得死千百万次!

看来,我们得改变观念。如今,单是跟老虎讲和,不再打它们,已经不行了,还得采取一切可能的措施,救助它们,爱它们,还它们以种群,以家园!

居庸关漫兴

　　阴历小年的前两天，应昌平十三陵管理局之约，我和一批文友前去采风，夜宿居庸关的古关客栈。客栈在居庸关关城之内，靠近北瓮城关楼偏东的地方，距云台不远。

　　居庸关是京西名胜之地，我在上世纪50年代末初到北京时，就多次来过，目的都是上八达岭长城，这里只是路过。以后的年月，陪外地亲友登长城，也间或经这里看看。记得主要就是看云台，看它的由汉白石砌成的高大形体。它底座稍大，外台四面自下而上均微呈梯形。台体南北短，东西长。中间是高大的南北向券洞门，可以通车马。券洞内壁有四大天王的浮雕像，加上券门上的鹏鸟、大象、鲸鱼等镌刻，有很高的欣赏价值。有一次我们还上到顶上看过，据说顶上原修三座喇嘛塔，塔毁于元明之交的战乱，后来又在上面修了一个泰安寺。这寺也在康熙年间烧毁了。我们上去时，只有一些柱础。石缝间生着秋草，不高。云台两侧，山势陡峻。危峰高耸，可见沿坡砌筑的长城，直上岭巅，烽堠敌楼如在云端。形势之险要，是显而易见的。在我的记忆里，居庸关遗址，除了云台和两侧山上废圮的长城，其他早已荡然。

　　我们这次下榻的古关客栈，并非原有驿站、客舍的修复，而是一座仿明清建筑风格的星级旅游酒店。内有天井、院落，由四合的曲廊相属连。如果不看转折处的指示路标，就会有一种迷宫的感觉，很不容易转到要去的餐厅、前台，甚至回不到自己的房间，很是有趣。

　　我们的东道主非常热情，晚上为大家洗尘的便宴上特意请了两位戏曲学校的学员清唱助兴。一个唱青衣，一个唱老旦，都是京剧杨家戏里一门忠烈的女将唱段。清唱余太君的演员，声音浑厚、高亢、嘹亮，用情也好，唱得尤其苍凉悲壮，荡气回肠，很容易唤起旅人边关怀古的幽情。由于引起了共鸣，诗人、散文家石英也清唱一段相和，很投入，很有韵味，只是年逾古稀，底气上到底比不了唱佘太君的年轻演员了。

自古戍边、出塞，军中饮宴，常有乐曲歌舞佐酒。岑参的"中军置酒饮归客，胡琴琵琶与羌笛"，祖咏的"燕台一去客心惊，笳鼓喧喧汉将营"，王昌龄的"琵琶起舞换新声，总是关山旧别情"等可证。居庸关夜饮，主人在古关客栈特意为我们安排的苍凉清歌唱杨家，显然意在营造一种古代边塞生活的氛围，让操觚者得以在某种虚拟的悲壮情境中体验历史的沧桑之感，意兴云屯。

曲终人散，已近中夜。穿上棉衣，走出温暖的客舍，顿觉空气清冽。没有风，下弦月高挂在深邃幽远的天上。如银的清辉下，关城广场上白天拥挤的旅游车辆大多已经离去，显得分外空阔。也没有了喧阗的人群，只有偶尔驶过的高速路上车辆的马达声，提示着这关城之夜的清寂。

关城南北两侧瓮城上的关楼，檐牙高翘，雄踞于两山夹峙之间，月下望去，尤其见气象，显得神秘，有一种威压之感。人们常用李白《蜀道难》里写剑门的"一夫当关，万夫莫开"来形容之，当不为过。我此刻体验到的境界，亦庶几乎近之矣。

月色朦胧中，能够看出北关楼上高悬的白色匾额，上书"天下第一雄关"，书体劲健，比挂在山海关关楼上的那一块"天下第一关"的同样书体劲健的匾额，多了一个"雄"字，只这一个"雄"字，便让我想到挂在人民大会堂甘肃厅的那帧落款为毛泽东的草书七言律诗：

> 东西尉侯往来通，
> 博望星槎笑凿空。
> 塞下传笳歌敕勒，
> 楼头倚剑接崆峒。
> 长城饮马寒宵月，
> 古戍盘雕大漠风。
> 除是卢龙山海险，
> 东南谁比此关雄。

当时不知道这首诗是谁作的。后来才知道，这是林则徐在鸦片战争后被革职流放伊犁路过嘉峪关时写的《出嘉峪关感赋》（四首）之二。是四首里写得最为境界开张，最见悲壮气象之美的一首。最后落在一个"雄"字上，不过指的是长城西端的嘉峪关，而拿来与嘉峪关作对比的是卢龙的山海关，又在长城的东端。居庸关西距嘉峪关万里之遥，离山海关也不十分近，虽地处两雄关之间，却同在长城线上，也是自古兵家必争之地，自有其雄险之处。何况在金元明清四代，这里都是拱卫京畿重地的西北大门，在军事上十分重要。林则徐四首诗中甚至还用"谁道崤函千古险，回看只见一泥丸"的古函谷关，烘托嘉峪关前的"瀚海苍茫"，视函谷如"泥丸"。这泥丸的意象，毛泽东就曾在《七律·长征》里借用过。林则徐的诗中虽未提及居庸关，但我还是从"长城饮马寒宵月"和"塞下传笳歌敕勒"两句中，找到了相近的体验。不然，站在古关客栈外的广场的月下，就不会有这样的联想。

云台之北，北关楼之南，客栈之西，有一槐、一椿两株老树。重修关城时，它们特意被保留下来，并且修了台墙加以保护。椿树和槐树，都是长寿的树种。庄子说：古有大椿，以八千岁为春，以八千岁为秋，称作"大年"；槐树是黄粱一梦"蚂蚁缘槐夸大国"的寄主，我就见过汉代的不少古槐。保留这两棵树，也就同时保留了至少数百年间它们所经历过的历史沧桑和烽火硝烟的记忆。树是有生命的，比人的生命长久得何止百倍。

站在树下，透过早已脱尽木叶的横斜寒枝，我上望游走在碧海青天上的半轮冷月，斜视东西两山高大的剪影，天更幽远，山更峻险，而南北两侧的关楼，也愈见雄奇。在这月明星稀的雄关之夜，我似乎有一种既真实又不真实的梦一样的感觉。说真实，这眼前的一切都是存在的，实有的，而在这一方窄隘天地间曾经上演过的一幕幕威武雄壮的和屈辱悲怆的活剧，也都是实有的，并且凝固为历史了；说不真实，是曾经在这里无数次固守和强攻的两造们。虽有正邪之分，是非之辨，但都远去了，并当时的看客也都先后作古了，能够见证的，也许只有云台、巉岩、老树、岭上残长城，连这眼前的居庸关城、关楼、半山的一片庙宇，都是不久前才投资修建的。这是否就是一种历史的苍茫之感？说不清楚。

　　林则徐有没有来过居庸关，我没有考证过，不敢妄谈。但他的好友，曾经写信给他，鼓励他禁绝烟毒的龚自珍，却肯定来过。那证明就是他的名文《说居庸关》。龚自珍，号定盦，被称为中国中世纪的最后一位诗人和近代的最初一位诗人，这评价是套用了恩格斯评论但丁时所用的句式。

　　《说居庸关》是一篇记叙性的论说散文，以记为主，论则寓于记叙之中，皮里阳秋，点到为止。主旨须细加揣摩、涵泳乃可见。全篇围绕着居庸关的"若可守然"展开，翻译成现代汉语，就是"好像可以据守"，"看似可以据守"。他先从山形地势的险隘写起，说"出昌平州，山东西远相望，俄然而相辕相赴，以至相蹙，居庸置其间，如因两山以为门，故曰若可守然"。接着，又不厌其详地极写其四重关城的大小、距离，修筑的严固，设防之严密，从上关北门的"居庸关"大字，写到八达岭北门的"北门锁钥"题刻，都是"若可守然"。唯独在八达岭俯看南口，"如窥井然"后，用了"疑可守然"。这是对雄关到底守住守不住的质疑。文章连用六个"自南口入"，记他骑马游居庸关一路的真实见闻，如与蒙古人骆驼队在关路狭窄处的相摩、相挝，开玩笑，与关口税吏的对话等。最后从承平之世"大筐小筐，大偷骆驼小偷羊"的漏税，写到"间道"（小路，间隙）的存在，实在是防不胜防。若在战时，敌人也会自漏税者惯走的间道摸进来，防守者会"大惊北兵自天而降"。"疑可守然"、"若可守然"，都有质疑，实际上都是说很难守得住的。

　　林则徐、龚自珍，还有他们的挚友，曾以《海国图志》而流誉全国的魏源，都是他们生存的那个时代的第一流的头脑，他们是先知先觉者，对他们身处的中国历史的变局，有远比一般人敏锐得多的感悟力和理性思考力，居安思危。在龚自珍的《说居庸关》里，有一种深层的危机意识。他卒于1841年，比林则徐和魏源都早。林则徐流放伊犁，在嘉峪关想到的，也还是"东南谁比此关雄"，还是东南沿海那曾经让他痛心疾首的战败：什么是那里足以抵御强敌的雄关。

　　居庸的四重雄关关城，修筑于明代，但强悍的蒙古瓦剌军的铁骑，还是从这里攻了进来，英宗在土木堡之战中做了俘虏，如果不是于谦坚守北京，大败瓦剌，英宗不仅难于放还，更无从复辟，当然也就不会有于谦后来的惨死；明末，这座雄关也没有挡得住李自成农民军的凌厉进军。李自成从这里下南口，破京城，入紫禁。朱由检只能以亡国之君的结局，吊死在煤山东侧的歪脖槐树上了。近代以来，20世纪大革命时期，奉系军阀还有山西的阎锡山，也不曾在这里堵住西进的冯玉祥的国民军，更不曾把这支部队"聚而歼之"；十年之后，卢沟桥烽火燃起，由汤恩伯指挥的以十三军为主力的约六万抗日将士，在这里同以关东军坂垣师团为主力的装备精良且人数多到七万的日军，进行了艰苦卓绝的惨烈战斗，史称"南口之战"。虽最终失败，但也让日军伤亡一万五千余人，击碎了他们三个月灭亡全中国的狂妄叫嚣；又是十年多之后，在解放战争的平津战役中，这儿也进入了毛泽东的战略视野，他的"隔而不围，围而不打"的方针，由挥师入关的四野和华北兵团配合，曾有非常精彩的贯彻与发挥。据考证，居庸关始设于战国时代，《吕氏春秋》就有"天下九塞，居庸其一"的话。两千多年来，这里都是攻防斗狠的地方。烽燧狼烟，塞草白骨，司空见惯，史不绝书。如今承平日久，居庸关也整修一新，整旧如旧，但是已不再驻兵，不再是"英雄用武之地"，而成了文化遗迹，是旅游胜地，每天接待的游客数以万计。然而，居安思危，龚定盦的危机感怕还是要有一点，"间道"的提示，"北兵自天而降"的诫惕，作为象征，也不能忘得一干二净。曾经多灾多难，受尽凌辱的中华民族，还远没有到刀枪入库，马放南山的时候，决不可以高枕无忧。

　　冷月西斜，古关更显清寂而神秘。让云屯的思绪渐渐平静下来，便觉得很有些寒意了，我缓步踱回了温暖的客舍。回来时老妻和孙儿早已入睡，他们的梦里关山，肯定与我不同。

登兖州少陵台

　　兖州古城有少陵台，南临府河，在今市区中部，稍稍偏东，偏南是一处著名的古代文化遗址。到兖州览胜，少陵台是必去的地方。不去少陵台，不能说到了兖州；正像不登兴隆塔，不在塔上凭栏远眺，不能说看到了兖州一样。

　　塔，倒是在前天随几位腿脚尚健，而体重又未严重超标的采风团的老朋友上过了；台，却不曾亲登，只是乘车擦肩而过，并在丰兖亭回望过几眼，当然是一大憾事。

　　不行，一定要设法弥补，了却登台的夙愿。但下午开完采风的心得交流会，已经到了"青山欲衔半边日"的向晚时分，东道主还要置酒钱别，接着是宾主联欢，接着就该上车返京了。文化局局长武秀是一位饱学的秀才，对兖州的文化历史、名胜遗迹、人文典故非常熟悉，他很理解我的急迫心情，知道我宁可不吃晚饭也要一定上少陵台，便派兖州一位专门研究李白和杜甫的专家王伯奇立即陪我前往。有车，转眼就到。

　　少陵台长宽各四十米，呈方形，高十二米，夯土筑成，实心。据王伯奇介绍，前些年城建部门曾以这样一个土筑荒台直戳戳竖在中心地段，与现代化市容很不协调为由，规划将其夷平，迁至别处重建。一批文物和地方志专家得知后，紧急呼吁，论证了它作为古建筑、古遗址对于兖州的意义，认为绝不可损毁，说什么也必须原地原样保留下来，保护起来。市领导采纳了专家们的意见，并在其周边修了八九米高的城垣式护壁，只在上部露出一段杂树丛生的土筑荒台，提示着古城的今昔，提示着此地文化的蕴积和历史的沧桑。

　　"少陵台"三个大字镌刻在护垣的正南面，没有落款，显然是从电脑上放大仪下的一种现成异形楷体字。台下就是府河北侧的滨河大道。以台为界，向东叫少陵东街，往西叫少陵西街。除了这一台两街，兖州还有一个少陵公园，系市区内最大的公园。

少陵，本是一道原的名称，据程大昌《雍录》的记载，在长安城西南四十里。汉宣帝陵埋在杜陵，许后墓葬在距杜陵十八里的南园，又称小陵。史载，杜甫的远祖杜预就是京兆杜陵人。安史之乱，杜甫陷贼中，滞留长安时曾潜住在城南的少陵原下，自称"少陵野老"，那里至今有纪念他的杜公祠在。他在至德二载春天写的名诗《哀江头》里，起首就是"少陵野老吞声哭，春日潜行曲江曲"。在唐代，最早以"少陵"称杜甫的恐怕是稍后韩愈的《石鼓歌》："张生手持石鼓文，劝我试作石鼓歌。少陵无人谪仙死，才薄岂奈石鼓何！"此后人们以少陵称杜甫的便多了。如宋苏轼评杜甫诗和韩干画，便有"少陵笔墨无形画，韩干丹青不语诗"的名论。清初仇兆鳌注杜，杀青斯竟，名之曰：《杜少陵集详注》，至今仍是杜诗最为详备的注本。

伯奇为我在少陵台前留了影，时间紧迫，必须在暮色四合之前登上台去。东侧护壁的北畔，本来是专修了登台的阶梯的，可以拾级而上。但是不知出于何种考虑，入口处却砌了一堵一人高的水泥墙，堵死了，上不去。然而既然来了，就非上不可，就不怕"碰壁"，何况只是一段矮墙。看到不远处就是同一院落中新盖的公安局大楼，我建议伯奇到那里去求援。他很快借一张木椅，还有两位干警跟过来帮忙，其中一人佩戴110袖章。年轻人身手矫健，踩了椅子一跃而上。一个从上面拉，一个在下面扶，没费多大力气，我也到了连接矮墙的台阶上。台阶尽处，是城垣式护壁的终端，有不宽的平台环围着高可三四米的土台上部。台体壁立，长满了丛聚的酸枣树和灌木荒草。绕到东侧，才找到一处差可攀登的陡坡小径。抓住陡坡上裸露的树根，不顾牵衣的枣刺和横斜的枝丫，几经换手，总算登上了少陵台顶。壮哉，斯台！

极目远眺，薄暮中的兖州街市，尽收眼底。间阎扑地，市声喧阗，一派雍熙繁华的景象。据王伯奇介绍，我们脚下的这个少陵台，并非当年杜甫初到东郡时所登临的那个兖州南城楼的旧址。原址在此台正西约二百米的中御桥附近，建于当时郡治城池中轴线的南门之上，如今已遗迹荡然。今少陵台是原城南墙东段的一部分，明代洪武年间筑城时南墙外扩，特意保留此处作台，纪念杜甫，清初又在台上修了座八角凉亭，名"月云亭"，亭中立有杜公造像碑，"南楼秋月"遂成兖州八景之一。1956年，凉亭被某部队拆毁，改建为报警岗楼，装了警报器，下面挖了防空洞，杜公造像碑也被搬到博物馆里去。如今，高台之上，坑洼不平，荒草丛莽间只有早已废弃的报警岗楼破旧不堪地立在那里，有点扎眼，有点煞风景。

杜甫初来兖州正值"开元盛世"，就是他在后来的《忆昔》诗里所说的"忆昔开元全盛日，小邑犹藏万家室"的时候。他的父亲杜闲正做着兖州司马。按照王伯奇研究的结论，那是开元二十年的事情，这比过去学者的看法提前了三年。虽说那年贡举不第，碰了人生的第一个大钉子，但他年轻，又有盛世知识者特有的自信，所以仍能写出《望岳》那样豪情满怀的名篇来。"会当凌绝顶，一览众山小"，激盛过多少后世有志于建功立业者的雄图和壮心。在《望岳》中，杜甫把自己的人格，自己的襟怀和抱负，都对象化到拔地而起，高耸云天的泰山上去了。这人格，这襟怀，这抱负，贯穿了他的终生，至死不泯。晚年他穷困潦倒，百病缠身，颠沛流离中仍吟诵着"寂寞壮心惊"、"落日心犹壮"的诗句。

杜甫写泰山，不写上，而写"望"，有人就据此断定他未登泰山。这其实是一种误读。当时杜甫年方弱冠，健如黄犊，有用不完的精力，到了齐鲁，岂有不上泰山之理。写"望"，是因为望中才能见出泰山的气势，辨出被它分割了的阴阳。杜甫一生写过三首同题的《望岳》，另两首一写西岳华山，一写南岳衡山。都写望，未写上，均极佳。但写楼、写台，就不同了，他常写"登"，或"上"，如《登慈恩寺塔》《登楼》《登岳阳楼》等。《登兖州城楼》，就是这类诗中最早的一首，写他登上城楼"纵目"、"临眺"时的所见、所感。"浮云连海岱，平野入青徐"，是一种阔远的境界，浩荡的胸襟；孤嶂秦碑，荒城鲁殿，则见出久远的文化遗存。诗的结尾，颇见几分陈子昂《登幽州台歌》的意绪，只是没有怆然涕下。

站在少陵台上，我默诵着《登兖州城楼》的诗句，我能够体会出年轻的杜甫当年登上南楼的意绪。那座城楼没有了，但诗在，台在，诗心、诗情在；浮云依旧遥连海岱，平野依旧远入青徐……而少陵台下，已是一个新的兖州了，比"公私仓廪具丰实"、"远行不劳吉日出"的开元盛世，比杜闲做司马时的兖州，更见蓬勃的生机，更有希望。

"父母官"议

"父母官",本是中国古代对地方官员的一种带有褒美性的称谓,多指州县的主官,如县令、郡守、州刺史等。始于何时,不很了然。《辞海》说是"大抵始于宋初",我看是很可以怀疑的。因为所引王禹偁《谪居感事》的"万家呼父母"句,特别是"民间多呼县令为父母官"的自注,用来举例,是可以的;据以确断时限,则不可。晚出的新版《辞源》,在"父母官"条下,虽作了相近的释义,也引述了王禹偁的诗句及自注,却没有追溯源头,就显得慎重多了。

郡县设置,始于秦,汉承其旧。此后绵延两千余年,变化不大。郡县长官的名称,历朝各有因革,不很相同,但其职司,却相去不远。父母官的称呼,是一种比喻,只有那些"爱民如子"的州县地方官,才被治下的老百姓冠以这样的美称。据我所知,华峤《后汉书》曾有"刘宽为南阳太守,视民如子,未尝有疾言遽色"的记载,推想父母官的称呼很可能在这个时候就已经有了,也许只是不很普遍而已。

后世,父母官的称呼变得普遍了、泛化了,只要是地方官,无论其是否爱民,都可以这样叫。比如,最近北京电视台正播放的《包青天》,在《古琴怨》一集中,那个因贪赃枉法而将做虎头铡下鬼的宣郡守,根本谈不上什么爱民如子,包拯却说他"身为父母官",竟知法犯法。这里的父母官,就是地方官的意思。解放后,大约有很长一段时间,并没有人称我们的地县领导为父母官。这应该说是一种进步。但是,近些年来,不知吃了什么药。父母官的称谓忽然又流行起来。起初,只是偶尔见于个别文章,后来,即使在一些大众传播媒介中,也并不罕见了。这就不能不引起注意。

人皆有父母。但把父母和官联系起来,作为对地方官的特殊称谓,却有极深厚的封建性。中国的封建专制制度是建立在根深蒂固的宗法家长制的基础上的。皇帝被称为君父，是最大的家长，各级官吏分疆裂土，在其掌管的范围内，也都是大大小小的家长。而由血缘关系凝聚起来的家族内部，家长则具有绝对的权威，俨然是缩小了的皇帝。

因此，父母官的称谓，虽然可能来自民间，但也很难逃出占统治地位的封建思想的范围，从中不难嗅出父权主义的气味。官员成了父母，百姓当然就是子女，谓之"子民"。按照当时的观念，子对于父，是只能孝，只能顺，而不能忤，更不能逆的。它的前提是，"天下无不是的父母"，"三年无改于父之道"。家族内部父慈子孝的和谐状态与理想境界，也只有在这一前提下才能够建立起来。

记得小时候在舅家，有一天母亲和外祖父为一件小事争执起来，明明是母亲有理，顶得老爷子直倒气，半句话也说不出来。但他有杀手锏，只见他眼一瞪，吼道："天下无不是的父母！"母亲一向是很孝顺的，外祖父一旦上了这个"纲"，她也就只有流眼泪的份儿，什么话也不能说了。

封建时代的州县官吏，都是朝廷命官，由皇帝直接任命，因而他们只对上面负责。少数人能够做到爱民如子，自是治下的老百姓的福气。但这样的好福气并不多，倒是十之八九会碰上贪官、昏官、酷吏。这些东西贪污腐化、荒淫无耻、敲骨吸髓、鱼肉百姓，常常到了无以复加的程度。对于这样的父母官，按照"天下无不是的父母"的原则，老百姓是只能忍气吞声，逆来顺受的，因为他们完全处于无权状态。只有到了忍无可忍的时候，他们才会揭竿而起。于是，一些有见地的统治者便据此总结出一条"载舟覆舟"的著名教训来，以为鉴。然而，"前车翻了千千万，后车来了也亦然"，谁也没有真正吸取教训。

朱元璋于马上得天下，应该说是很懂得"载舟覆舟"的道理的。为了防止像瘟疫一样蔓延的州县地方官吏的贪污腐败，他曾用严刑峻法的空前残酷方式整肃吏治。把那些犯了案的贪官污吏，活活剥了皮，楦上草，挂在州县衙门的大堂上，给后任做样子看。不能说一点作用也没有起，但却实在有限得很。谁都知道，后来明代的吏治，是历史上最为黑暗腐败的时期之一。何以如此？说破了，其实简单得很。因为子民们对于治理他们的父母官的任免、考察、监督、升降等，无可置喙，绝对处于无权状态。这就是说，在封建的专制主义政治结构之下，父母官的腐败是必然的，而类似于包拯、海瑞那样的清廉，则是个别的例外。这也许是清官戏屡演不衰的根本原因。

在马克思主义的语汇里，是没有也不可能有"父母官"这个概念。一百二十余年前，马克思从血染的巴黎公社经验中总结出来的最辉煌的称谓之一，就是"公仆"，而人民群众则是"主人"。在伟大的毛泽东的语汇里，也找不到"父母官"的称谓，他称人民群众是"上帝"，而党的各级干部最神圣的责任则是全心全意为这个上帝服务，他最恨的就是当官作老爷，就是腐败。尽管他老人家晚年的某些错误，恰恰由于不同程度地脱离了群众，由于家长制作风，由于权力过分集中。记得前些年邓小平同志在为英文版《邓选》所写的序言中，曾说自己是"人民的儿子"。他在《党和国家领导制度的改革》中，还专门论述了家长制作风的性质、根源及其危害，他的结论是："不彻底消灭这种家长制作风，就根本谈不上什么党内民主，什么社会主义民主。"因此，照我看，无论从哪一个意义上说，我们都应该把"父母官"这个产生于封建时代，并且以宗法家长制为依托，本身又带有浓厚的封建性的称谓，从改革开放时代的现代语汇中清除出，当然不只是在字面上、口头上。

砚话·笔话

砚　话

　　我家有六方砚，虽然说不上名，也说不上古，却一样敝帚自珍，享之千金。即使有收藏家愿出高价求购，我也未必就肯轻易转让。

　　六方砚的第一方，是祖传的"磨而不磷"砚，硬木砚匣现已破旧不堪，但仍在超期服役。是案头常用的；第二方是"知难行易"端砚，父亲留下的，以其形制过大，开阖不便，故很少用；第三方是山西五台卧兔澄泥砚，系那年赴《黄河》笔会时东道主所赠，小女田田用过；第四方是蟠龙易水砚，前些年一位年轻朋友专程送来的，不常用；第五方是江西罗纹砚，圆形、质朴、实用，前年才从王府井美术用品门市部购进，本想让它当值案头，以取代老迈的"磨而不磷"，只是决心一直没有下，也就只好先委屈它待业；第六方是雕工考究、打磨精细的歙砚，盛不下多少水，蓄不了几滴墨，观赏、把玩价值高于实用价值。田田倒是用它习过几天字，终因砚池过小，常常搞得墨汁四溢，不是污手，就是染衣，于是不得不遗憾地把它请回书架上去，一任其在那里消闲自在，无所事事。区区六方小砚，当然不敢夸示于人，更不要说以名砚、古砚收藏家自居了；但自家的东西，自家爱，还是可以的，又不碍别人的事。

　　砚乃"文房四宝"之一，其来尚矣。相传黄帝时候就有了。据说孔庙里也供着一枚，石质，制作古朴，想必是这位栖栖遑遑的仲尼先生删《诗》、传《易》、作《春秋》时所用之物了。圣人尚且宝爱，何况凡俗之人。所以，宋朝的苏易简在《文房四谱》里甚至把它抬上了第一把交椅，说是"四宝砚为首"。理由很简单："笔墨兼纸，皆可随时收索；可与终身俱者，惟砚而已。"想想也是，文人操觚，画师染翰，书家挥毫，谁个离得了砚，即便没有圣人之徒始作俑于前，后来者也会因朝夕相伴，终身与俱而寄情，生爱。故历来笔耕者之爱砚，犹之乎庄稼人之爱田。今人张中行平生爱砚，家藏五十，篆刻家王玉书就送他一方"半百砚田老农"的印章。

由于被宝爱，被寄情，砚的制作也就越来越讲究：讲究质材的温润、光泽、纹理、产地，讲究加工的精致、韵味、匠心，等等。于是，它除了实用功能之外，又渐渐地增加了审美功能，成为鉴赏和把玩的对象。雅兴云集时，文人墨客还可能把案头伴他笔耕生涯的无言的砚，作为对话的活物，或寄托人生的理想，或抒发一时的意绪，不一而足。比如明代的方孝孺，曾经写过这样一首《砚铭》："其体刚，肖乎乾；其用静，法乎坤，惟德全，永长存。"他所寄托的就是一种传统儒者肖天法地的人生理想，求道德的完善，重名节的长存。他后来被那个从侄儿手里夺了江山的朱棣残酷处死，并遭夷灭十族的惨烈结局，可以说就是殉了《砚铭》中的这个理想。对于方孝孺以自己的生命和被夷十族的代价所殉的德，到底有没有局限性，今人自可以有不同的评说，但他的人格，他的气节，却是谁也无法睥睨视之的。

前些年，我曾临过一帧影印的赵孟頫书法，写的是一首诗，记得是这样：

古墨轻磨满尽香，
砚池新浴灿生光。
北窗时有凉风至，
闲写黄庭一两章。

这位自号松雪道人的先生，才分极高，诗、书、画俱佳。不知这首诗是不是他自己作的，对照他的为人，倒是有点像。至少反映了他在彼时彼地的那种怡然自得的意绪：这种意绪，只有当年挂冠归隐后的陶令曾有过。"北窗时有凉风至"一句，也显然暗用了陶渊明的典故。

据《晋书·隐逸传》记载，陶渊明"尝言，夏月虚闲，高卧北窗下，清风飒至，自谓羲皇上人"。同样是夏天，同样是北窗，同样是凉风飒然而至，意绪也确乎相近，但陶、赵二人的人格却不时有天壤之别。陶渊明的隐遁，自己说是"我岂能为五斗米，折腰向乡里小儿"。史书上还说他其实主要是因为曾祖陶侃曾位居晋代宰辅之尊，晋宋易代之后，他"耻复屈身异代"。无论属于哪种情况，都说明他的不愿折节事人，把人格看得比乌纱帽远为重要得多，身后被人尊称靖节先生，不是虚誉。

赵孟頫则恰好相反。他是赵宋宗室的后裔，江山易主、舆图换稿之后，竟能屈身事元，全然忘记了宗社丘墟、国仇家恨。因为谄事新主，谄事新朝权贵，进退有术，居然爬到了一品的高位，这就与靖节先生没法比了。取号松雪也是白白地糟蹋了东西，他哪里有一丝一毫松的清风和雪的高洁呢！他为后人所诟病，甚至连书法上的成就也遭贬损，原因主要在这里。

我相信，摆在赵孟頫几案上的那方浴后灿然生光的砚，质地不会比后来方孝孺的砚差，但寄托于其上的诗文，终因做人境界的不同，而大异其趣。古往今来写砚的诗、文、赋、铭、赞、传、诰等，绝对可以说是车载斗量，但我以为，均应以这种知人论砚，知人论文的法门对待之。

我家藏砚虽有六方，它们也都有各自不同的来历，都或多或少牵系着我的人生、家世或交往。对于它们，亦并非无话可说，但我却从来没有写过任何有关它们的诗文。不过，被我排在第六位的那方最小，而又最精巧的歙砚，倒是可以说和诗有那么一点拐个弯的关系。

记得那是1982年的仲春，我与流沙河、邵燕祥、谢冕等几位诗人和评论家朋友到皖南开抒情诗讨论会，会后游了黄山。下山取道歙县，打算从这里乘船东下，一路领略新安江、富春江的秀丽景色和无限春光。歙县属古徽州，是歙砚的故乡，有一座规模不小的制砚厂，既然来了，当然不能不去观光。砚厂主人非常热情，要来人一定留下墨宝。我不会写字，也不会写诗，这种场合总是非常尴尬。但邵燕祥却才思敏捷，很从容地吟出一首七绝来，写了上去，记得是这样四句：

愧我胸中无点墨，

烟花烟水自丹青。

此心恰似婺源石，

合向徽州道上行。

　　婺源石，石质致密、温润，扣之若磬，产于江西龙尾山，是歙砚的原材料。歙砚之驰誉古今，畅销中外，其加工之精，固然是重要原因，但关键还是石材好。燕祥以石喻心，寄心于石，正当得诗中一个"恰"字。在那心物交会的霎那间，他竟分不清我是石，还是石是我。平心而论，以燕祥的人品和文品，是无愧于拿来作比的婺源石的。从砚史上看，歙砚之兴，大约在唐代。想必方孝孺勒铭的砚材，也该是婺源石了。我珍爱我的这一方小砚。不以其名，不以其古，而仅仅因为它的石材，以及与它纠缠在一起的记忆和人生。

笔　话

　　我很喜欢笔，喜欢各种各样的笔：诸如毛笔、铅笔、彩笔、圆珠笔、自来水笔等，都喜欢。其中，尤以毛笔为最。

　　如果从启蒙算起，我和毛笔打交道，该有半个世纪以上的历史了。小时候贪玩，不爱用功，尽管有严师敦促，严父责打，跪也罚了，板子也挨了，字却一直没有写好。进城念中学以后，改用钢笔，毛笔只是偶尔一甩，益发没有心思练字了，因而多年以来，那笔狗爬一样歪歪扭扭的字，可真是让我丢尽了面子，不仅常因卷面零乱惹得师长皱眉，同窗讪笑，自己也觉得气馁、败兴。

　　"文革"中贴得满世界都是。抄写的差事很重，但熟能生巧，许多人却也因此而于无意中练出了一笔好字。我呢，因为字拿不出手，又懒得下功夫，倒是起稿的时候多，而把抄写的门面活儿留给"圣手书生"们去各逞其能。

　　到了"文革"后期，连派仗也打得懒洋洋的，大字报有一搭没一搭地贴，十天半月也不去换，有人形容为"知识分子躺在床上的吵架"。吵得紧了，坐起来嚷两声；然后，再像奥勃洛摩夫那样躺下来。"逍遥派"越来越多，打家具，做煤油炉，干什么的都有。我算不上逍遥派，对这些事一概缺乏兴趣，记得是1974年吧，就是我按照母亲的叮咛系了一条红腰带的那个"本命年"，忽然心血来潮，找了字帖，练起字来。而且从此写稿写信都换了毛笔，只有外出，或开会作记录时为了方便，才使用钢笔或圆珠笔。屈指算来，概有年矣！

尽管这许多年来功夫没有少下，时间没有少花，却终因悟性太差，至今不得书道之门而入。不过由于毛笔用得久了，惯了，毕竟有时也能从笔锋的使转提按中，体验到内心情思的律动，以及把这种律动外化为纸上的"心画"时那种特有的快感。我想，我之喜欢笔，也许多少与此有关。但这不是主要的，主要还在于它是我的生计所系，是我赖以混饭的家伙，所谓"笔耕"是也。

自古以来的文人，多自视甚高，往往把他们手里的一杆毛锥的作用夸张到不切实际的程度。"笔阵"之说，即其一例。杜甫曾用"辞源倒流三峡水，笔阵横扫千人军"的豪言壮语来自诩，表面看，气派得很，但实际上，他的那支笔在那个战乱频仍的年代是相当软弱的，不要说千军万马，就是一兵一卒也抵挡不了，有时混一碗饭吃都不容易。否则，哪里至于闹到"入门闻号啕，幼子饥已卒，所愧为人父，无食致夭折"的程度呢？我猜想，老杜的"笔阵"之喻，很可能受了相传为王羲之所作的《笔阵图赞》的某种影响。王羲之说："夫纸者，阵也；笔者，刀槊也；墨者，鍪甲也；水砚者，城池也；本领者，副将也；结构者，谋略也；曲折者，杀戮也。"作为一种形象的比喻，这样说当然不是绝对不可以，但临池染翰究竟不同于沙场效命，不是真刀真枪的两军对战。比如评价王书，梁武帝说他"书势雄强"，用"龙跃天门，虎卧凤阁"八个字来形容，应该说是得其神髓的；后人用"铁画银钩"来形容这位书圣的笔力遒劲，亦无不可，但如果用"杀得好，直杀得血流成河，尸横遍野"一类的话来形容他的成就，怕就很不恰当了。

以我的愚见，刀矛之喻，对后世是很有些消极影响的。"自小多才学，平生志气高，别人怀宝剑，我有笔如刀"之类的"神童诗"，固然能看出几分文人的自我膨胀，但这充其量不过自诩，不过惹来包括杀身之祸在内的一己麻烦而已。与大的人为灾难比，"刀笔吏"的深文周纳，罗织人罪，鲁迅所深恶痛绝的那些"用软刀的"御用文人的为害，就是小巫见大巫了。这是我虽然喜欢笔，爱笔，却不很欣赏拿刀枪剑戟来作比喻的深层原因，"一朝被蛇咬，十年怕井绳"。我是心有余悸。我总觉得，文坛应该祥和，应该百花争妍，而不应该杀气腾腾、血腥四溢。多一些园丁，少一些狙击手，这是我素来所切盼的。

在文房四宝中，作为书写工具的毛笔，是真正的消耗品，尽管种类繁多，产地不一，也不乏用材考究、加工精细的名品，但却很少有人专门收藏。自古以来，名砚收藏家可以说史不绝书，甚至收藏古墨者也大有人在，但却罕见藏笔家。这大约因为柔韧的笔锋易于磨损，用不多久便会秃，一秃，就不能写字，就不再是笔，当然就无法作为笔被收藏了。

多年以前，我曾在北京法源寺看过弘一法师的书展，很喜欢那只有达到六根清净、万念俱寂境界的人才写得出的古拙恬淡的书体，知道是用茅草笔书写的，却从来没听说过他有这种笔被当作遗物，同衣钵一起传下来。不要说易腐的茅草笔难以收藏，就是名贵如汉末那种"雕以黄金，饰以和璧，缀以随珠，文以翡翠，非文犀之植，必象齿之管"的无价之笔，亦绝少文物可征。

我用来写稿的小楷笔主要是狼毫，取其弹性好。自己很少买，一般是研究所有什么，就领什么，所以多为中低档的大路货，只要用着顺手就行，不讲究产地和牌号。秃得不能用了，也舍不得扔掉。念其曾经为我苦耕，换过几文稿费，小补过竭蹶的家用，于是在书柜头上钉一排小钉，把它们一支支洗净了挂上去，以示不忘，倒也不是为了收藏。时间一久，那数量也就相当可观了。我至今没有想好，是不是要像僧智永那样，也搞一个退笔冢，埋起来，让它们安息泉下。

但有一支笔我是会长期保存的，它也挂在用废了的群笔中间，却没有秃，仍很好用，只是绝少一用罢了。这是一位相失三十四年的旧日的同窗，在重逢前寄赠给我的。系羊毫斗笔，笔端有骨饰，上缀黄丝绦纽，可以挂。白色竹质笔杆上镌刻着"右军书法白云齐"，显然是拿了现成的诗句来做笔品名号的。书体秀朗，刀法劲健，刻工极好。下面一行"戴月轩精制"字样的旁边，刻一"智"字，说明它是套笔中的一支，只是猜不准到底是智、仁、勇的三支一套，抑或是仁、义、礼、智、信的五支一套。下端的笔植系用犀角雕成，笔翰毫芒细韧，濡墨后状如悬锥，可以得乎其心，应乎其手，想必属于名贵的文犀笔之类了。

我为此笔定名为智字号文犀斗笔。后来从同窗的来信中知道，这原是一件珍藏近半个世纪的乃母留下的遗物，是在得悉我以笔墨为生计，并且常因生性陋直而多惹麻烦之后特意寄赠的，说是让它伴我笔耕。笔的基本品格是直，笔直。它要求执笔者正直、直诚、刚直不阿、直言不讳，做到像董狐笔那样的"秉笔直书"。清代朴学大师章学诚所力倡的史德，指的主要就是这个直，这也是中国知识分子最可贵的传统美德。于是，我懂得了同窗赠笔，其规谏性的象征用意要远大于实用性的书写价值。然而无论是做人，还是临文，要做到直，都是很难的。

记得当年看曹禺的《胆剑篇》，很为勾践的两句台词"宁作笔直折断的剑，不作弯腰曲背的钩"所激动，以为做人当如是。但细忖，勾践本人就不曾做到。为了韬晦，他甚至曲到了不只是钩，而是狗一样地去替夫差尝粪。数十年来坎坷的人生际遇和同样坎坷的笔墨生涯，终于使我悟出了"正道直行，不容于世"的残酷的真实，我这才认识到汉代民谣"直如弦，死道边；曲如钩，反封侯"并不只是一个朝代才有的现象。

我不是一个十分刚强的人，直如弦，不敢；曲如钩，不甘。长恨自己既没有做到真正的直，也没有做到真正的曲，深感有负于同窗的厚望，这也是我把智字号文犀斗笔高悬案头以自策的原因。

说 "诗眼"

中国古代的诗话家论诗，是很讲究"眼"的，称为"诗眼"。有"眼"则活，无"眼"则死，因而评家重视，诗家更重视。

诗眼有两指：一指句中之眼，一指篇中之眼。说的是诗句、诗篇中最为传神，最为灵妙，最让鉴赏者赏心悦目、拊髀称奇之处，因而也往往是诗人用力最勤之处。

先看句中之眼。孟浩然的"微云淡河汉，疏雨滴梧桐"，是流传颇广的名句，其"淡"字和"滴"字，便是"眼"之所在。"淡"写视觉形象，"滴"状听觉体验。均极有味道，活现出微云将散未散之时，夜雨欲住未住之际的诗意境界。读者只要闭上眼睛，这个极富动感的优美画面，便会立时清晰地浮现出来。也还是孟浩然的名句，那"野旷天低树，江清月近人"中的"低"和"近"，那"气蒸云梦泽，波撼岳阳城"中的"蒸"和"撼"，均属句中之眼。从词性上看，这些眼之所在，多为动词，它们如果选择得当，便会提起整句诗的神采，使之空灵飞动，活灵活现起来；相反，如果选择不当，则会人煞风景，流于平庸，败人胃口。因此，历来诗家都十分留意于"做眼"，为了"吟安一个字"，不惜"拈断数茎须"。所谓'炼字'、"炼句"、"苦吟"、"推敲"、"日锻月炼"等，都与此有关。

唐朝的贾岛在"僧敲月下门"的诗句中，究竟用"敲"，还是用"推"，曾经费尽心思；宋朝王安石在"春风又绿江南岸"的"绿"字写定之前，最初用的是"到"字，后改为"过"字，又改为"入"字，又改为"满"字，凡五易其字，才满意了。这些都是"炼字"、"做眼"的好例证，历来不断被评家称引。据当代博闻强识的大学者钱锺书说，也许是王安石得意于这个"绿"字的妙用，在《送和甫至龙安微雨因寄吴氏女子》诗里又说："除却春风沙际绿，一如送汝过江时。"不仅如此，钱先生还看出了王安石炼"绿"为"眼"之中的陈旧。他写道:"'绿'字这种用法在唐诗中早见而亦屡见:丘为《题农父庐舍》:'东风何时至?已绿湖上山';李白《侍从宜春苑赋柳色听新莺百啭歌》:'东风已绿瀛洲草';常建《闲斋卧雨行药至山馆稍次湖亭》:'行药至石壁,东风变萌芽,主人山门绿,小隐湖中花'。于是发生了一连串的问题:王安石的反复修改是忘记了唐人的诗句而白费心力呢?还是明知道这些诗句而有心立异呢?他的选定'绿'字是跟唐人暗合呢?是最后想起唐人诗句而欣然沿用呢?还是自觉不能出奇制胜,终于向唐人认输呢?"钱先生的话说得很俏皮,也很刻薄,这无论对于作为一代才人的大政治家、大文豪王安石,还是对于以博闻称著的洪迈,都是绝妙的讽刺。

再说篇中之眼。陆机《文赋》中有"立片言以居要,乃一篇之警策"的话,这"警策",指的便是眼。在许多近体诗如律诗、绝句中,常常是那些有限之句,同时就是篇眼之所在。先是句眼使句见精神;然后,这见精神之句又使全篇见精神。还是以上面所举孟浩然的"气蒸云梦泽,波撼岳阳城"为例,这两句诗,因为"蒸"和"撼"用得好,既活画出洞庭湖上烟波空碧的浩渺境界,又传达出诗人临湖时震荡胸臆的强烈主观感,千古以来为人称道。这两句诗出于五律《临洞庭上张丞相》。全诗是:"八月湖水平,涵虚混太清。气蒸云梦泽,波撼岳阳城。欲济无舟楫,端居耻圣明。坐观垂钓者,徒有羡鱼情。"诗的前四句写得情景摇曳、气象开张,一种崇高的大自然美让人感奋,但后四句一碰到个人在出仕与归隐上的矛盾心境,格局立时变得局促起来,流露出怀才不遇而又不甘沉沦的酸楚相,完全不像李白"吾爱孟夫子,风流天下闻。红颜弃轩冕,白首卧松云"所形容的那么潇洒。然而,正因为后四句的力弱,才更衬托出第二联的力度;而第二联作为通篇之眼,又提携全诗,使之增色、升华,从而成为名篇。

诗眼之"眼",是一种借喻,并由借喻而成为论诗的专门用语。像眼睛是人的心灵的窗户一样,诗眼也是一句诗、一首诗所达到的审美境界的窗户,从中可以窥见诗人的才华。诗眼,在诗人,往往是他得意之笔;在读者,则又是最提精神之处。因此,眼之所在最容易被读者记住,且传诵不绝。人们可能早已忘记了刘禹锡《酬乐天扬州初逢席上见赠》的诗题和这首诗的其他诗句，但却很难忘记"沉舟侧畔千帆过，病树前头万木春"的名句。此外如"朱门酒肉臭，路有冻死骨"之于杜甫的《自京赴奉先县咏怀五百字》；"山雨欲来风满楼"之于许浑的《咸阳城西楼晚眺》；"人生自古谁无死，留取丹心照汗青"之于文天祥的《过零丁洋》；"横眉冷对千夫指，俯首甘为孺子牛"之于鲁迅的《自嘲》等，莫不如此。

诗有了眼，就成了上品、精品，就有可能流传下去。唐朝的王之涣，《全唐诗》总共才收了他六首诗，竟有《登鹳雀楼》的"欲穷千里目，更上一层楼"和《凉州词》的"春风不度玉门关"等名句传诵不歇，而乾隆皇帝一生写诗四万余首，却没有一句被人记住，全是无眼的盲诗。可见，不是所有写诗的人都能写出有眼之篇或有眼之句的。当然，也不是所有读诗的人都能够准确、敏锐地一下子抓住一首好诗诗眼的，这就要看他的鉴赏水平和鉴赏眼光了。这种水平和眼光，也被人称为"诗眼"，范成大《次韵乐先生除夜三绝》中说的"道眼已空诗眼在"，即指此。正像音乐只有对"音乐的耳朵"才有意义一样，诗眼只有对于"诗的眼睛"才展示出全部的魅力。

易俗社百年华诞感怀

最初看易俗社演出，是1949年西安刚解放的时候，那年我刚满十一岁，随从在西北军的大学学习工作的父亲进了城。我从小喜欢看戏，是不折不扣的小戏迷。没有少挨打，可就是改不了。到西安按父亲的意思，是要考中学，正是暑假。那时，西北军大招生处，正门对着莲湖公园。这里离易俗社近，我便不时向父亲要点零钱去买了张票看戏。什么《柜中缘》《拾玉镯》《杀狗劝宴》《三娘教子》等，我都爱看。当然主要是看热闹，听唱腔，至于戏的教益，是没有能力深究的。等到能够看出些门道来，懂得易俗社的辉煌历史，则是读了中学，念了大学以后。

在西安，我从初中读到大学中文系毕业，又留校做了一年教师，前后十年，没有少看易俗社的戏。刘毓中、孟遏云、肖若兰、陈妙华等，都是当时活跃在易俗社舞台上红极一时的名角儿。离开陕西的五十多年，不像在西安时看易俗社的戏那么方便了，但回乡省亲，有机会还是会去看，尤其是遇有他们进京献演，我更是争取一场不落地去看。

今年是易俗社成立百年庆典，算起来我看它的戏，前后也有六十余年了，无论从哪个方面说，都应该算是老观众，老戏迷了。庆典之际，我有幸应邀四乡随喜。观看了《易俗社百年大型主题秦腔史诗》，场面恢宏，有深沉厚重的历史沧桑感，荡气回肠，令人震撼；还参加了有京沪两地专家莅临的，由东道主主持的座谈会。会上，乡党专家们和来宾专家做了充分的交流，深情地回顾了易俗社的百年艰辛、百年辉煌和百年业绩。

易俗社，作为一家现代戏曲表演团体，之所以历百年而不衰，我以为至少有以下几方面的原因：

其一，易俗社，正如它的名字所标示的，从成立之日起，就是以启迪民智、唤醒民众、移风易俗为宗旨的。易俗社的建立者，以李桐轩、孙仁玉为代表，都是那个时代的知识精英，而李孙二人，又都是同盟会员。由他们奠基和主持的，根本不是一个和以往相同的旧戏班，而是与当时的民主革命大潮取一致方向，并力图成为这个大潮的组成部分，为之摇旗呐喊、推波助澜的新的艺术表演团体，这在当时全中国的戏曲园地中，是独一无二的。早期易俗社的这些先锋者们，竖起的是第一面由传统戏曲迈向现代化的旗帜，吹响的是秦腔和整个中国戏曲向前迈进的嘹亮的号角。这就是说，易俗社一诞生，就深深植根在我们民族艰难前行的历史土壤中，不是无源之水，无本之木，不可能是昙花一现。

1924年夏，鲁迅先生与一批知名教授王桐龄、陈钟凡、陈定谟，还有《京报》名记者孙伏园等，应西北大学之聘，到西安讲学。授课之余，鲁迅先生到易俗社观看了连演两晚的《双锦衣》上下本。看完演出之后，鲁迅先生还专门谈了鼓励性的意见。据孙伏园后来回忆，鲁迅先生在当时的教育部任科长，就主管各地的戏曲和剧本审阅，对易俗社十多年来以反对封建，倡导自由为主旨编创的二三百个新剧目非常肯定。所以，特意写出"古调独弹"牌匾一面，与同来西北大学讲学的教授，联名送给适逢成立十二周年的易俗社。嘤其鸣矣，求其友声！这块匾额，是鲁迅先生作为"五四"新文化运动的旗手，唯一一次题给一个戏曲表演艺术团体的。他从易俗社的艺术实践和思想取向中，看到的是中国新文化的方向，他是易俗社的真正的知音。所以，他把那次讲学中个人所得的五十块现大洋，托孙伏园捐赠给易俗社，就是很容易理解的了。

其二，在百年历史行程中，易俗社始终与关中父老乡亲，与中华民族的历史命运，保持了血脉相通的一致。在一些重大的历史转折点上，在一些重要的历史事件中，总能够看到易俗社艺术家们的身影。他们不是局外人，更不是冷眼旁观者，而是积极的、热情的参与者。张学良、杨虎城二将军在民族危亡的紧急关头，在1936年的"双十二"兵谏中，易俗社和易俗社的专场演出，起到了特殊的作用。多年后，叶剑英元帅在为八路军驻西安办事处题诗时，感慨道："西安捉蒋翻危局，内战吟成抗日诗。楼屋依然人半逝，小窗风雪立多时。"叶帅是那次兵谏中，共产党和红军方面的参与者之一，当他站在风雪中，回忆往事和半逝的故人时，心灵屏幕上叠印出的画面中，一定会有易俗社人士。如今，叶帅和易俗社当时的艺人，也都逝去了，但在重现易俗社百年行程的史诗中，"双十二"兵谏被浓墨重彩地展演出来，张、杨二将军的艺术形象光彩照人。

次年，日寇侵华的"七七事变"和中华民族的抗日战争全面爆发了。就在事变前的6月6日，易俗社应驻守北平抗日前线的29路军总指挥宋哲元将军之邀，赶来为将士们演出《山河破碎》和《还我河山》等爱国主义题材的改编历史剧，大大鼓舞了士气。在浴血的大战正在到来之际，慷慨悲壮的秦腔，无异于战鼓和号角，响彻故都的云天。易俗社百年史诗展现观众熟悉的抗日画面，烽火硝烟，金戈铁马，战旗漫卷，以打击为主的伴奏，听得人灵魂震颤，热血沸腾，让观众立时回到那个危难的，同时也是让人奋起的历史情境中去。

其三，三秦父老乡亲对秦腔的热爱，对易俗社的热爱，是这个戏剧艺术团体延续百年的又一个重要原因。陕西人，高兴了唱秦腔，苦闷了也唱秦腔，喜怒哀乐惊惧愁，都能找到对应的戏文或唱段，表而达之。易俗社是秦腔的第一号招牌，他们那些名演员的经典唱段，在民众中流传极广。在秦地，喜欢看、喜欢听秦腔，能够自己唱两嗓子的人，没有不知道易俗社的。钟楼是西安最主要、最中心的地标，易俗社离钟楼不远，照我看，知道易俗社的人，不会比不知道钟鼓楼的人少。过去，不识字的乡下人，或者文墨不深的普通人，他们的历史知识、人生知识、价值观念等，多来源于戏曲剧目。人们争论时，常常会引用戏上怎么说，作为辩驳的依据。剧作和演员，永远活在观众的接受中、记忆里，易俗社正是活在一代一代承传不歇，万千热情观众的心里，活在他们的欣赏和接受中。

其四，易俗社在其百年历史中，出现了一个自己的剧作家群，他们不仅在秦腔剧目史上，是第一流的，就是在全国戏曲史上，也是第一流的。最有表现性的剧作家是孙仁玉、范紫东。孙仁玉写了以《三回头》《柜中缘》为代表的一百六十多出戏，范紫东写了以《三滴血》《软玉屏》《三知己》《颐和园》为代表的七十余出戏。剧乃一剧之本，对剧本创作的重视，已经形成易俗社的一个弥足珍贵的传统。易俗社许多第一流的剧本，都不仅在秦腔界被其他剧团演出，而且被移植到其他戏曲剧种中去，流传颇广，长演不衰。中外戏剧史上，剧院的兴衰，固然与拥有第一流的导演、演员分不开，但也与拥有第一流的剧作家分不开。莫斯科艺术剧院没有斯坦尼斯拉夫斯基当然不行，但如果没有契诃夫为之提供的那些戏剧名作《海鸥》《三姊妹》《樱桃园》，没有高尔基的《底层》等，就是巧妇难为无米之炊，就不可能有那样的辉煌。北京人艺六十年的经验中，除了有焦菊隐那样的大导演，于是之等大演员，最重要的是有曹禺、老舍、郭沫若等剧作家为其提供的剧作。易俗社要迎接和造就下一个百年的辉煌，就看能不能有代表孙仁玉、范紫东等前辈创作水准的新一代剧作家群。

其五，易俗社在百年历史中曾几度辉煌，但也有在艰难竭蹶中苦撑的时段，有时几乎要散伙了。全国解放，迎来了易俗社的真正的重生。1951年，易俗社由人民政府接办。在百年易俗史诗里，特别突出了时任西北军政治委员会主任的习仲勋的形象。他亲临易俗社的欢迎现场，发现横幅上"欢迎人民政府接管易俗社"的"管"字不妥。说"接管"是对国民党反动政府而言的，易俗社是著名的进步文化团体，为革命事业做出了重大贡献，所以不能用"接管"，只能用"接办"，由人民政府接着办下去，他要求马上改"管"为"办"。他还讲了许多热情的话，勉励大家要按照"百花齐放，推陈出新"的方针，把易俗社办得更好。习仲勋同志后来任国务院副总理兼秘书长期间，多次邀请易俗社到中南海演出，毛主席、朱总司令、周总理、刘少奇等中央领导都观看过，并给了演员们亲切的关怀和鼓励。

总之，易俗社在百年的辉煌实践中，形成了自己的传统，自己的风格，积累了丰富的经验，作为老观众、老戏迷、老乡党，我企盼着并且坚信新一代的易俗人，一定能把这家"古调独弹"的剧团，推向新的辉煌。

碧绿的红豆杉

离开温总理曾经视察过的江西长水村，快八个月了，仍然记得那一棵参天的红豆杉，记得它碧绿苍翠的树冠，遒劲的树干和婆娑的枝叶。

去长水村采风的那天是6月的最后一个日子。天气很好，天上偶尔飘过几朵云絮，反而更显长空的明净和幽蓝。吃完早饭，我们在县招待所听了有关领导介绍情况，便在省林业厅郭家副厅长的率领下，由县委农工部长杨叶青陪同，乘车出了三面环湖的美丽的武宁县城，一路向东。这是一条新修不久的省道，路面乌黑平整，也很干净，来往车辆和行人，都不很多，两侧护路的杨树，最多也就小孩胳膊粗细。年轻的树冠，绿伞一样撑开，在阳光下，各自铺出一片互不相连，却间隔有序的阴影。微风中，树在轻摇，地上影也在轻摇。

从右侧的杨树间望过去，不远处便是高耸的九岭山脉，山色青绿，山势巍峨，逶迤向东，如一道青屏。山体被茂密的树林覆盖着，充满勃勃生机。从道路左侧的绿杨树间望去，则可以看到拓林水库曲折的近岸，还有岸外阔远迷蒙的烟水。一边是青屏样的近山，一边是微波淡荡的远水，我们的车子在山水的辉映中，绿杨夹道中开行，有一种人在画中的感觉。猛然抬头，远远看到正前方横跨公路的标牌上"山水武宁"几个大字，是温总理来武宁视察时题写的，既是对武宁生态文明的肯定，也是对武宁未来发展的厚望。

温总理到武宁视察林权改革的情况，杨叶青是全程陪同，并负责组织安排干部和群众的汇报的，他至今仍非常清楚地记得许多当时的细节，包括题写"山水武宁"的细节，特别是到长水村的许多具体情景。他说，温总理到长水村，就是乘我们这样的车，走这条路的。

杨叶青是本地干部，操着赣北口音浓重的普通话，一路上为我们介绍本地的自然风物和人文掌故，不打磕巴，顺口而出，而且意趣风生。郭家对这里的情况也很熟悉，不时作点补充，也很让人提神。"这就是罗坪镇！长水村归这里管辖。"杨叶青把手向前一指，顺着他指的方向望过去，果然在前边不远处的山麓，横着一片高低错落的墟圩样的街市屋宇。在罗坪镇上来两个人，我们的中巴车便很快朝南趱进一个山沟。

看见那棵红豆杉了吗？那就是长水村

刚进山沟，两旁山坡比较平缓，山上竹木葱笼。傍山流出一道不算太小的清溪，公路缘溪蜿蜒。再往里走，渐见视野扩展的山间平坝，是阡陌交通的稻田，一如山外。秧苗的新绿，在阳光下分外养眼，与四围青山的浓绿不同。

前方，平畴被一带村树遮断，树后掩映着屋舍人家。杨叶青说，"看到那棵红豆杉了吗？那就是长水村！"那片树很多，我从来没有见过红豆杉，虽然那些树高低错落，树色各有深浅，但我还是分不出来他指的是哪一棵。

我们的车子开到村边，在一排坐西面东依山而建的农舍前停了下来。大家下了车，和早在这里等候的村干部握手问好。"这位就是长水村的支部书记，叫余锦冰，温总理来这里视察，就是他汇报长水村林权改革情况的。"杨叶青指着一位生得很壮实的中年汉子向我们介绍说。只见他稍显拘谨地冲我们笑着，方脸膛，面色紫红，牙齿不十分整齐，一眼就能看出是个厚道的庄稼人。但眼睛很亮，透出内在的灵气。

他把我们让到屋旁的树荫下。这里散放着几只条凳，还有竹木小椅。大家坐的坐，站的站。郭家副厅长把我们介绍给余支书，说："他们都是从北京来的著名作家、评论家和诗人，是来咱们江西采风的，体验生活的。温总理来了你们这里，肯定了长水林权改革的成功经验，所以他们特意要来这里学习和采访，将来写成作品，向全国宣传。你有什么好故事，就给他们多说说吧，他们有什么问题也可以问。"谁知余支书的话题，竟从我们身边的高树说起。他说，这是一棵红豆杉树，那天见证了温总理的视察。温总理曾经摸过这棵树，在这棵树下站过、坐过，而且在离这棵树不远的地方参加过长水村的村民会，同他们一起座谈过，听过他们当面汇报林权制改革后的情况。

一棵生长在偏远山村的寻常的红豆杉树，竟会有如此不寻常的际遇，见证过一个令人难忘的历史时刻。我倒要仔细认识认识这棵树。仰起头看，树冠很高，足有十五六米以上，周围的其他阔叶树群，儿孙一样罗立着。走到跟前看，树干稍呈棕色，不像桦树、梧桐树那样光，却也没有槐树、老柳树那样龙鳞片似的粗皮。伸出双臂，也只能抱住它的一半。再往左右两侧看，红豆杉树其实不止这一棵，而是一排，特别是向西直到山体之下，足有数十棵，只是都不比这一棵高大。

问这棵红豆杉的树龄，余支书憨厚地一笑，告诉我们，老辈子人说，至少有五六百年了。前不久，请林业专家鉴定，说是足有八百年的树龄。余书记说，查家谱，长水村的人居历史是六百八十年的样子。年代久远了，即使后人修前人的家谱，也难以掐尺等寸，算得那样细，越远越会大概约略言之。不过，红豆杉生长很慢，一般五十到二百五十年成材，单株可生长千年以上而不衰。如果满树挂了樱桃一样大小的鲜红果实，再配上常青的绿叶，是非常美丽的，故有红豆杉之称。因为生长缓慢，木质坚实细密，且色红鲜艳，是珍贵的用材树。尤其可贵的是，它是一种非常难得的抗癌植物，能够从中提取出神奇药物紫杉醇，是晚期癌症患者的最后一道生命的防线。正因为如此，它在全球都很珍稀，盗伐很厉害。

红豆杉向来有"风水神树"之称。据余支书介绍，长水村的先祖当年甫居此地时，坐西向东，北面空旷，为聚风水，特意栽了这排神树，永葆家族兴旺。但郁郁葱葱数百年，这排神树倒是被保护得挺好，长水水长，村人一代代繁衍生息，却由于山高路远，连县太爷都很少来过。谁也没想到，因为林权制改革搞得好，竟迎来了共和国总理这样的大人物。亲民总理正是坐在这棵红豆杉树下，与村民交谈，倾听他们的要求、希望和心声。

拴着红布条的长板凳

那棵红豆杉树下放着一个长约三尺，宽可四寸的条凳。我问："这就是总理坐过的条凳吗？"余书记憨厚地笑着说："和这个一样，但不是这个。现在开展农家乐旅游，来参观的人多了，怕坐坏，也怕丢失，我们收起来了。"作家们讲的就是个细节真实，一定要看看温总理坐过的那条。

余支书让人去拿。拿来一看，果然和这里放的这个差不多，是用硬质的杂木做的，稍呈棕红色，加工不十分精细，但结实，有分量，放在那里很稳当；不同的是，在一只腿的上端拴了约有两指宽窄的红布条，作为标记。无论怎么看，都只能说这是一个极普通的，普通到并不怎么起眼的长条板凳。

然而，正是在这条普通到不怎么起眼的板凳上，2007年4月20日的傍晚，温总理与这个山村的支书坐在一起，问到林权制度改革后，村里有哪些变化。余锦冰书记立即回答说："最大的变化是，山定了权，树定了根，人定了心。农民吃了定心丸，增加了实惠，更有信心了。"温总理赞扬他概括得好，并且强调，最重要的是人定了心。他说，在林权制改革上，要像当年宣传小岗村一样，宣传长水村和武宁。总理高瞻远瞩，他是从推动改革开放的大局，建设和谐社会和社会主义新农村的全局出发，评价以武宁长水村为代表的林权制度改革的成功经验的。余支书至今仍能清晰地记得总理坐在他身旁，拍着他的肩膀，和他交谈的情景，想起来就觉得温暖，感到亲切。

作家、编辑家崔道怡老师一边用小本作着笔记，一边抬头来问余书记："这么大的人物来了，你给他做汇报，难道一点也不紧张？"他回答说："县上杨叶青部长通知说，中央有大首长来村里视察，让我们好好做一下准备，到时候好汇报。我听了既高兴，又紧张。高兴的是我们村要来尊贵的客人了；紧张的是怕汇报不好，给村里乡亲和县上领导丢人。等到傍晚，一看省市县领导陪着的竟是温总理，我的确激动得不行，真的很紧张，心里也打鼓，但是和他坐在一起，一听他说话，特别平易，特别亲切，就像家里人坐在一起拉家常一样。等他向我提问题，我和乡亲们向他汇报时，一点紧张情绪也没有了，真的，忘了紧张。"能够感到余支书讲这一切时，仍沉浸在见到总理时的亲切情景里，有一种发自内心的自豪感和幸福感。他指着放在红豆杉树下面的条凳说："乡亲们都说，总理那么关心我们长水人，他坐过的凳子，我们一定要永远留作记念，所以拴了这个红布条，一来作记号，不与别的条凳弄混，二来也图个吉祥。"

作家们都说，这可真是见证过一个有意义的历史瞬间的文物。大家都或坐在长凳上，或站在旁边，分别拍照留念。不过我想，这高大伟岸的红豆杉，不仅见证了当时总理与乡亲们同话林改的情景，也见证了今天这群作家采风的情景，包括他们的好奇和天真。

这时，几只灰喜鹊从红豆杉的密枝中飞出，喳喳叫着飞到远处的树上去了。诗人查干老师忽然问余支书："你们这里有乌鸦吗?"诗人都很天真，不失其赤子之心，思维跳跃性很强。明明飞出来的是喜鹊，他却问的是乌鸦。原来，他说去年去波兰访问过，在那里见到许多乌鸦，给他留下很深印象，那里是19世纪伟大爱国主义诗人密茨凯维支的祖国。但乌鸦在我国许多地方都看不到了，在北京，也只有故宫，劳动人民文化宫等少数地方才能见到这种神鸟。余支书说，林改以后，封山育林，禁伐禁猎，林权和责任落实到户，大家都很上心，不仅乌鸦、喜鹊多了，许多鸟儿都回来了。不是说，林子大了什么鸟都有吗? 我们长水村可是有八十四平方公里的山林! 言语之间充满了自豪。来这里采风的作家，包括诗人查干老师在内，都是中国野生动物保护协会的资深会员，听到余支书介绍鸟儿增加了，得到村民的保护，与人和谐相处的情况，都很满意。

在"风水神树"红豆杉树旁边逗留了一会儿，杨叶青对支书说，带作家们到村委会去看看。离开时，大家又回头深情地看了一眼那个拴着红布条的长条板凳，它沉稳地放在粗壮的红豆杉树下，显得很敦实，很不起眼的样子。

村委会墙上的山林分户图

　　长水村共有四百二十六户人家，总人口一千九百二十人，分散居住在庄屋里、梨树坪、枫树下、月坑里、孙家埠、七里坑、黄沙坑、杨坑等自然村里，编为七个村民组。山区的自然村都很小，不像平川地方居住集中的大村屯。长水各自然村之间，距离近的也有一两里路，所以到村委会所在的孙家埠，我们还是坐了车，好在各自然村之间都有较宽的水泥路和沙石路连接。

　　一路上这里那里星散着几户人家，房屋很少过于破旧的。据说林权制改革后，农产有了自主权，再加上多种经营，手里有了钱，不少人家都盖了新房。青山、绿水、新房，长水村更美了。

　　到了村委会门口，过年时贴的春联还留在两侧的门垛正面。经过半年的风吹、雨打、日晒，红纸已经不红，上联是"山定权树定根人定心佳节不忘总理林改嘱托"，下联破损得厉害，许多字没有了，但"广造林……把百姓……利益长挂"，还依稀可辨。问余支书春联的缺字，他一时记不起来了，说是村里一个会做对联的村民拟写的，等他问了再告诉我。后来参观的内容多，也便忘了询问做对联的人。不过从现存的部分看，山里人对林改、对党的政策的拥护和他们决心致富、决心建设好家乡的意愿，都是非常强烈的。

　　在村委会的一个办公室，我们看到并排放着几个银灰色的铁柜，余支书打开让我们看，是整齐竖排的牛皮纸档案夹。余支书告诉我们，这是按户建立的林权改革的档案，各户的相关材料、存底，都在里面。引起作家们极大兴趣的是挂在墙上的两张山林分户图。图上的田块用不同颜色标出，每一块大小、形状都不同，上面的四界和毗邻关系，都画得一目了然，每一块都标了序号和面积。图的旁边，列一详表，表上的序号对应着农产，看后一清二楚。

　　这图表，据余支书介绍，是请县上的专业测绘人员一块一块经过踏勘、测量，而后绘制出来的，与原地块只有比例的差异，没有平面图形的不同，缩微而已。杨叶青部长说，此图虽然难画，但比起把山林地亩划分到户的具体落实来，却简单得多，容易得多了。

把林地，权属落实到户，划好界址，四界清楚，涉及各家各户具体的利益，因此，矛盾和纠纷是难免的。这矛盾和纠纷，一部分是涉及相邻的外村的，一部分是本村村民间的。与外村的矛盾，由县上领导协调，以团结和谐大局为重，互谅互让，都公平合理地解决了。倒是本村村民之间的矛盾纠纷，有时反而闹得更尖锐，冲突也更激烈。

例如杜修华和余孙富两家，本是亲戚，但是因为林权界址不清，而产生严重冲突，以致发展到互砍对方林木的尖锐程度，支书劝了这家劝那家，按照国家的林改政策，本着公平的原则，照顾双方的利益，终于使两家化干戈为玉帛，言归于好，皆大欢喜。两家都说支书：仔是好人，解救了他们，否则，还不知会闹成什么样。

最难办的是支书的弟弟与一户村民因林地权属发生了纠纷，支书也是苦口婆心地说服自己的弟弟，作出了必要的让步，从而顺利地平息了事态。林改以来，长水村共调处山林田亩权属纠纷九十八宗，涉及山林面积三千七百多亩。

最辛苦的当然是余锦冰支书，分到各户的十二万四千亩林地，分布在八十多平方公里的山岭范围之内，所有地块他都得走到，都得把四界关系，地块形状，亩数多少弄清爽。白天出去跑，这山跑到那山，异常辛苦，有一次骑摩托车出去，因为下雨路滑，不小心翻到沟里，头摔了两个洞，满身血，脊椎严重拉伤，不得不送医院治疗。但他哪待得住，他时刻惦着村里山林权属落实的事。俗话说："伤筋动骨一百天"，谁知刚住了十天，他便硬撑着走回村里，投入没黑没明的紧张的林改工作中去。我在网上就看到2007年11月的一篇由省委组织部供稿的记述和表扬他先进事迹的文章。

挂在村委会办公室墙上的这张林地权属分户图，是各种矛盾纠纷全部摆平，各家各户林农欢天喜地领到了林权证以后，绘制出来的，在南昌听林业厅刘礼祖厅长介绍林权改革情况时，他就说过，农民领到林权证，就像当年土改时领到土地证那样，用红布包上，同结婚证等家里最珍贵的东西放在一起。看了村委会门前只有上联完整的春联,看了这墙上的分户地块图,又听了杨叶青和村镇干部的生动介绍,我似乎更深刻理解了温总理来这里视察与指导林改工作的重要意义。

农 家 乐

从村委会出来,时间已经不早,到了吃午饭的时候,新上任不久的年轻美丽的罗坪镇长王晶说,"没有什么可招待各位京城来的大作家们,就在这里村民经营的农家乐餐馆吃原汁原味的乡土菜吧。"农家乐餐馆离村委会不远,所以不必坐车,我们一路步行走过来,还可以看看新农村建设的新面貌,欣赏没有污染的村舍风光。我们一边走,一边听着年轻的女镇长的介绍。虽然已经是一镇之长了,执掌着几万父老乡亲的大小事务,是处于社会主义新农村建设的最前沿的一级指挥员了。但是泛着轻红的圆脸上还没有脱尽女孩子特有的稚嫩劲儿。听杨叶青部长介绍,她今年刚刚二十四岁,比我的小女儿还要小。他说,她是学旅游专业的,经过公务员考试,竞聘上岗,做了武宁县的旅游局局长,前不久调任罗坪镇镇长。我心想,之所以调她来罗坪镇任职,一则是到基层锻炼,二则像长水这样的林改先进乡村,如何开展立足林业的多种经营,让农民尽快地富裕起来,确实是当务之急。而发展特色旅游,利用山区的优势,搞农家乐,吸引城里人来这里娱乐、消费,在天然氧吧里呼吸新鲜空气,赚他们的钱,正是一个相当不错的选择。农家乐,作为第三产业的一个增长点,既不需要太大的前期投资,又可持续发展。有钢用在刀刃上。所以来这里做一个镇的行政领导工作,的确是县领导为她提供了一个可以发挥专业特长,建功立业难得的平台。

果然她说,头年的11月15日,省林业厅厅长刘礼祖来长水村调研,提出除抓好村容村貌建设外,还要打造长水村的五个品牌:一、竹产业品牌;二、珍贵树种和速生树种品牌;三、生态旅游品牌;四、农家乐品牌;五、生态资源保护品牌。现在,他们以长水村为代表的罗坪镇,正在按照中央以人为本的科学发展观的精神,坚持可持续发展的方针,落实刘厅长"打造五个品牌"的指示。长水村的农家乐旅游，在武宁，在九江已经小有名气了，将来还要在江西全省，在全国闯出自己的品牌。她说，你们来的都是大作家，希望你们能够多写我们长水村和长水村的农家乐，借你们的笔和你们的名，使我们长水人、罗坪人、武宁人也名满天下。我在心里想，别看这位女镇长年纪轻，还真是精明干练，能够抓住一切机会做宣传，做工作，不愧为旅游专业的高材生，当过旅游局局长的女干部。

她有一双会说话的眼睛，脸上表情丰富。她的精明、灵活，正好与老诚、敦实的余支书形成鲜明的对照与互补。到农家乐餐馆的路，是水泥路。这条路就是我们进村时走的路。路宽四点五米，外接省道焦武线，内连七个村民组的自然村，全长十六公里。2003年3月，余锦冰当了支书，一上任就下决心修这条路。他深信"要致富，先修路"的道理。为了修路，他真是费了死力气。先是几十次跑省、市、县争取立项，然后是带头集资，单是他自己就先后拿出七八万元，最后筹集到配套资金四十多万元。开工以后，他几乎每天都泡在修路的工地上，哪里危险、艰难，他就在哪里劳作，而且总是上工到得最早，收工回家回得最晚。如果没有这条路，不仅后来通程控电话，修手机转播塔无法实现，而且现在日见红火的农家乐特色旅游更无法办，游客谁愿意走几十里羊肠小道来这里？还没走到早累垮了，哪有精神玩？

我们看到公路边上有一个深塘，有一个篮球场大小的长方形浅池。浅池水约有尺把深，水泥墁了底，很平，不知是干什么用的。问余支书，他说，深塘养了鱼，供游客垂钓用；浅池放了小鱼，大人小孩可以跳下去，可以用手，或手持短柄小网，去追逐和捉取，很是好玩。可惜里面没有放鱼，我们也没有时间，否则跳下去体验一番，肯定十分有趣。

农家乐餐馆是一户村民个人办的，在一栋两层楼里。楼前傍路流过一条清浅的小溪，楼后是一条大溪。楼比较大，两层。一层有厨房和餐厅。午饭是山肴野蔬，杂然前陈，摆满一桌。跑了一个上午，大家都饿了。饭菜都是农家做法，蛋是柴鸡蛋，肉是土鸡肉，还有山溪的小鱼，山上的蕨菜和一些不知名的本地野菜，全都别有风味，比宾馆里千篇一律的出于名厨手艺的饭食好吃多了。余支书和年轻的王镇长都很客气，说是你们都是大地方来的人，我们这山野饭食，不知你们吃不吃得惯。我连忙说，"吃得惯，吃得惯。在北京，可真吃不到这种很有乡土特色的农家饭。"我知道，东道主等着的，正是我这样的话。果然女镇长接上话茬："那就拜托各位替我们多宣传，多说好话，让更多的人来我们长水村。"她真聪明。

下午我们还有别的行程，告别了王镇长、村支书和饭馆的主人，我们便上了车。车开出一段，还从后窗玻璃中看到他们远远地招手。车子出村后，我们又久久地回望村边的那一棵和那一排碧绿的红豆杉树。它们就是刘礼祖厅长说的珍稀树种，是长水村的一个品牌。不仅是物种的，更是文化的。

回到北京，已经快八个月了，我还常常想到那棵红豆杉，那美丽的碧绿的颜色，那婆娑的树冠和坚劲的树干，还有那系了红布条的长板凳，村委会墙上的林权分户图，清溪边的农家乐餐馆。这些都和敦实的余支书的身影，长着会说话的眼睛、稚气未脱却又精明的女镇长的面庞，交织在一起，让我难忘……

（此文执笔者为韦凤葆）

后 记

　　此书缘起于王春瑜先生最新主编的一套丛书，嘱我和我母亲将我父亲生前的一部分文章选编成册。估计是我们的书稿迟付之故，王先生便将此书推荐给了作家出版社。

　　感谢中国作家协会的何建明主席和作家出版社的黄宾堂总编辑的关照，慨允此书出版。还要感谢小原女士的奔走协调，以及编辑赵莹女士付出的辛劳。

　　我父亲离世已一年有余，我和我母亲一直在清理他的遗物，进度缓慢。主要是他生前的众多手稿和藏书，几乎占满所有家居空间，整理起来头绪繁杂，母亲不愿耽误我的时间，执意要自己一点点整理，十分辛苦。

　　这本书的稿件初选是由我母亲完成的。她十分熟悉我父亲的文章，从没有电脑时的手稿誊写，到有了电脑后的复印备份，四十多年来，母亲始终是父亲的第一读者。我父亲生前就曾不止一次地对我说："你妈妈就是不会写，但她会看，而且鉴赏水平很高。"

　　在母亲初选的基础上，我略做了些篇章补充，分为五辑：辑一带有自传性质，辑二以写人为主，辑三讲的是文化品格和文艺主张，辑四为书评和序言，辑五多是杂感、随记一类。此五辑中的文字，即使序评，也皆以散文笔调成就，故而并不难读。又将《落日心犹壮》一文作为代序，只因我父亲即使在患病期间，甚至临终，也一直如此自勉，基本可见他晚年的生活状态和心理追求。

　　是为后记。

何笑聪

2016年3月7日

图书在版编目（CIP）数据

落日心犹壮/何西来 著. -- 北京：作家出版社，
2017.5

ISBN 978 - 7 - 5063 - 9110 - 8

Ⅰ.①落…　Ⅱ.①何…　Ⅲ.①中国文学 - 当代文学 -
作品综合集　Ⅳ.①I217.2

中国版本图书馆 CIP 数据核字（2016）第 209328 号

落日心犹壮

作　　者：何西来
责任编辑：赵　莹
装帧设计：张晓光
出版发行：作家出版社
社　　址：北京农展馆南里 10 号　　邮　　编：100125
电话传真：86 - 10 - 65930756（出版发行部）
　　　　　 86 - 10 - 65004079（总编室）
　　　　　 86 - 10 - 65015116（邮购部）
E - mail：zuojia@ zuojia. net. cn
http：∥www. haozuojia. com（作家在线）
印　　刷：三河市北燕印装有限公司
成品尺寸：152 × 230
字　　数：243 千
印　　张：16
版　　次：2017 年 5 月第 1 版
印　　次：2017 年 5 月第 1 次印刷
ISBN 978 - 7 - 5063 - 9110 - 8
定　　价：30.00 元